ガーンズバック変換

Gernsback Transform

Lu Qiucha

陸 秋槎

早川書房

阿井幸作、稲村文吾、大久保洋子 訳

ガーンズバック変換

GERNSBACK TRANSFORM
AND OTHER STORIES
by
Lu Qiucha

Translated by
Kosaku Ai, Bungo Inamura and Hiroko Okubo
First published 2023 in Japan by
Hayakawa Publishing, Inc.
This book is published in Japan by
direct arrangement with
Lu Qiucha.

装画／掃除朋具
装幀／早川書房デザイン室

目次

サンクチュアリ

稲村文吾訳

育成の道徳と馴養の道徳とは、自己貫徹の手段においては、完全にたがいに相手にとって不足のないものである。私たちは、道徳をでっちあげるためには、反対へと向かう無条件の意志をもたなければならないということを、至上の命題としてかかげてよい。これこそ、私がこのうえなく長いあいだ追求してきた大問題、不気味な問題、すなわち人類の「改善家たち」の心理学というそれである。

――ニーチェ『偶像の黄昏』（原佑訳）

「不服がなければ、サインを」

目のまえに座ったピーターが急《せ》かしてくる。十一ページもある契約書にわたしは手早く目を通していった。

わたしはたったの数行しかない梗概をもとに、ホワイト・ブラザーズ社のため〈灰の国《キニシス》〉の物語の続きを書かなければならない。具体的に言うなら、シリーズの八作目の長篇を。期限は三カ月だ。幸い〈灰の国〉は一冊が二、三百ページしかないから、時間はまったく問題ではない。やっかいなのはどうすれば前作までの展開と食いちがいを作らず、そしてグリンネルのあけすけでひどく煽情的な作風をせいいっぱい真似られるかだった。

あらゆるゴーストライターと同じように、わたしに名前を出す権利はなく、謝辞のなかに〝サラ・ジマー女史は本書の制作に協力してくれた〟と書かれるだけだ。契約書には厳格な秘密保持条項も含まれていて、この本が生まれた事情についてだれかに漏らしたら五十万ポンドの賠償金が待っている。それほどのリスクを冒してわたしが手に入れる利益といえば、印税の四分の一にしかならない。

しかし選択の余地はなかった。『天鵞絨《ビロード》王朝記』と『女剣士トリシア』の大失敗のあとで、もうわたしには自分の名義でファンタジー小説を出版できる望みはない。そこへもってきて、わたしは差しせまった問題をかたづけるためなんとかしてお金を稼ぐ必要があった。

わたしが契約の内容を確かめているあいだも、歯茎を突きやぶろうとしている親知らずは痛みを発していた。そうしているうち、ようやく最後の条項を読みおわる。わたしが加えるように言いはった条項だ――契約書にサインした時点で、すぐに〝必要経費〟として三千ポンドの資金がわたしの口座に入ってくる。

そのお金があれば歯医者に行ける。

机の万年筆を取りあげ、契約書にサインを書きいれた。

「彼はよくなるの？」

「グリンネルのことかい？」ピーターは肩をすくめた。「どうだかね。心臓がもたないから医者から執筆を止められたと言っていたよ。しかしぼくの勘では、医者からの提案っていうのは、ダイエットか断筆か選ばされたんじゃないかと思うんだ――そしていっさい迷わずに断筆を選んだと」

「ゴーストライターを使うのも彼の考えなの？」

「グリンネルが言い出した。きみのことはぼくが推薦したんだ。書くべき新作もないわけだし」

愉快な気分になる話題ではなかったし、ピーターも愉快な気分にさせてくれる編集者ではなかった。こんな形で再度仕事をすることがあろうとは思わなかった。以前わたしたちは何度か激しい言い争いを繰りひろげ、結局は毎度どこかで譲歩することになったが、市場での『女剣士トリシア』の反響そのものが、そんな妥協になんの意味もなかったことを証明してくれた。

わたしはいまでも、心血の全てを注いだあの本がなぜ七百部しか売れなかったのかわからない。話の出だしから二十人のキャラクターを全員登場させたり、グジャラート語を下敷きにした固有名詞をあれこれ考え出したり、さらにあれだけの紙幅を費やして町の建築や宗教上の習俗について描写したりしてはいけなかったのかもしれない。もしくは、もはやだれもあのたぐいの古風なファンタジー小説を読みたがらないのかもしれない。幻想世界を構築することも、もはや小説家の特権ではなくなっている。これを機会にわたしは、子供のときに読んだ長たらしくて盛りあがりのない冒険物語のことは忘れて、ハリウッドのシナリオ理論に沿った商業作品を書くにはどうするか、改めて学ぶべきだった。

「今度はもうしくじるなよ」

「善処します。グリンネルは修正の作業はするの？」

「契約書にはっきり書いてあったはずだろう」そう返される。「グリンネルには修正を加える権利があるが、義務はない。ということは、どこも修正はしてくれないんじゃないかと思うね。でも安心していい、きみは物語を作るのが不得意なだけだから、梗概に従って書けば問題は起きない」

「その梗概、コカ・コーラの成分表とさして変わらない分量だったけど」

「きみならうまくこなしてくれると信じてる。でなかったら推薦もしないよ」

「感激して涙でも流したほうがいい？」

「これ以上期待を裏切らなければそれでいいさ。グリンネルがこの先もダイエットを嫌がったら、このシリーズはずっときみが書くことになるかもしれない。ポジティブに考えてみるといい、いつかきみの名前を載せられる日が来るんだ」

「グリンネルが死んだら？」

「そう、彼が死んだらね」ピーターはこともなげに言った。自分は干からびる一歩手前までやせ細っているものだから、一五〇ポンドを超える体重の人間は早死にするに決まっている、当然の報いだと思っているのだ。もちろんグリンネルは、どう見てもその基準をはるかに超えていた。「ぼくの経験では、作家がゴーストライターを使いだしたらもう先は長くない」

「今回もその通りになりますように」

呪いとともにわたしたちの会話は締めくくられた。ピーターはスーツのポケットから携帯を出してわたしのためにタクシーを呼び、そしておそろしく重い紙袋を二つ押しつけてきた。なかには〈灰の国〉シリーズの七冊の長篇と二冊の短篇集に公式設定集が一冊、それと資料のコピーの分厚い束が入っていた。

いくらも走らないうちにタクシーが渋滞につかまって、わたしは車酔いの危険を冒しながら資料のコピーに目を通しはじめた。中身はまだ本になっていない短篇や、いろいろなメディアでグリンネルが受けたインタビュー、言語学者によって作成された架空言語の単語表、そして激烈な口調だが気にとめるほどでもない書評がいくつかだった。

単語表以外は、ほぼなにも役には立たない。

グリンネルは湖水地方の生まれでヨーク大学を卒業し、作品も多くがプランタジネット朝を見本にしているとはいえ、わたしからすれば彼は正真正銘のアメリカ作家だった。アメリカ人がごみ箱にぶちこんだ古い伝統を改めて拾いあげ、イギリス風のファンタジーの物語へ移しかえているのがグリンネルだ。

彼の小説の読者が目にするのは西部劇の無骨さとフィルム・ノワールの粗暴さで、その台詞もメソッド派の俳優が口にするにこそふさわしい。重装騎士はカウボーイのように、王家の密使はピンカートン探偵社の社員のように描かれていた。ときどき現れる攻城戦の場面も、ロバート・レッドフォードとポール・ニューマンが手を組んで銀行を襲っているようにしか見えない。

彼が描く暴力も完全にアメリカ式だった。まるでハーレム区の麻薬中毒者二人がバーボンを飲み干して殴りあいを始め、血がコカ・コーラさながらに吹き出すような――美しさのかけらもないが、刺激的ではある。

なぜピーターが、グリンネルの代作者にわたしを選んだか、理解はしていた。ピーターの目からすれば、わたしとグリンネルは同じジャンルの作家ということか。自分としては一千回死んだって認めたくないことだとしても。

たしかに二十一世紀のファンタジー作家たる身、わたしも遠慮のない血みどろの場面を描くことは避けられなかったし、それどころかかなりの紙幅をそこに割いてきた。とはいえそこで描く暴力的な場面は、多くが中世の叙事詩や歴史書から生まれ出たもの、むしろ火器以前の時代の再現であって、ハリウッド映画のつたない模倣ではなかった。
わたしはいくつかの事実をただ重んじていた——火器を使わずに人が戦うとき、身体を刺し貫かれて死ぬ者がいて、首を断り落とされて死ぬ者がいて、腹をかっさばかれて死ぬ者もいる。ふさわしく扱われた刃は皮膚を裂き、身体を断ち切ることができる。傷口は感染のおそれがあり、死体はたちまち腐っていく。

悲惨な売れ行きのおかげで、いまのところわたしの小説を批判する評論家はいなかったし、創作の動機に憶測を向けられたこともない。その種の砲火はおおかたがグリンネルの身に集中していた。ほんとうは首切り役人になりたかったのが、あいにく生まれるよりまえに国会が死刑を廃止していたのだと言われることがあった。もしくはコロッセオの計画者として、くだらない入場券を売るためだけに自分の描く登場人物を窮地に追いこみ殺しているとも、その鮮血への渇望はエリザベート・バートリ女伯爵にすら劣らないとも言われていた。

大英帝国の市民には、容赦を知らない道徳家はめずらしくない。彼らの親世代もこうして、マイケル・パウエルの映画『血を吸うカメラ』を批判したり、もしくはあの主人公の異常な行動から監督個人の嗜好を推測したりしたのだろう。そうした人々が実際にグリンネルの心理をとらえているのかといえば、それはわからないし、当人も答えを返したことはなかった。

しかしわたしはつねづね、はたして作品の内容が作者自身の趣味を反映することがあるのか疑っている。考えてみれば『天鵞絨王朝記』と『女剣士トリシア』には獣耳を生やした登場人物も、オスマン帝国風の足裏打ち《ファラカ》の刑も出てこないのだし——ほんとうの好みを小説にするのは恥ずかしいものだ。

　わたしとルームシェアしているダーシーはアンダーグラウンドのバンドでドラマーをしている。といっても家のなかであれこれ音を立てるわけではない。たいていの場合、ひとり部屋にこもってやけにずっしりしたヘッドホンを着け、特注のスティックでラバー製の電子パーカッションを叩いているから、そのときの物音はわたしがキーボードを叩く音といくらも変わらなかった。

　ダーシーが入っているバンドはロンドンのあちこちのクラブで活動していて、ポスト・テクノパンクと呼ばれるあまり知られていない流れに属している。この流派は〝音色こそ全て〟がスローガンだ。コンピューターでさまざまな音色を合成することに心を砕き、そこで作曲の作業の大部分が終わる。彼らの曲におけるメロディはふつう音符が一、二個だけで完結して、多くはギタリストが演奏する。ダーシーが叩くビートはせわしなく、そして変化がない。ボーカルは歌うというよりも台詞を読みあげているかのようで、その歌詞もたいがいが下品なたわごとだった。

　わたしが家に帰ると、ダーシーはソファにあぐらをかいて食い入るようにスマートフォンを見つめていた。今日は化粧をしておらず、黒のキャミソールを着ていて、裾がぎりぎりパンツを隠していた。

「まえからツイッターでしつこくわたしたちの悪口言ってる評論家のこと、覚えてる?」顔を上げてわたしをちらりと見て、すぐに下を向いた。「今日知ったんだけど、彼女は最善主義者《ユーディーモニスト》だったんだって。どうもわたし、誤解してたみたい。彼女の攻撃はただの冷やかしだと思ってたけど、まさかほんとうにわたしたちの音楽が嫌いだったとはね」

わたしは二つの紙袋を部屋に置いて、リビングに戻った。ダーシーのことはよくわかっている。彼女の愚痴はまだ終わらない。

「それで、その人と和解したの？」

「ううん、そんなわけない、もっと彼女が嫌いになっただけ。最善主義者は他人の苦痛から快感を覚えることはないっていうから……」

「『時計じかけのオレンジ』の主人公みたいに？」

「ちょっと違うね。人を傷つけるってことに生理的に不快を覚えるんじゃなくて、ただたんにそこから快感を得られない。この評論家は自分の難癖でこっちが傷つくってたぶんわかってるけど、それでもしつこく悪口を言ってくる——昨日はダイレクトメッセージで言ってきたよ、たっぷり四千字」

そう話しながら、右手の人差し指が忙しく携帯の画面のうえを動きはじめる。そのメッセージを探しているようだった。

「見せてくれなくていい、何を言ってるのかだいたい想像がつくから」

「じゃあいい」ダーシーはため息をついて、携帯をソファに放った。「もし彼女がトラックに轢かれたら、わたしはせいせいするしお酒を開けて祝う気分にもなるけど、でも彼女はそんな感情なんて持たない——最善主義者からすれば不道徳なことだから」

「たしかに不道徳ね、でも人は道徳のために生きてるわけじゃない」

「サラ、正直に言って。わたしたちの音楽って、ほんとにそこまでひどい？」

正直には言いたくなかった、あまりに薄情だから。わたしはダーシーとルームシェアを続けたい。しじゅう髪の毛が落ちているのを除けば、ダーシーは完璧なルームメイトだ。「もしかするとその人は電子音楽が嫌いなだけか、それかもっと堅い電子音楽しか好きじゃないのかも」

「この手の学者肌は、紙の上の音楽しか好きにならないんだって。自信を持って言えるけど、彼女はいつかベートーヴェンみたいに耳が聞こえなくなっても、楽譜を読んで他人の批判を続けられると思うよ。わたしたちの音楽は耳で聴くもの、身体で感じるものなのに。彼女の目からすれば、たんなる感覚的な刺激、獣の発情――これ、書いてあった通り」

「わからないな。ダーシーたちの音楽が嫌いなだけなら、聴かなければすむんじゃないの。なんでわざわざそれを言うの？」

「それこそ、彼女が最善主義者だからかもね。わたしたちを批判しても自分に具体的な得はなにもないし、そこからいっさい快感は得られない、だから正義に違いないと思ってる」

「ほんとうに快感を得られないの？」

「ネットにある最善主義者の説明に間違いがないとしたら、できないはず。ただの道徳的な要求なんてものじゃなくて、なにかの技術を使って実現してるものだから」そう言って、ダーシーは右手を持ちあげ、人差し指で自分の額を叩いた。「ここに関する技術で」

「世界の変化は速いね」

「それにこの人たちは悪行三昧のごろつきなんかじゃなくて、各分野のエリートなのに。これこそエリート階級の堕落だね。もはや世界を作りかえようとは思わないで、自分のほうを作りかえはじめた」

「理解しにくいことでもないかな。自分をもっと道徳的に、体裁よく見せるためなら、人はなんだってするものだから」わたしは続けた。「わたしたちイギリス人はとくに」

ロバート・ハリスの『ゴーストライター』で印象に残っている言葉がある。〝あらゆる人間活動のなかでも、書くという行為は、はじめないいいわけがいちばん見つかりやすい――机が大きすぎる、机が小さすぎる、うるさすぎる、静かすぎる、暑すぎる、寒すぎる、早すぎる、遅すぎる〟〔熊谷千寿訳〕。

ついさっき、わたしは絶好の口実を一つ失った――痛みつづけていた親知らずだ。

わたしはいま診療所のソファに座って、止血用の綿を嚙みしめている。麻酔はまだ切れていない。待合室にはエレベーターか診療所でしか聴かないようなライトミュージックが流れていた。弦楽器に伴奏されて木管楽器が順ぐりに長々としたメロディを演奏し、眠気を誘ってくる。ここにはもう十五分座っているけれど、わたしの親知らずを抜いてくれたコンプトン先生がやってきて、とうにわかっている注意事項を言いふくめてくるまでまだ待っていなければならない。

立ちあがって窓辺の本棚のところに行き、時間をつぶせる雑誌を探そうと思ったところ、そこに並んでいるのは医学雑誌ばかりだとわかった。もしかすると、いっそう公正に医師の技術を評価できるよう、『口腔および顎顔面手術《OMFS》』に掲載された最新の成果を患者が理解する必要があるという考えなのかもしれない。

そのとき、インプラントの施術を待っていたお年寄りが、一冊の小冊子を本棚に戻した。表紙はパウル・クレー風の絵で、青緑色の小片が集まって砕けたハートを形づくっていた。目を引く黒い文字も書かれている――〝ユーディーモニズムはヒューマニズムである〟。お年寄りがソファに腰を下ろしてから、わたしはその小冊子を手に取って本棚のまえで読みはじめた。

最善主義《ユーディーモニズム》を創始したのは脳科学者のサミュエル・アヴァリだ。彼はケンブリッジ大学でサイモン・バロン＝コーエン教授に師事したことがあって、博士号を取得するとアカデミアに留まることはなく、何人かの実業家の支援のもとみずからの実験室を創設していた。アヴァリの主張では、われわれはいかなるときでも他人を思いやるべきらしく、とくに他人の苦痛から快感を得てはならないと強調されていた。また彼は、その目標を実現するためには多少の〝技術的な手段〟を採って、人間の思考における生まれもっての欠陥に対抗する必要があるという確信を持っていた。

そこで彼は〝液浸療法〟とでも言うべきものを発明した。最善主義への帰依を望む人々は髪を剃りあげる必要があった。つるつるになった頭皮をあるピンクの液体に数時間浸す、すると対象者たちは常人離れした道徳を獲得する――器質的なレベルで、他人の苦痛から快感を得ることができなくなるのだ。

その後の数ページには、アヴァリ博士の信徒にはどのような有名人がいるか、列挙されていた。政治家、左翼運動家、金融界の大物、ロック歌手、医学界の同業者。ダーシーと因縁のある例の音楽評論家の名前は見つからなかったが、もしかすると彼女はまだこのリストに載る資格がないのかもしれない。すると、最後のページによく知った名前を見つけた——ウィル・グリンネル、肩書はファンタジー作家となっていた。

「最善主義に興味があるの？」

気づかないうちに、コンプトン先生がわたしの背後に姿を現していた。小太りの中年の女性で、悲しげだけれどほんのすこし滑稽な顔立ちをしていて、ドローレス・アンブリッジを演じるまえのイメルダ・ストーントンにすこし似ている。

「同業者を見つけただけです」わたしは答えた。グリンネルの本はわたしの本の数千倍売れていて、同業者と呼ぶ資格があるか確信はない。ただダーシーがいつもシュトックハウゼンやジョジョ・メイヤーを自分の同業者と呼んでいるのを思えば、こちらもたいして抵抗は感じなかった。「先生も最善主義者なんですか？」

「そう、あいにくこのリストには名前が載っていないけど。でもここにはわたしの同業者も載っているの、彼は歯科医師会の会長でね」

「なにをすれば、最善主義者の仲間に入れるんでしょうか？」

「会員の紹介を受けて、会費を納めればそれでいいの」そう言いながら、彼女は思いやりのこもった笑みを浮かべた。それが心からのものだとわたしは理解していたけれど、それでも気分が悪くなった。「興味があるなら、まずはアヴァリ博士の講演を聞いてみるのはどう。今週の土曜日にも開かれるから、電話をすれば席を取っておいてあげられるけれど」

アヴァリ博士の研究所は東方風の雰囲気を強く漂わせていた。手前の部分は白い立方体をしていて、ゾロアスター教の拝火神殿《アーテシュ・カダグ》を参考にしているのが明らかだった。天井には半球型のガラスのドームが嵌めこまれて、こちらから見える三面の外壁すべてに、二、三メートルは高さのあるアーチ型の巨大なガラス窓が付けられている。その奥にあるのは黄褐色のれんがを積みあげた円形の建物で、鳥葬が執り行われる沈黙の塔《ダフマ》を思い出さずにはいられなかった。

研究所がこうした造りになったのはアヴァリ博士本人の意志だったかもしれないし、彼がパールシー《インドのゾロアスター教徒》であることに建築家が気を回しただけとも考えられた。いずれにせよ、これを見たわたしはあまり愉快ではない記憶がよみがえっていた。貧乏学生だったころ、資金提供を受けて現代におけるゾロアスター教の儀式の規則について調査したことがある。ほんとうはロンドンで完結させられる仕事だったのが、資金があまりに充実していたためムンバイまで行き、そこでまる半年のあいだ下痢と戦った。そしてこのインド行きのせいで、わたしは学術研究に完全に見切りをつけ、べつの後戻りできない道を歩むことになったのだ。

高級車で埋まった駐車場を抜けて、白い建物に足を踏みいれる。なかに入るとそこは日の光に満たされたひらけた空間で、顔を上げればガラスのドームがあった。会場には数百の椅子が整然と並んでいて、すでに半分以上に人が座っている。聖火を奉じているわけではなく、かわりにとても静かな噴水があった。部屋の突きあたりには真っ白な投影スクリーンが下がっていて、その下には〝沈黙の塔〟に通じる小さい扉がある。

戸口のスタッフに止められたが、〝コンプトン先生〟の紹介で来たとわかると、好きな席に座っていいと言われた。

わたしは奥ゆかしく最後列に腰を下ろし、いつでも退散できるようにした。

みるまに会場は聴衆で埋めつくされていき、サミュエル・アヴァリもスクリーンの下の扉から姿を現した。白いスーツに身を包み、マイクを握った彼は、数歩進んで足を止め、講演を始めた。

「わたしは二十歳のときから人間の性質についての研究にかかわるようになり、今年でもう二十三年目になります。なかでも注目してきた問題は――人はなぜ悪をなすのか、でした。この問題には、歴史のなかで多くの宗教的な、あるいは文学的な説明がされてきました。わたし個人がもっとも好きな表現は、〝悪は神の綴りまちがいだ〟というものです。この言葉はちっとも科学的でないように見えますが、しかしある種の真実を示しているのです。

罪を三種に分類するのに悩む点はありません。一つは生活の逼迫《ひっぱく》によって犯すもの、『レ・ミゼラブル』の主人公がパンのために盗みを働いたように。こうした罪に対してわれわれは、法の裁きには賛成しつつも、罪を犯した人に多少の同情心を抱くものです。二つめは憤怒が理性を覆いかくしたために犯される、衝動的な罪です。善良な人が一瞬にしてひどく凶悪な罪人に成り下がり、冷静になってみると心の底から後悔する、ということは起こるものです。

ここでとくに詳しくお話ししたいのは第三の罪――快楽のためになされる悪行です。こうした罪を犯すものの多くは毛ほどの同情にも値しません。ここであまりむごたらしい例を持ちだそうとは思いません、三面記事や探偵小説のなかで飽きるほど読んできたでしょうから。これは断言することもできますが、人類の歴史のなかでもことに残忍で、暗い闇を抱えた、不幸な殺戮や凌虐は、その多くが人間の性質が持つこのたぐいの欠陥に関わっているのです。

わたしの研究にもとづけば、こうした罪が生まれてしまうのは、ひとえに脳の内部の〝綴りまちがい〟が原因なのです——すべての元凶となるのは、発生するはずのない脳内の電気信号の一つです。また同じくわたしは、このまちがいにわずかな修正を加えればだれであれ、より善良な人間になることができると証明しました。

スクリーンをごらんください、MRIによる脳のスキャン画像です。

他人の苦痛をまえにすると、われわれの脳では精妙にして複雑な機構が発動して、共感が発生します。この機構には、画像のなかで光っている区域のすべてがかかわっています。挙げきれませんが、たとえば内側前頭前野《MPFC》、眼窩前頭皮質《OFC》、下前頭回《IFG》、尾側前帯状回《cACC》、中帯状皮質《MCC》、前島皮質《AI》、側頭頭頂接合部《TPJ》、下頭頂小葉《IPL》、頭頂間溝《IPS》、それに扁桃体があります。

この過程においては、いやおうなしにわずかな誤りが発生します。われわれが長い文章を書きうつすとき、一つか二つ単語を綴りまちがえるのはしかたないのと同じです。多くの場合、誤りはさしさわりのないもので、われわれの思考や感情に軽微な影響をもたらすだけです。しかしこうした誤りのなかに一つ、重大な結果をもたらす、許容すべからざるものがあります。なぜならその誤りこそが、われわれに他人の苦痛から快感を覚えさせてしまうのですから。

問題となる誤りは、眼窩前頭皮質と腹側線条体《VS》のあいだで発生します。眼窩前頭皮質はわれわれの感情をコントロールする機能と結びついていて、共感の機構において非常に重要なはたらきをします。他人が苦痛を感じているかどうか、判断する手助けをするのです。しかし一部の状況において、眼窩前頭皮質は正しい判断をおこないながら、報酬系回路に属する腹側線条体に電気信号を送ってしまい、その結果ドーパミンが生成されることで快感が生まれるのです。そこでわたしの液浸療法は、この信号の伝達を効果的に遮断するもので……」

これ以上アヴァリ博士から頭の痛くなる脳科学の専門用語を聞かされるなら、白いローブの司祭から『アヴェスター』を読んで聞かせられるほうがましだった。

いまの話で、おそらくグリンネルの思惑についてもたどりつけた。

自分があまりにも遠慮のない血みどろの場面を一度ならず書いてきたのは、ある種の芸術的な目的、もしくは商業的な判断のためで、胸の奥底にあるなにか隠された願望を満たすためだけではない、という証明を彼は望んでいたのだ。しかし結局のところ、彼は自分の創作の動機を見誤っていた――〈灰の国〉のシリーズを書くことができたのは、彼が鮮血に焦がれ、描き出した人物の苦痛から快感を得られるからこそだった。

その結果として、アヴァリ博士の液浸療法を受けて以降、血に飢えたミューズは彼から離れていった。霊感は涸《か》れ、創作の原動力は失われた。しかし、自分自身を騙すことはできないにしても、次善の策として、ともかく世間に向けて自分の道徳と品位を証明することならできる。

これが、代筆を依頼しなければならなかった理由だ。彼は全世界を騙す必要があった――自分は最善主義者になってからも、以前と同じように書けるのだと。しかしあいにく、代筆者に選ばれたわたしを騙しとおすことはできなかった。

もしいつか、わたしもグリンネルのように名を揚げたなら、ことによると道徳家たちの集中砲火を浴びるようになって、彼と同じく身の証しを立てようと焦ったり、見境なく救いを求めたりするのだろうか。いまのわたしにはわからない。すくなくともいまのわたしにはまだ、そうする資格はない。創作への意欲を失う危険を冒してまで、心もとない最善《ユーダイモニア》を追いもとめることはできない。わたしたちはみな、人間としての枷《かせ》を負いながら生きているというのに、なにゆえ〝最善主義〟という名の新たな枷をかける必要があるのか。たとえ、それを進歩だとうそぶく人たちがいるとしても。

そう考えながら、わたしは立ちあがり、彼らの聖域をあとにした。

物語の歌い手

大久保洋子訳

盃に詩を満たし、一切の生命を歌わん。
そは不老不死の蜜、人を神の国へと導かん。

——フレデリック・ミストラル「聖杯」

私の物語は十四歳の時にかかったあの重い病に始まる。

当時、ほとんどすべての人が、私が助かるとは信じていなかった。修道女たちは傍らで祈禱を始め、この若い魂が連れ去られないようにと祈る者もあれば、死後に救われるよう願う者もあった。慈悲深い主がその時に私を召さなかったのは、高熱で意識が朦朧とし、臨終の罪の告白ができなかったのを憐れまれたためかもしれない。けれど、その後の長い歳月で、私はまたさらに多くの罪を犯してしまった。

最初の発作はなんとか乗り切ったものの、病状は相変わらず行きつ戻りつで安定せず、時に高熱を発し、時に喀血《かっけつ》し、毎日まるで樽いっぱいの葡萄酒を飲んだかのようにぐるぐると目が回った。比較的健康な時期であっても、咳はいつも私を苦しめた。私は毎日のミサに参加できなかったし、中庭の回廊へラテン語の授業に行くこともできず、もちろん安息日の聖歌や聖餐も逃してしまった。

その半年間は毎日ベッドで寝返りを打ち、室内に射しこむ陽光が少しずつ明るくなり、また暗くなってゆくのを見つめていた。時間をやり過ごすには、心の中で『聖書』や祈禱文、それにラテン語を学ぶ時には必ず触れる異教の書物を絶えずそらんじるしかなかった。思い出せない言葉があれば、食事を運んできた修道女に尋ねるよりなかったが、欲しい答えをいつも得られるとは限らなかった。

夏の終わりのある日、修道院長は私の妹のクリスティーナにガラスの小瓶を届けさせ、それに尿を満たすように、と言った。ある東方医学に通じた神父様が折よく来訪し、診察をしてくださるから、と。私はその通りにした。けれどその神父様が出した処方はごく単純なものだった――「南部の温暖な気候」だ。

神父様はさらに、修道院にとどまって冬を越せば、来年の春までは絶対に持ちこたえられまい、と断言した。

こうして、十五歳の誕生日の前夜、私は両親のもとへ帰った。その後の二年間はガロンヌ河畔の城で過ごした。もしもあの病気がなければ、おそらくアランソン家に嫁ぐまで、ずっと修道院で貧しくとも満ち足りた日々を送り、南部の貴族の堕落した生活とは無縁だったことだろう。もしそうであったなら、ふるさとの歌に触れることもなく、ましてやその後のあの旅もありえなかったはずだ。

世話係としてよこされた侍女のマデリンは、私と同い年の健康で快活な娘だった。彼女の祈りは功利的なもので、悲しみも怒りも長続きしなかった。マデリンを最もうらやましく思ったのは、常に具体的な物事しか眼中になく、「原罪」や「永劫の罰」といった抽象的な概念のために悩んだりしないことだった。マデリンからすれば、そうした心の痛む言葉は東方の国々のようにはるかに遠いものだったが、私にとっては十字架のように明白で重苦しいものだった。

その秋はずっと、相も変わらず床に伏せ、マデリンは至れり尽くせりの世話をしてくれた。そのことに対してはもちろん心から感謝しているし、ほかのことで彼女を責めるべきではないだろう。けれどあの絶え間ないおしゃべりには確かに悩まされた。彼女はいつも私のベッドの傍《かたわ》らに腰掛け、針仕事をしながら、使用人たちの間で流れる噂話をぺちゃくちゃとしゃべった。今、思い返せば、マデリンの話は決して耐えがたいものではなかった。しかし修道院を離れたばかりの私にとっては、本当に耳障りだった。私は内心、足元のその土地をずっとけなし続け、罪悪の巣窟と見なし、エレミヤの口真似すらした。単にその古代の預言者のいうシオンをトゥールーズに置きかえただけではあったが。

冬に入ると体調はいくらか良くなり、少し読書ができるようになった。マデリンは私のために書斎へ本を取りに行ってくれた。彼女は文字が読めず、持ってくる本のほとんどは時禱書《じとうしょ》や薬物誌のような、美しい挿絵のある手書きの写本だった。私の方も特に希望はなく、どちらにせよ単なる暇つぶしなのだから、何を読もうとどうでもよかった。ベッドに身体を起こして読んでいると、マデリンも時折、近づいてきて、挿絵のそばの文字は何と書いてあるのかと興味深げに尋ねることもあったが、その興味は長続きせず、いつも私が訳し終えるのを待たずに向こうを向いて針仕事に戻ってしまうのだった。

気候が暖かくなると、私はほぼ全快し、城の中を歩いたり、家族とともに食事をしたりできるまでになった。そして自分で書斎へ本を取りに行くようになった。本棚の埃でいつも咳が止まらなくなりはしたが。その頃の私は、オウィディウスの『恋の技術《アルス・アマトリア》』よりもボエティウスの『哲学の慰め』を好んでいたし、吟遊詩人《トルバドウール》の作品などはなおさら見向きもしなかった。そうした作品は多くがきめの粗い紙にいい加減な文字で書き写され、綴りの間違いも少なくなかったし、中身もオウィディウスよりずっと露骨だった。しかしそうであっても、結局のところ母語で書かれた作品はラテン語の文章よりも読みやすく、私はやはりそれらを読み終えた。

同じ春、城は二人の客人を迎えた。

カストルのギーは四十歳近い放浪学僧《ゴリアール》だった。このパッとしない集団の中では比較的尊敬されていた人物だ。パリの神学院に学んだが、主流派に反対する見解をたびたび発表したために、結局ひところに落ち着かない暮らしをするようになったのだ。幸い、この数年来、すでに十分な名声を重ねていたため、どこへ行こうと喜んで世話をしてくれる貴族には事欠かず、慕って近づきたがる学生も多かった。

アルビから来たアランは吟遊詩人だった——この肩書はかつてはアキテーヌ公ギヨーム九世のものだったが、今ではどんな大道芸人《ジョングルール》であっても使うことができる。

アランは歳は若いが、貴族に仕えることにかけてはギーよりも経験豊富だった。場を心得た振る舞いができ、さまざまな宮廷の儀礼に通じている上に、お世辞がうまく、特に酒宴での祝辞が得意だった。古代英雄物語を書き換え、私の祖先を称える武勲詩《シャンソン・ド・ジェスト》をたくさん書いた。その中で、祖先はポワチエでサラセン人と死闘を繰り広げ、口から火を噴く邪悪なドラゴンを退治したことになっていた。彼は戦いの一つ一つを、まるで自分が経験したかのように、真に迫って描写していた。それらは私の祖先ですら経験したことがなかったのだが。けれど、彼がそうした中身のない歌を歌いだすたびに、父は嬉しそうに余分に盃を干し、酒が回れば当然、褒美も増えた。

当時の私はどんな詩も耳に入らず、北部の修道院へ早く戻ることをひたすら願っていた。しかしどんなに頼んでも両親は同意してくれなかった。二人はまだ私の健康を心配していた。病気の苦しみが次第に和らいだためか、あるいは黒胆汁《こくたんじゅう》が体内で優位を占めるようになったのか、私はそれまでになかった憂鬱を感じた。修道院の厳格な戒律や規則正しい生活を、院長も許さないような厳しい修行を渇望し、さらに昔日の聖者のような殉教をさえ望むようになった。

私の篤い宗教心を満たそうと、両親はのちにきっと後悔することになる決意をした。城に寄宿していたギー氏に、神学を教えてくれるよう頼んだのである。

授業は書斎で行われ、普段は昼食までの二時間だった。ギー先生の授業はひどく退屈で、さまざまな概念の分析ばかりで、魂や原罪のような、私が本当に興味を持っていた問題についてはのらくらと言い逃れをし、たくさんの古代の教父や近代の学者たちの主張を持ち出すのだが、結論を出したことはなかった。彼はさらに二週間を費やして、最も厳格な弁証法によって世界の永遠性をどのように論証するかを説明し、私がへとへとになってそれらの長大な論文を消化したのに、彼はその論証には許しがたい論理の誤りが見つかったと指摘するのだった。さらに多くの時間は、ボナヴェントゥラが注をつけた『命題集』をよこして読むように言うだけで、私がどれほど理解できたかはまったくかまわず、自分は傍らで大作を書いていた。

こうした静かな生活は晩秋の頃まで続いた。ギー先生に詩を書く趣味がなかったら、もしかするともっと長く続いたかもしれない。いつからか、彼はラテン語で創作したいくつかの詩を聖職者たちの集団の中で流行らせるようになった。それらの詩はとてもあからさまで、「川辺の城」や「庭の大きな樫の木」にまで触れていた。あらゆる人がたちまち、それらは私に捧げられたものだと推測するようになった。彼があの極めて冷淡な態度の下に、いわく言いがたい情熱を隠していたのかどうか、私にもわからなかった。

事態は見る間に両親の耳にまで届きそうになり、ギー先生は万事心得たりとばかりに逃げ出した。噂では、彼はのちにアジャンのとある主教のもとへ身を寄せたらしい。詩作はやめなかったようだ。その後の作品で、彼はしばしば自分をアーサー王物語の中の邪悪なヴィヴィアンに誘惑されたマーリンになぞらえていた。

しかしマデリンがすぐに私の潔白を証明してくれた。言葉によってではなく、日増しに膨らむ腹によって。彼女はもはや妊娠した事実を覆い隠すことはできなくなった。人々はそこで初めて、ギーが書いたイヴやミューズ、ヘレナ、それにあの邪悪なヴィヴィアンは、すべて私とは無関係で、私の侍女こそがあの六歩格《ヘクサメーター》の詩の本当の主人公なのだと理解した。

こうした一連の波乱によって、学問に対してわずかに残った最後の情熱は吹き消され、私は永遠の生命に対する渇望も一時手放し、俗世間へと再び目を向けるようになった。自分の母語で書かれたあれらの歌も、もはや退《しりぞ》けなくなった。結局のところ、ギー先生がウェルギリウスを模倣して書いたラテン語の詩はさほど気高いものではなく、むしろ私に多くの厄介ごとをもたらしたという事実は、目の前に存在するのだった。

その後、マデリンは故郷へ送り返され、十五歳のステファネットが私の侍女になった。ステファネットは赤毛で顔じゅうにそばかすのある物静かな娘で、唯一の趣味は古いリュートをつま弾くことだった。しかし彼女はアランの歌を好まず、その演奏技術も気に入らなかった。口数は少なかったが、アランを批判する時には言葉を惜しまなかった。もしもアランが酒場で歌ったら、三分もせずに舞台から引きずり降ろされるだろう、と彼女は断言した。

その言葉を証明するため、私たちは春になったある日、そろって城を抜け出し、舞台から引きずり降ろされることのない歌を聴きに行った。私は質素な古い服に着替えた。それはステファネットが用意してくれたものだった。のちに知ったが、母も時々それを着て出かけていたらしい。

その酒場は港に近く、客は商人や船乗りが多かった。騒々しく、混み合っている上に薄暗く、さらに汗のにおいが充満し、決して愉快な場所ではなかった。けれどステファネットは、そこで歌っているジャウフレは南フランスで最高の吟遊詩人だと太鼓判を押した。

彼女のいうジャウフレという人物はすぐに見つかった。カウンターの向こうから姿を現し、水色の長い上着に濃い灰色のタイツを穿《は》き、腕にリュートを抱え、酒場の主人があらかじめ用意した椅子に腰を下ろした。ジャウフレは見たところ三十歳くらいで、皮膚は浅黒く、髪は枯葉色で、口ひげをまばらに生《は》やしており、着飾ることに長《た》けたアランに比べるとひどくみすぼらしかった。しかしあばただらけで赤く腫れた鼻をした酒場の主人と並べば、まあまあ見た目は良い方だった。彼が席に着いたのを見て、騒がしかった酒場はたちまち静まり返った。人々はしきりに彼に視線を投げ、今日の物語を静かに待ち受けた。

彼は口を開き、歌声によって北部の森林を描写し、続いて蹄《ひづめ》の音をまね、それから話を転じた。一本の矢が「シュッ」と音を立てて森の中から飛び出すと、今しがた登場した騎士が射られて落馬する。騎士の同伴者たちは辺りをさまよい、また一人が落馬すると散り散りになり、そのうちの一人は折よくある隠者に出会って、彼のもとでその森の伝説を知る。暗がりに潜むその弓の名手は、元は純朴な狩人だったのだが、森の妖精《フェ》と恋をしたために呪いにかけられたのだった……。

ジャウフレの物語が終わらぬうちに、私とステファネットは帰らざるを得なくなった。翌日、彼はまた別の物語を語り始めた。今度の主人公はとある傭兵で、偶然、強盗の一味から一人の少女を助け出す。彼女ははるか遠い国の王女だと名乗り、自分を祖国へ送り届けてほしいと傭兵に頼む。その物語も最後まで聴くことができず、次に酒場へ行った時になじみの客に結末を尋ねようと思った。しかし翌日着いた時には、ジャウフレの歌はすでに始まっていた。新しい物語に深く魅了された私たちは、前の物語を自然と頭の後ろに追いやってしまった。

その夜、残念そうな顔をしているステファネットを見て、ふいに、私がジャウフレの物語に結末をつけてはどうかと思いついた。そこで口まかせに続きを考え、あの哀れな狩人は最後には呪いを打ち破るが、愛する森の妖精とは永遠に別れざるを得ないことにした。ステファネットに語って聴かせると、彼女は興味津々でリュートを取り上げて前奏を奏で、先ほど語った物語を歌にしてほしいと言った。

病に伏す前、私は修道院で聖歌隊の先唱をつとめており、声にはいくらか自信があったが、母語で歌うのは初めてだったため、どうしても不慣れなところがあり、しばらく練習をしてなんとかステファネットの伴奏についてゆけるようになった。試しに続きを歌ってみたが、どのようにリズムや韻を押さえるかを考えるために時々止まらねばならなかった。ジャウフレやアランが使った言葉をあれこれと思い返し、彼らが人物や戦いをどんなふうに描いたかも思い返した。初めはすべてがうまくゆかなかったが、明け方近くになってようやく、物語全体をどうにか歌い終えた。私もステファネットも疲労困憊してベッドに倒れたが、旋律はまだ耳の辺りを巡っていた。深い眠りに落ち、再び目覚めた時には世界は一変していた。

それまで気にとめていなかったが、世の中のどんな土地にも、物語の種が散らばっていない場所はなく、ただ注意深い人が拾い上げ、植えつけるのを待っているだけなのだ。私は庭の樫の大木についていくつかの伝説を作り上げ、使用人たちのおしゃべりを歌にしようとし、以前はいささかも魅力を感じなかったオウィディウスすら、むさぼるように読んだ——それはまったくのところ、物語の宝庫だった。私はラテン語で書かれたそれらの伝説をステファネットにも理解できる言葉に改め、ついでに口が回らないあの手の名前をより親しみのあるものに改めた。

もちろん、機会さえあれば、相変わらず城を抜け出してジャウフレの歌を聴きに行った。あのおべっか使いのアランに対しても、ステファネットの評価が少しずつ理解できるようになった。

アランの歌は単に私の父の、時には母のご機嫌を取るためのもので、ただそれだけだった。彼は物語がすばらしいかどうか、自分の語り方が面白いかどうかには興味がなく、節回しや弦を弾《はじ》く指使いについて、訓練をしようという気がないのだった。歌う時、彼の視線はその場で最も地位の高い人に釘づけになり、その反応を観察し、歌の内容を注意深く整えた。それに比べて、ジャウフレは自分の物語に陶酔し、口を開いた瞬間、目に見えるのはもう目の前の客ではなく、はるかかなたの城や森なのだった。

その頃、私はジャウフレのことで一度ならず憤った。なぜ彼のように優れた歌い手が小さな酒場で金のために歌い、アランのような凡庸な輩《やから》が城に出入りしたり、貴族たちの褒賞を得たりできるのかわからなかった。ついにある日、勇気を奮い起こして、酒場の主人を買収し、ジャウフレとの秘密の面会を手配させた。

私は酒場の裏のぼろ家で彼に会った。扉を入ってゆくと、彼はベッドに腰掛けてリュートの調弦をしていた。その時初めて、あの手の中で常に優美な旋律を奏でるリュートが、これほど古く、乳白色のニスはすでにほとんど剝げ落ちて、棹《さお》の先端も角が一つ欠けていることに気づいた。身にまとっている例の上着は身体にぴったりと合っていたが、つぎはぎだらけだった。さらに、額に垂れる枯葉色の髪の下には、細長い傷跡が見え隠れしていることに気づいた。彼が描くあの戦闘の場面は、もしかすると自分自身の経験から来ているのかもしれないと思わずにはいられなかった。

ジャウフレは礼儀正しく応対し、さらに私のことを覚えていると言い、私の方はいつも早く席を立たなければならないことを詫び、それは物語がつまらないためでは決してないのだと説明した。さらに、もっと気前のよい聴衆のために歌う気はあるかと尋ねた。彼は私の厚意に礼を述べ、こちらをしばらく観察し、何かを察したようだった。しかし答えは、自分の歌はきめの粗い布のようなもの、貧しい酒場の客にしか合わないというもので、さらに遠回しに、それらがもしもいずれかの貴族のお嬢様のお耳を汚してしまったのなら、誠に申し訳ない、とほのめかした。

　ジャウフレの拒絶は予想した通りだった。帰る道すがら、私はずっと泣いていたけれど。夕食の時、アランはいつも通り食卓の傍らで、例のでっちあげの武勲詩や、何の愛情も伝わってこない暁《アルバ》の歌を歌った。私はアランが身につけている金糸の刺繍がたっぷりとほどこされた緑のマントや、手の中の美しく彫刻されたリュートを見つめ、果実酒を二杯、胃の中に収めると、ついに耐え切れなくなってその歌をさえぎった。盃を彼の足もとに放り投げ、立ち上がって部屋へ駆け戻った。吟遊詩人に対する無礼を責める人はいないだろうが、私がなぜこれほど怒ったのかを理解できるのはステファネットだけだった。彼女は、ジャウフレのために新しい服とリュートをあつらえることを提案した。それは確かに良い考えだった。

　翌朝すぐ、私たちは首飾りをいくつか金に換え、仕立て屋と楽器職人のもとを訪れ、前金を支払うと手元に何スーか残った。ちょうどおあつらえ向きの布があったため、服は一週間でできあがったが、リュートはたっぷり六週間は待たなければならなかった。すべての準備が整った時にはもう六月下旬になっていた。私が再び酒場の主人を訪ねて銀貨を握らせようとした時、ジャウフレがすでにトゥールーズを離れ、モンペリエへ向かったことを知らされた。

　屋敷へ戻り、ジャウフレのために作らせた服をベッドへ放り出し、はさみを持ってくるようステファネットに言いつけた。彼女は気乗りしない様子だったが、逆らうこともできなかった。しかし私は彼女が出ていった後、名状しがたい衝動にかられて、その男物の服に着替えた。ジャウフレを小柄な身体にしてくれた神に感謝しよう、彼のためにあつらえた上着やタイツは私の身体にぴったりで、ただ胸元が少しきついだけだった。ステファネットが戻ってくると、私は新しいリュートを彼女に手渡した。

「一緒にここを離れましょう」私は言った。「モンペリエへ行くのです」

一時的に頭に血が上《のぼ》ったこんな提案に、ステファネットはただ頷くだけだった。できる限り持ち物を減らし、足りないものは途中で買うことにした。手元には服とリュートを作らせた残りの数スーしかなく、旅費には十分とは言えないが、金を使い果たしたら歌って稼げばよい。万が一のために、真珠を何粒か身につけた。ステファネットは数個のパンと葡萄酒を一本、調達してきて、私は護身用に短剣を持ち、経験がないために苦心してそれを腰に差した。

私たちは夜明け前に城を出た。かなたでは、聖ジャンの火祭りの炎が夜の帳《とばり》の下に燃えていた。東の地平線に真珠色の光が浮かぶ頃、港の近くの市場に着いた。路上で寝泊まりしている露天商たちはもう店の準備を始めており、町住まいの商人たちも馬車や手押し車で荷物を運び、次々と集まってきた。太陽が昇ると、市場はもう人でいっぱいだった。

午前中ずっと、私たちは馬車で来ている商人の一人一人に声をかけ、近いうちにモンペリエへ行く予定はないか尋ねてまわった。私を女だと見抜いた者は誰もいなかった。誰も吟遊詩人の性別など疑わないのだ、特に「彼」のそばに若く美しい「妻」がつき従っている場合には。残念ながら、トゥールーズを離れる予定の商人たちは多くが北へ向かおうとしていた。幸い最後に、カルカソンヌへ行こうとしている商人を見つけ、彼は私たちを途中まで乗せてゆくことに同意してくれた。カルカソンヌはモンペリエまで近いとは言えないが、少なくとも同じ方向だ。

こうして私たちは馬車に飛び乗った。その商人が何の商売をしているのかも尋ねなかった。彼は干し草で荷を分厚く覆い、私とステファネットはその上に座った。道中、気晴らしに何か歌ってほしいと商人が言うので、私はあの呪われた狩人の物語を歌った。記憶を頼りにジャウフレが歌った内容を繰り返し、自分で作った物語を後半に続けた。

馬車は夕刻にカルカソンヌへ到着した。そこは城壁に囲まれた都市だった。至るところに足場が高く組まれており、それは元からある城壁を修復しているか、新しく城壁を作っているか、城壁を築いた後にいつまでも撤去せずにいるかのどれかだった。一番外側の目立たない一角には崩れた城壁が数カ所見られ、あたり一面に石が散乱し、びっしりと苔が生えていた。百年前のあの戦争で破壊されたものに違いなかった。

親切な商人に別れを告げ、私とステファネットは城壁の中のある旅館に宿をとった。旅館の一階は酒場を経営しており、そこには当然、稼ぎに来た吟遊詩人が少なくなかった。私たちは片隅の席について、いささか歳のいった歌い手が歌うけだるい田園詩《パストゥエル》をいくつか聴くと、その後は男女がいちゃつく歌になった。彼は哀れなほど小さなフィドルを持っていた。たいてい指で弦を弾くだけで、ごくたまに弓で弾き、平板で退屈な音を立てていた。

食事を終えた客たちが次々と席を立ち、明らかな酔っぱらいだけがぐずぐずと立ち去らずにいた。私とステファネットは店じまいまでいようと初めから決めていたため、同じ席に腰を下ろしたまま、質の悪い葡萄酒を一杯また一杯と飲んでいた。その時、ある客がふいに歌い手をさえぎった。

「そろそろいいだろう」彼は言った。「俺たちが聴きたいやつを歌ってくれよ」

歌い手は視線を私たちの方へ投げ、客たちも素早くこちらを振り返った。とっさにどうすることもできなかったが、酒場の主人が助け舟を出してくれた。主人は、私がトゥールーズからやってきたこと、同じ祖先を持つ者であることを歌い手と客たちに説明した。その場の全員がそれでようやく胸をなでおろし、歌い手も厳《おご》かにフィドルを持ち上げ、まじめな顔で哀切な旋律を奏でると、さらに物悲しい歌を歌いだした。

彼は、百年余り前、トレンカベル一族が統治するカルカソンヌで、人々は幸せに、信仰篤く暮らしており、大地には酒と蜜が流れ、先ほどのいかなる田園詩よりもいっそうすばらしい時代であったことを歌った。しかし、教皇インノケンティウス三世が起こした罪深き戦争がすべてを破壊した。あの呪われたシモン・ド・モンフォールとその配下の軍隊は、南部の勇士たちを次々とその剣で切ってゆき、城塞都市は轟然と崩れ落ち、明眸皓歯《めいぼうこうし》の美女たちは火の海に身を投げ、葡萄園は馬の蹄に踏みにじられて墓場と化した。

彼はさらに続けて、たとえそうであっても、自分たちの心の中にはなお永遠に陥落しない城塞都市がある、それは詩だ、と歌った。北部人の貧弱な言葉では偉大な作品を生み出すことはできない、ちょうど泥で城壁を築くことができないように。アルビジョア十字軍のさまざまな罪深き行為を称えたやつらの詩、あのモンフォールを称賛した武勲詩は、とうてい伝わってゆくことはないだろう。しかし我ら南部人の歌はやつらの暴虐を永遠に記憶にとどめ、信仰を守って死んでいった死者たち一人一人を覚えておくだろう。言葉と旋律の上に築かれたこの城塞で、我らは今も主人なのだ……。

その時、へべれけになった数人の客が彼とともに歌いだした。彼らは調子っぱずれではあったが、情熱を込めて歌い、涙すら流していた。北部の修道院で育ち、北部の貴族と婚約した私は、彼らに加わる資格はないのかもしれなかった。ましてや、北部人の言葉は決して貧弱ではなく、あの城攻めを褒め称える詩人がいくらもいないことは、私もよく知っていたのだから言うまでもない。南部人にとってカルカソンヌの陥落は致命的な災いであっても、北部人からすればただ一度の取るに足りない勝利なのだ――結局のところ、この封じ込められた城塞都市は、二週間もたたずに投降したのだから。

もちろん私はそんな興ざめなことは口にしなかった。一人の詩人と一群の酔っぱらいの麗《うるわ》しい夢をどうして壊さなければならないのだろう。二階の部屋に戻って初めて、ステファネットの顔に涙の痕があることに気づいた。どうやら彼女もあの激しい歌に心を動かされたらしかった。

翌日早く、酒場の主人は私たちの目的地がモンペリエであることを聞いて、ナルボンヌへ向かおうとしている旅館の客を紹介してくれ、そのスパイス商人も私たちを途中まで乗せてゆくことを快く承諾してくれた。午前中いっぱい、彼がカルカソンヌの市場で最後の品物を売り払うのに付き合ってから、東へ向けて出発した。

途中で巡礼者の一行とすれ違った。彼らは褐色のぼろぼろになった服を身にまとい、幅広の丸い帽子をかぶり、手には一本の木の杖を握って、日の沈む方角へ歩いていった。その中には老人もいれば、枯れ木のように痩せた病人もいて、他の者たちは彼らに合わせてみなゆっくりと歩いていた。馬車を駆っていたスパイス商人はその様子を見ると、自分のある親戚が重い皮膚病を患って巡礼の旅に出、聖女フォワの亡骸《なきがら》に拝謁すると奇跡のように病が治ったことを私たちに語った。その頃の私はその類《たぐい》の伝説を大して信じていなかったが、商人のために聖女フォワにまつわる歌を歌うことにやぶさかではなかった。

私たちが乗った馬車はナルボンヌの城門で一人の衛兵に止められた。彼は私の身なりとステファネットの持つリュートをじろじろ眺め、歌い手かと尋ねた。口を開く前にスパイス商人が答え、その上、私の歌声を褒め称えた。すると衛兵は、自分と一緒に「ある貴婦人」に会いに行く気はないか、と尋ねたが、その口調は有無を言わせぬものだった。こうして、私とステファネットは馬車を降り、彼に連れられてある通り沿いの館の前へやってくると、今度は戸口の下女に連れられて室内へ入った。

客間で私たちを迎えたのは若い女性で、見たところ二十五歳くらいだった。クリーム色のブラウスを着て、スカートの裾はまっすぐ床に垂れていた。ある騎士の妻だと名乗り、ちょうど吟遊詩人の助けが必要だったという。もしもガロンヌ河畔の城で会ったなら、彼女は私にうやうやしくお辞儀をしなければならないところだが、この時、私は吟遊詩人に扮していたため、その身分に見合う謙虚さを示さなければならなかった。

求めに応じて、私は愛情を称えた短詩《レー》を歌った。歌詞は書斎の手稿本で読んだもので、作者の名前はもう調べようがないが、二百年前の貴族だったかもしれない。彼女は歌声にまあまあ満足した様子で、私たちを夕食に引きとめ、吟遊詩人を急ぎ探していたわけを説明した。

彼女によると、毎年この時期、子爵夫人が城で「恋の法廷《クール・ダムール》」という集まりを開き、この町の貴婦人たちはみな聴衆として出席するという。子爵夫人はひと月前に歌のテーマを発表するのだが、たいていは「恋愛において嫉妬は正当なものか」「恋愛は婚姻による制約を打ち破ることができるか」といった恋愛に関する疑問で、参加者はこの問題に対する答えによって二つの組に分かれる。当日、それぞれの組から吟遊詩人を二人ずつ出して、自分たちの主張を歌わせ、聴衆はどちらかの歌に感動すれば組を変えることができ、最後に支持する者が多い方が勝つのだという。

今年のテーマは、身分のかけ離れた男女の間に真実の愛は存在し得るか、というものだった。はじめ、子爵夫人は「あり得る」と考え、自分のもとにいる吟遊詩人に歌わせるつもりだった。だが数日前に突然、「あり得ない」と考えを変え、彼女に仕える吟遊詩人ももちろん、敵陣へ移った。こうして、「あり得る」の側はほかに吟遊詩人を探さざるを得なくなり、その重荷がまさに私の目の前にいるこの騎士夫人の肩にのしかかってきたのだった。

歌比べまであと五日を残すのみとなり、彼女は私に自分の側で歌ってほしいと言った。目の前に置かれた選択肢はどうやら二つしかないようだった。同意したうえで要求通りに歌を捧げるか、同意しておき折を見て逃げ出すかだ。断ったとしても、あっさりと立ち去らせてくれるとは限らない。そこで、私は彼女と直接、報酬について交渉し始めた。示された額はまずまず手厚いもので、少なくとも騎士の家庭にとっては大金と言えるものだった。

ジャウフレがモンペリエに数日しかいないということはあるまいと考え、彼女を手助けすることにした。それはつまり、五日以内に恋愛物語を考え出して歌を作らなければならないということで、その主人公は身分が大きく隔たった恋人同士であり、さらに彼らの恋は幸福な結末を迎えなければならなかった。

こうして、私はしばらくそこにとどまることにしたが、ナルボンヌを離れるまで屋敷の主人にはお目にかからず、噂によると仕事でカタルーニャへ行ったということだった。騎士夫人は私の自由を束縛することはなかったが、外出する時はいつも、安全のためという名目で兵士を同行させた。

ナルボンヌで、私は初めて海を見た。それはこれまでどんな場所でも見たことのなかった色で、さらに日差しが移り変わるにつれて刻々と変化した。陽光が最も美しい時であっても、その青色はなお底知れない神秘をたたえていた。私はそれを何に喩えるべきかわからず、なぜ古代の詩人が海の水を「葡萄酒色」と描写したのかようやくわかった。その表現は正確と言うには程遠かったが、もっと適切な表現はすぐには思いつかなかった。

ただ、残念なことに、永遠に変わらないその壮麗な景色を見ても、私には一千年前の遠征や三段櫂船《トライリーム》を想像する余裕がなく、恋愛物語を作って自分と身分の変わらない人たちのご機嫌を取ることを迫られていた。幸いすべてはとても順調に運び、三日間で物語と歌が完成し、残りの時間でステファネットと繰り返し練習をした。

歌比べの当日、騎士夫人は一台の馬車を出して私たちを子爵家の城へ送り届けてくれ、一人の小柄な下女がホールを抜けて、吟遊詩人や楽手のための小さな休憩室へと連れていってくれた。到着した時、室内はすでに人で一杯だった。その反対にホールはがらんとしており、美しく彫刻された椅子を使用人たちが並べているところだった。およそ半時間後、客人たちが続々と到着した。

ホールの椅子は二列に並べられ、その間には広い空間が設けられていた。片側に腰を下ろした客人たちは、身分が大きく異なる男女の間に真実の愛は存在すると信じており、もう片側はあり得ないと考える人たちだった。どちらの側にも、物語を聴いてその場で考えを変える人のために空席が残されていた。

子爵夫人は最も遅く到着した。見たところ四十歳ほどで、美しいが親しみの持てない顔立ちをしていた。華やかな紫色のロングドレスを身にまとっており、それは東方の高価な染料で染めたものに違いなく、表面にはスイカズラとユリの花が金糸で刺繍されていた。濃い金色の髪は高々と結い上げられ、宝石がびっしりとついたネットで覆われていた。傍らには、緑色の服を着た侍女が控えていた。

最初の吟遊詩人は手にフィドルを持ち、伴奏者はいなかった。彼が歌った物語の中では、一人の貴族の娘が身分の低い衛兵と恋をしていた。娘は恋人との結婚を許してほしいと父に懇願するが、父親が出した条件は、日の差さない真っ暗な塔の中に七年間閉じ込められてもなおその衛兵との結婚を強く望むのであれば、二人を手助けしようというものだった。こうして娘は自ら塔の中に入り、暗闇の中で待ち始める。彼女は毎日、期日が到来した後の幸せな暮らしを思い描く。しかし七年後、塔を出て見たものは、衛兵がとっくに結婚をし、何人も子どもをもうけていた姿だった。物語の終わりで、娘は、自分は無意味な時間の中で青春を費やし、真っ暗な塔の中で虚しい歳月を過ごした、これら一切には何の価値もなかったと、自らの気まぐれを強く悔やむのだった。

この物語を聴き終え、数人の女性が立ち上がって向かいの陣営へと移動した。おそらく彼女たちにとって、物語の中の衛兵の心変わりは、その階級の人間が愛情に対して硬い意志を持たず、そのため身分のかけ離れた男女の間には当然、真の愛はあり得ないことを示すものだったのだろう。

二番目の吟遊詩人は伴奏者を二人つけており、彼の物語は暴君ネロが統治するローマ帝国で起こった。ある貴族の青年がキリスト教徒の奴隷の少女を愛し、彼女の影響を受けて信仰を変える。二人はともに残酷な迫害を受け、最後に手を取り合って死に赴く。二人の魂はユリの花のような聖者に囲まれて天国へと昇る。これは感動的な物語のはずだったが、歌い手は恋ではなく、さまざまな酷刑の長ったらしい描写に重点を置いていた。主人公たちが瀝青《れきせい》を塗りたくられて焼き殺される場面を聴くと、ステファネットは驚愕のあまり顔面蒼白となり、高貴なお育ちの聴衆の方々も次々と驚きの叫び声をあげた。その結果、初めは彼の物語を聴いて向かいの席に座ろうと考えていた人たちは、腰を抜かして元の場所からぴくりとも動くことができなかった。

その後に登場した吟遊詩人が、子爵夫人に仕える者だったに違いない。服装は最も華やかで、楽器は趣向を凝らしており、控室にひしめく楽手たちもほとんど彼が連れてきていた。フィドル、リュート、さまざまな長さの笛、さまざまな大きさの太鼓、宮廷の舞踏会の音楽隊もこれほどの規模ではなかっただろう。長々とした前奏の後、彼はようやく口を開いたが、歌いだしたのはありきたりな牧歌《パストウレル》だった。田舎の小径で、一人の騎士が羊飼いの女に出会い、自分が戦いでどれほど勇敢か、宮廷の晩餐会はどれほど豪奢かを語り、彼女を自分の恋人にしようと誘惑する。しかし女は終始、心を動かされず、山野の風景や羊たちにしか興味を示さない。何度かの交渉の失敗を経て、騎士がやむなく、ぷりぷりして立ち去ると、羊飼いの女は陽気な民間歌謡を歌いだす。

彼の歌は間違いなくそれまでで最もテーマに沿ったもので、歌唱の技術も一番高かったが、物語だけを取ってみると最も退屈なものだった。一曲歌い終えてもみな元の席から動かず、「真実の愛は存在しない」を支持する側が相変わらず優勢だった。すでに日が暮れかけており、聴衆は次第に辛抱しきれなくなって次々とあくびをした。

ついに私とステファネットの番になった。彼女の伴奏で、私はこの数日で用意した物語を歌った。ある吟遊詩人と貴族の娘が恋に落ち、娘の父に反対される。娘は監禁され、吟遊詩人は貴族の配下の者に命を狙われる。彼はまっしぐらに逃げ、心身ともに疲れ切り、大きな樫の木の下で悲しみの歌を歌い、娘への想いを訴え、不公平な運命を嘆く。歌声を聴いた妖精《フェ》が彼を秘密の国へ連れてゆく。彼はそこで歌声によって精霊の女王を説得し、さまざまな試練に打ち勝つ。女王の助けを得て貴族の娘を救い出し、二人はともにさすらいの旅に出る。

私の歌を聴き終えると、元々「あり得ない」を支持していた聴衆の数人が立ち上がり向かい側に腰を下ろしたが、それは予想した通りだった。何といっても、この階級の女性が心の中に最も秘めている願い——今の生活を離れ、より自由な人生を追求すること——を私ほど理解している者は誰もいないのだ。もしかすると私は単に聴衆のこの心理に迎合するためだけにこの物語を作り、自分をその中へ組み込むことはしなかったのかもしれない。結局のところ、この旅路の果てに私を待っているのは、おそらくこれほど円満な結末ではないはずだから。

けれども、この歌の反響はやはり予想を超えていた。子爵夫人までが立ち上がり、ゆっくりと向かい側の椅子へ向かったのだ。彼女が意見を変えたのを見て、さらに多くの貴婦人も後に続いて着席した。最後に、「真実の愛はあり得る」の側が圧倒的な勝利を得た。

「最もすばらしい歌を披露した吟遊詩人」として、私は晩餐会に出席することを許された。城の晩餐会はどれもこれも大して変わらない。楽団、酒、大量の肉料理、それに醜態をさらした酔っぱらいたち。貴族たちは軽快に踊り、その振動でテーブルの上のパンくずはまるでノミのように跳ね回った。私とステファネットが片隅で静かに食事を楽しんでいると、子爵夫人の侍女が目の前にやってきた。

彼女は近づくと、子爵夫人が晩餐会の後に庭へ会いに来るように仰っている、と耳打ちし、必ず私一人で行くように、と特に強調した。

子爵夫人の意図は言わずもがなだ。どうやら私のあの歌は彼女の恋心を揺り動かし、そんな気分にさせたらしい。事ここに至って、他にどんな選択があるだろう。私とステファネットはともに城を抜け出し、騎士の館へ戻って荷物を取り、最も目立たない宿を見つけて泊まった。うまい具合に、階下の小さな酒場で、モンペリエへ向かおうとしている商人を見つけ、彼は存分に酒を飲ませることを条件に、私たちを乗せてゆくことに同意した。あの賞金は受け取っていなかったが、その程度の金なら支払えた。

翌日早く出発し、順調なら正午にはモンペリエへ到着し、その時にはジャウフレがどこの酒場で歌っているのかもたやすく知ることができるはずだった。そうしたことを思うと、旅の伴のために歌う気はなくなった。けれど、商人に何度も求められ、昨日、子爵の城で歌った物語をまた歌いだしたが、半分のところでさえぎられてしまった。

騎士の身なりをした一人の若者が、馬車の前に立ちはだかった。彼は赤い服に身を包み、芦毛《あしげ》の馬にまたがり、病人のように青白い顔をしていた。長剣を抜き、私とステファネットを降ろさせ、仰天している商人を立ち去らせた。そして馬から降りて剣の切っ先を私に向け、一歩ずつ近寄ってきた。それで初めて、彼の服にはヒュドラの紋様が刺繍されていることに気づいた。それは子爵家の紋章だった。

「子爵夫人に恥をかかせたな。夫人は昨晩、ずっとおまえを待っていたのだ」と彼は言った。「剣を抜け。正々堂々と決闘しろ」

自分は身分が低くて招きに応える資格はないし、妻を裏切ることもできないと弁解しようとしたが、若者からすればそうしたことはどれも「一人の女性に恥をかかせる」理由には当たらないらしかった。彼はすぐに私の腰の短剣に気がついた。そして公平を期すためか、長剣を地面に投げ捨て、短剣を抜いた。どうしても決闘をするつもりのようだ。

その時、ステファネットが前に立ちはだかり、釈明しようとしたが、乱暴に押しのけられてしまった。女の後ろに隠れるという卑劣な行為が若者を怒らせたのか、彼は私が剣を抜くのを待たず、猛然と切りかかってきた。私たちの間にはいくらか距離があったから、その一突きは当たらなかったが、彼は続けざまに大きく足を踏み出し、短剣を頭上に掲げ、振り下ろした。慌てて身を翻し、走って逃げようとすると、鋭利な刃がちょうど私の肩に当たった。

歌の中ではいつも傷を光栄で甘やかなもののように描写していたが、この時は痛みと恐怖しか感じなかった。地面に倒れ、傷口を手で押さえると、熱い血が噴き出るのを感じた。刃がもう少しずれていたら、首を切られていただろう。

私が倒れたのを見て、先ほどまで「正々堂々と決闘しろ」と叫んでいた騎士でさえ、慌てふためめいた。ステファネットは私の身体の上に覆いかぶさり、出血が止まらない私を抱きかかえた。呼吸がますます困難になるのを見て、彼女は私の襟のボタンをゆるめた。そして泣きながら、あの騎士に向かって「何ということをなさったのですか」と大声で叱りつけた。

女であることを知られたかどうかはわからないが、騎士は短剣も投げ捨て、馬の背へと身を躍らせると、一目散に逃げていった。それから、ステファネットはどうしようもないまま私を抱きかかえて泣いた。私は骨にしみるような寒気を感じ、意識が朦朧として、夢のない深い眠りへと落ちていった。

再び目覚めた時、自分が粗末な木の小屋に横たわっており、部屋の片隅には灰色の服を着た女が腰かけているのが見えた。こちらに背を向けた彼女の前には鍋が一つあり、鍋の中からは鼻をつく匂いが立ち昇っていた。彼女の手元には柳の枝で編んだかごが一つ置かれ、その中にはオレンジ色の花がいっぱいに入っていた。女は鍋のスープをかき混ぜながら、花をいくつかちぎっては鍋の中に放り込んでいた。

すぐにステファネットが水桶を提げて入ってきて、私が目覚めているのに気づいた。彼女の話で、自分が昏倒した後に起こったことを知った。通りすがりの一人の農民がこの小屋へ送り届けてくれたのだ。スープを煮ている例の女はリゼットといい、この地では魔女としてそこそこ名が知られており、彼女が私の傷に薬を塗って血を止め、さらに煎じ薬を何度か飲ませて熱を下げてくれたのだった。

短剣の傷は想像以上に深く、骨にまで達していた。リゼットの小屋で半月ほど療養し、傷がいくらか良くなってから、付近の村のとある農家へ移り住み、夏の盛りをやり過ごした頃、ようやくまた旅に出た。この間、何度となく急ぎ出発しようとしたが、いつもステファネットに押しとどめられた。

出発の前日、リゼットの小屋へ別れを告げに行った。命を救ってくれた恩に報いようと、身につけていた真珠をすべて贈った。リゼットは自分の物語を語ってくれた。彼女はアキテーヌのある山村の出身で、幼い頃からふつうの人には見えないものが見え、十歳の頃に村を追い出され、何年も放浪生活を送った後、この付近の、薬草に精通した年寄りの魔女に引き取られ、それからというものずっとこの小屋に住んでいるという。ここ数年は村と距離をおいているが、村人たちは災いや病があるたびに助けを求めてくるそうだ。

彼女は最後に、旅が順調かどうかを占ってくれ、それによると私は会いたい人に会えるだろう、だがモンペリエではない、ということだった。

村からベジエまでは歩いても半日しかかからない。けれど私たちは早朝に出発したにもかかわらず、丸一日費やしてしまった。前夜、激しい雨が降ったばかりで、道がひどくぬかるみ、わだちに水がいっぱいたまっていたのだ。私とステファネットはマートルの木の杖を頼りに苦労して足を進めたが、次々と転び、全身泥だらけになった。ステファネットはその晩に病気になってしまった。今度は私が彼女の世話をする番だったが、何ひとつできないため、宿の女将《おかみ》に手伝いを頼むしかなかった。こうしてまた一週間を無駄にし、手持ちの金もいくらもなくなってしまった。

ステファネットが回復するのを待って、有り金のほとんど全部を費やして一台の馬車を雇い、モンペリエへと向かった。幸い、今度はまずまず順調だった。宿を決め、ステファネットをそこへ残して、一人で町の酒場でジャウフレの消息を尋ねてまわった。最後に南の小さな酒場で、ジャウフレは数日前にモンペリエを離れたことを知ったが、行き先は誰も知らなかった。

その酒場の主人は、ジャウフレが立ち去ってから店には代わりの吟遊詩人が来ていないから、しばらくの間、私を雇いたいとつけ加えた。このところ路銀が底をついていたので、すぐさま応じた。酒場は工房街の中にあり、客も大半が付近の職人だった。庶民の前で歌うのは初めてで、最初は少し不安だったが、自分の語る物語とステファネットのリュートの音色にたちまち浸りきり、聴衆の反応はさほど気にならなくなった。

その日はまず武勲詩を一曲、続いてある商人がどうやって成功したかの物語を歌い、店の中にもうほとんど誰もいなくなった頃、聖書にある放蕩息子の帰還の物語を歌った。もちろん、私が帰宅すれば、待っているのは接吻ではなく棍棒であることはわかっていた。そしてその時、私は自分がどれほどでたらめで愚かなことをしでかしたのかをようやく理解したのだった。

酒場が店じまいをする頃、最後まで残っていた二人の酔っぱらいが近づいてきて、私に数枚の銅貨を押しつけ、明日は「大工がひどい目に遭う物語」を歌ってほしいという。それに応えるのは簡単で、男女の密通もので騙される夫を大工にすればよい。どちらにせよ似たような物語はジャウフレが語るのを聴いたことがあり、気の毒な役割は大工でも石工でも、パン屋の主人でもよく、単にいくつかの言葉が違うだけだった。

その後の数日間はその二人の客から毎回銅貨を受け取った。物語の中で、大工は様々な不幸に見舞われ、彼を傷つける人は妻であったり、妻の愛人であったり、国王や、ユダヤ人であったりした。あのディアナの水浴を覗いて猟犬に噛み殺された狩人を大工に仕立て上げすらした。もしも二人がそのまま金を出し続けていたら、イヴを誘惑して禁断の果実を食べさせた罪を大工にかぶせていたかもしれない。幸い、その道化芝居はもう一つの道化芝居によって中断された。

ある日の夕方、一群の大工たちが酒場に押しかけてきて、私の聴衆たちと大立ち回りをした。ステファネットとともに外へ駆け出すと、通りではもう乱闘が起きていた。石工ギルドと大工ギルドの戦いは三日三晩続き、多くの死者や怪我人が出たそうだ。しかし諸悪の根源である私とステファネットはすぐさまモンペリエを逃げ出し、夜道をゆくのを避けて、付近の農家で一晩過ごすことにした。

翌朝すぐ、私たちは行くあてもなく出発し、オリーブを摘んでいる二人の娘に出会った。一人は梯子《はしご》の上に乗って果実を摘み、もう一人がエプロンを広げて、仲間の放り投げるオリーブを受け取っている。近くにどこか良いところはないかと二人に尋ねた。二人とも口をそろえてニームへ行くことを勧め、さらに少し前にも一人の吟遊詩人がその方角へ向かったと教えてくれた。

ニームは確かに詩人のひらめきを大いに刺激する場所だ。古代ローマ時代の遺跡が多く、ウェルギリウスとオウィディウスの時代に身を置いているような気分になる。よく見れば、浴場だろうと円形闘技場だろうと、すっかり作り替えられ、ガリア人の末裔たちがそこで暮らし、異教の神々を祀《まつ》る殿堂の屋根の先端にもすでに十字架がかけられていることはすぐにわかったのだが。

宿の主人は私が吟遊詩人だと人づてに聞き、矢も楯もたまらずに自分の「酒場をやっている友人」に紹介したがった。しかし教えられた通りその酒場を訪ねてみると、中ではすでに歌っている人がいた。地元の葡萄酒を頼み、傭兵たちに交じって腰を下ろし、ふいに目の前の、この頭髪がもうすっかり抜け落ちようとしている吟遊詩人をどこかで見かけたことがあると気がつき、彼の歌を少し聴いてようやく、ナルボンヌの歌比べで二番目に登場した詩人だと気がついた。あの時、彼の傍らには二人の伴奏者がいたが、今は自分で演奏し、歌っていた。

その日、彼が歌った物語には酷刑の場面はなかったが、それでも十分に気味の悪いものだった。一人の青年が友人と賭けをし、頭部のないヴィーナス像に求婚してからというもの、さまざまな面倒に巻き込まれ、最後には生きながら地獄へ落とされる。幸い、彼は地獄の風景を詳しく描写することはなく、別の物語を語り始め、今度の主人公は悪魔に魂を売った錬金術師だった。夜の帳が降り、私はそのまま聴き続けたが、店内の客はみるみる減った。その次は満月の夜に恋人を嚙み殺された狼男の物語で、語り終える頃にはもう客は私一人しか残っていなかった。

そこでようやく、酒場の主人が吟遊詩人をもう一人欲しがっていたわけがわかった。このような陰惨な物語は、夕暮れ時まではさほど障りがなく、一部のもの好きな酔っぱらいを呼び込むことすらできる。しかし夜になると、場違いなものになってしまうのだ。ましてや客たちは、こうした物語を聴いた後、夜道を歩いて帰らねばならないのだから。

吟遊詩人の方もこちらと認め、酒をもう一杯おごりたがったが、私の方はもうそれ以上飲めなかった。彼はベルトランと名乗り、北部のコンピエーニュ出身だと語った。そこは私が幼年時代を過ごした修道院から遠くなく、彼の訛りにも親しみを感じた。話の流れでジャウフレのことを尋ねたが、南部の吟遊詩人とは親しくないという。残念に思っていると、ベルトランは一つの提案をしてくれた。

彼が言うには、十一月下旬にアヴィニョンで、ある秘密結社が儀式を行うという。結社や儀式については多くを明かせないが、参加者はすべて吟遊詩人だそうだ。彼が南部へ来たのもまさに結社から招待を受けたためだという。ジャウフレももしかするとそこに現れるかもしれない。

そこで私たちは十一月に連れ立ってアヴィニョンへ行くことを約束し、それまではその酒場でともに歌い、昼間はベルトランが恐怖と殺戮《さつりく》に満ちた物語を、夜は私がもっとふさわしいものを歌うことになった。私たちは暗黙のうちに協力し、ステファネットは時々、彼のために演奏することもあった。季節風《ミストラル》がうなり声を上げて街道を吹き始める頃、私たちはニームを発つ馬車に乗った。

アヴィニョンへ近づくと、ローヌ川の向こうに落成したばかりの教皇宮殿が見え、その風格はいかなる公爵の城にも劣らぬほどだった。二十年前、国王が教皇庁をローマからこの地へ遷《うつ》してから、この小さな町はさながら南部の心臓となった。私のような階級の者は現在の教皇がフランス王室の立てた傀儡《かいらい》に過ぎないことを知っていたが、各地の信徒たちは今でもこの地へ続々と巡礼に訪れていた。

宿を決めた後、ベルトランは私を川沿いのある酒場へ連れていった。そこで彼を儀式に招いた人に会うことができ、ジャウフレの情報を得ることができるかもしれないという。酒場へ入ってゆくと、中には一つのテーブルに客が座っているだけで、服装からみな吟遊詩人であることはすぐにわかり、ジャウフレもその中にいた。相変わらずあのつぎはぎだらけの長い上着を着ていたが、枯葉色の髪は短く切り、顔もこざっぱりと剃っていた。

ジャウフレは明らかに私に気づき、驚きを隠せずにいたが、こちらの身分を暴きはしなかった。やや年かさの吟遊詩人がベルトランの名を呼び、私を仲間として紹介するつもりかと尋ねた。私はベルトランが口を開く前に急いで、結社と儀式にとても興味があると告げた。

「それならしきたり通りにしよう」年かさの吟遊詩人は言った。「一曲歌ってみろ。そうしなければセシリア会に加わる資格が君にあるかどうか、判断できないからな」

私は「セシリア会」とは何なのか知らなかったし、彼らのいう「加わる」とは一体どんなことを指しているのかもわからなかった。しかしジャウフレもその一員であるらしいと考え、一切の警戒心を捨てて、息を整えると、例の吟遊詩人と貴族の少女の物語を歌いだした。

歌い終えると、彼らは入会に同意してくれた。ジャウフレの反応には特に注意していたが、彼は目をそらして私の方を見なかった。意外にも例の年かさの吟遊詩人が、貴族の少女と愛の河に落ちるのはとても危険だ、このような物語を歌うことも面倒を起こす、と警告してくれた——彼が数カ月早く教えてくれていればよかったのだが。

彼は私に、セシリア会は吟遊詩人の秘密結社で、古代ローマ時代の聖女セシリアを崇《あが》めることからその名がつき、会員の推薦がなければ加入できないのだと教えてくれた。彼らは毎年、新しい会員のために入会の儀式を行っているという。儀式では、彼らの「聖典」を拝することができるそうだ。会員は一生に一度しかその本を見ることができない。「聖典」を見た吟遊詩人は何らかの啓示を受けたように、突然、ひらめきを得て、生涯最高の傑作を生みだせるという。

それとともに、私はセシリアの一生を歌った歌を覚えなければならなかった。会員はみな、各地でそれを歌い、この聖女の功績を広める義務があるらしい。

セシリアは幼い頃に貞操を守ることを誓い、新婚の夜に部屋を分けるよう夫を説得し、さらに夫に洗礼を勧めた。のちに天使が二つの花冠を手に二人の前に現れた。その一幕は夫の弟に目撃されたが、弟もキリスト教に帰依した。当時、キリスト教徒は残酷な迫害を受けており、兄弟はまもなく、殉教者の遺体を埋葬した罪で処刑されてしまう。ローマ総督はセシリアを捕らえ、異教の偶像に捧げものをするよう彼女に迫る。セシリアは屈服せず、煮えたぎる湯に放り込まれたが、何も傷を受けず、一滴も汗をかかなかった。総督は彼女を斬首するよう命じ、首切り役人は三回剣を振り下ろしたが首は落ちず、役人は剣を捨てて逃げ去る。彼女は首を半分切られたまま、三日間生きて、その後亡くなった。

私は修道院の蔵書で彼女の物語を読んだことがあったので、すぐにその歌を覚えた。セシリアはオルガンの発明者でもあるといわれ、音楽をもって神を称えることを世の人々に教えたため、吟遊詩人の守護聖人となったのだ。

私とベルトランの入会の儀式は十一月二十二日に行われた。

その日の朝、ジャウフレと年かさの吟遊詩人は私たちを連れて赤褐色の小さな家を訪れた。見た目は普通の民家だったが、中へ入ると家具はなく、地下へ通じる階段が一つあるきりだった。一歩一歩下りてゆくと、そこは墓穴だった。円天井や壁にはびっしりと絵が描かれていたが、手元の弱々しい明かりではそれらを照らし出すことはできなかった。

墓穴の最も深い場所に、大理石の棺が一つ置かれていた。亜麻のローブをまとい、頭巾をかぶった女性が傍らに立っており、彼女がどうやら祭司のようだった。顔は頭巾が落とす影に隠れ、手には精巧な銀の燭台を握り、燭台には明るい蠟燭が三本立てられている。その光を借りて、彼女の背後の壁画をはっきりと見ることができた。そこには古代の服装をした女性が一人、小型のオルガンを胸に抱えている姿が描かれていた。その左右には天使が一人ずつおり、手には赤と白の花冠を持っていた。壁画の周囲は幾重もの複雑なモザイクの装飾で囲まれていた。

石棺の上には一体の彫像があり、横向きに寝た少女が驚くべき技巧で彫られ、首には深い傷痕が横に一本走っていた。少女は顔を石棺の表面に伏せており、その表情を覗《うかが》うことはできず、身体の下にした右腕は私たちの方へと伸ばされ、開いた手の上には一冊の本が置かれていた。

その本は最高にきらびやかな部類とまでは言えなかったものの、それでも息をのむほど美しかった。木の表紙には紋様に沿って金箔が貼られ、はめ込まれた青い宝石や真珠が十字架の形を作るとともに、表紙を四つに区切り、その中に四人の天使が描かれ、手にはそれぞれ竪琴、横笛、オルガン、角笛を握っていた。

女祭司は私とベルトランに近づいた。頭巾は脱がず、名乗りもしなかった。彼女はゆっくりと言った。

「あなたがたは選ばれた吟遊詩人として、セシリアの棺と聖典に拝謁する幸運を賜りました。『ローマ人への手紙』に、『天地創造以来、神の永遠の力と神性とは明らかに認められるものであり、目には見えずとも、あらゆる被造物において知られていて、誰にも弁解の余地はない』とあります。

しかし世の人々は誰もが目に見える世界に暮らしているからこそ、虚妄に陥り、神を愛するより世界を愛するようになっているのです。しかし慈悲深き主はあなた方に可能な世界を見せ、歌声をもって目の見えない人々に聴かせるのです。心得ておきなさい、あらゆる世界はすべて神の被造物であり、一切の物語もまた神に属するのです」

それから彼女は進み出て本を開くよう私を促したが、適当に開いたその見開きの二頁しか見ることは許されなかった。

左の頁は挿絵で、右の頁には文字が書かれていた。挿絵はツタの模様の枠の中に描かれ、色はまるで今しがた完成したばかりのように鮮やかだった。中央には一人の少女がおり、身なりからして、まだ誓願を立てていない修道女らしい。少女は花園のような場所に立ち、色とりどりの花や草に囲まれていた。やや離れた場所には灰色の高い塀があり、その上には一羽の白鳥が立っていた。少女は白鳥と対話をしているようだった。文字は金色で、蠟燭の光で眩しく照らされ、簡潔なラテン語で挿絵の内容を説明していた。

女祭司は、すぐに本を閉じて元の位置に戻るように言った。次はベルトランがその本を見る番だった。私の視線はちょうど彼の背中に遮られ、彼が見たものは見えなかった。

それから女祭司は私たちに祝福の言葉を告げ、儀式はそれで終わりだった。墓室を出るとジャウフレはもうそこにはおらず、年かさの吟遊詩人が、彼はすでにアヴィニョンを出発したと教えてくれた。しかし私の落胆は長く続かず、今しがたあの金文字の本で見たものがずっと頭の中に拭い去れずに残っており、ある完全な物語が静かに育《はぐく》まれている気がした。ベルトランを見ると、彼も何かを考えているように元の場所に立っていた。

私は彼に、本で何を見たのか尋ねた。彼は、自分には文字は読めないから、挿絵だけを見た、そこには一人の着飾った貴族が弓を引き絞り、白い鹿を射殺《いころ》そうとしているところが描かれていた、と言った。彼はすぐに主人公が白い鹿を射殺して呪われる物語を考えつくだろう、と私は思った。

宿へ帰りつく頃、頭の中の物語には原型ができており、私は主人公をベアトリッツと名づけた。見習いの修道女で、幼い頃から修道院で育ち、自分の出身を知らない。財力のある家族の後ろ盾がないため、ベアトリッツは修道院であらゆる侮辱を受ける。物語の冒頭で、彼女はいつものように花園に隠れて一人で泣いている。突然、言葉を話せる白鳥がやってきて、ここを離れて両親とともに暮らすのを手助けしようと言う……。

私は思いついた内容を即興で歌いだし、ステファネットは初めのうちはかろうじて伴奏を合わせていたが、すぐについてこられなくなった。長いこと歌ってから、物語はようやく動き始めた。この歌をすぐに完成させることはできないと感じ、宿の主人の勧めを受けて、私とステファネットはアヴィニョンを離れ、付近の泉のある村に小さな家を借りた。私たちはそこでひと冬を過ごした。朝から晩まで暖炉の前で物語を考え、言葉を組み合わせ、ステファネットは私の世話をしながら音楽の面で意見を述べた。

その歌はどんどん長くなり、私は思いついた細かな一節をすべて盛り込みたくて、物語は紆余曲折を繰り返し、いつまでも終わりが見えなかった。最後に完成した作品は、歌い終えるのに七、八時間を要した。そこでまたいくつかのもっと簡潔な形のものに改編し、さまざまな場面に対応できるようにした。不思議なことに、その間、ジャウフレのことはまるきり置き去りになっていた。自分がまるで、ロバを探しに出たのに王国一つを丸ごと手に入れたサウルになったように感じた。

私たちは春先にアヴィニョンへ戻り、見習い修道女ベアトリッツの物語を歌い始めた。その後まっすぐ北上し、オランジュからヴァランス、さらにリヨンへ行き、道すがら城の貴族や酒場の客たちのために歌ったが、どの場所でも長くは滞在しなかった。毎回、引きとめようとする貴族や酒場の主人を断り、この物語をもっと多くの人に、できるだけ早く聴かせることだけを考えていた。もちろん、訪れた場所でセシリアの物語を歌うことも忘れなかった。

しかしそうこうしているうちに、私は次第に自分が何かを失ったような気がしてきた。道中では新しい物語をいくつか思いつきもしたが、どれにも満足できなかった。それらはベアトリッツの物語に比べてあまりにもぎこちなく、魅力もなかった。私はあの泉が湧くような、九人のミューズに一斉に取り囲まれているような感覚を懐かしむようになった。その感覚があの「聖典」から来ていることはわかっていた。しかし、セシリア会の決まりで、吟遊詩人は一生に一度しかそれを開くことができない。それは、二度とあのような感覚を取り戻せないということだった。

いくばくかの幸運をあてにする気持ちで、私とステファネットはアヴィニョンへ戻った。

あの酒場に入り、またジャウフレに会った。彼に対してはもう何の想いもなく、ただ今この時、あの本をもう一度見ることしか考えていなかった。たとえジャウフレが分を越えた要求をし、最も大切なものを差し出すよう求めたとしても、私は何のためらいもなくそれに応えただろう。しかし彼はそんなことはせず、「聖典」に対して畏敬の念を持つべきだ、セシリア会が一度しか「聖典」

を見ることができないと定めているのにはそれなりの理由がある、と私をたしなめた。

だが残念なことに、この時の私はもう何も耳に入らなくなっていた。酒場を出ると、記憶を頼りにあの赤褐色の家を見つけた。扉を叩いたが、中からは何の物音も聴こえない。試しに押してみると扉は開いた。あまりに慌ててやってきたために何の準備もしていなかったが、もう戻ることはできない。深く息を吸い、一歩ずつあの墓穴へ入ってゆくと、中は真っ暗ではなく、「聖典」の表紙にはめ込まれた宝石がかすかな光を放っていた。

気がつくと、私はもうあの本を抱えて宿の部屋へ戻っていた。待ちきれずに頁をめくり、すぐに以前見たあの場面を見つけた。花園の見習い修道女と塀の上の白鳥だ。

それから、次の頁を開いた。今度もまたすばらしい物語を手に入れ、あの不思議な感覚を再び取り戻せると期待していた。しかしその願いはたちまち裏切られた——あの白鳥は言葉を話せたわけではなく、すぐに飛び去ってしまい、少女も花園を離れようとして、ふいに二人の修道女が、自分のことを伯爵の実の娘ではないと話しているのを耳にする。続けて頁をめくると、その次は、少女が院長のもとで、自分が確かに伯爵の実の娘であることを知るという内容だった。

その時、私は初めて自分が騙されたことを知った。これは実に欺瞞《ぎまん》に満ちた本で、ただいくつかの断片しか記録されておらず、物語は始まりかけた途端に突然、終わってしまうのだ。

誰でも適当に頁を開けば、自分があるすばらしい物語の始まりを見たと思うだろう。仮にあの時開いたのがあの頁ではなく、後ろの、少女が修道女の話し合いを聴く場面だったとしても、私はやはり自分の身の上を尋ねる物語を作っていただろう、単に白鳥がいないだけだ。もしも開いたのがもっと後ろの方だったとしたら、その物語は、少女がある日突然、自分が伯爵の娘だと知る内容に変わっていただろう。しかしこの数頁を続けて読めば、実は何も起こっていないことがわかるのだ。

私はほとんど絶望に近い気分で本をすべて読み終え、ベルトランが開いたあの頁も見た。彼はきっと、その貴族が白い鹿を射殺さず、城に戻る途中で一人の羊飼いの娘に出会ったとは思いもよらなかったに違いない。もちろん、貴族と羊飼いの娘もただすれ違うだけで、二人の物語は永遠に始まらない。

その時、扉を叩く音がし、ステファネットが開けてみると、立っていたのはあの女祭司だった。彼女はやはりあの頭巾のついた亜麻のローブをまとい、一歩ずつ私に近づいてきた。

「ミレイユ」彼女は私がずっと隠してきた名前を呼んだ。「こういうことをしでかしたのはあなたが初めてではありません。また最後の一人でもないでしょう。それを盗んだ者はみな『物語』の本当の姿を目にします。これこそが罰なのです。あなたはもう二度と歌うことができなくなりました。帰りなさい――トゥールーズへ、自分自身の物語の中へ」

私にはすでに彼女の正体がわかっていた。今この時、私にできるのは、両手であの金文字の本を捧げ、彼女の前にひざまずいて許しを請うことだけだった。

彼女は私の手から本を受け取ると、ゆっくりと頭巾を下ろし、あの深くくぼんだ首の傷を露わにした。

「戦争と疫病と飢饉がたちまちのうちに大地をあまねく覆い、悲惨な時代が訪れるでしょう。『すべての喜びは暗くなり、地の楽しみは追いやられる』。かつて予言された災厄が一つ一つ的中し、かつて許された千年王国はなおはるか遠いままになるでしょう。その時、人間の三分の一は絶望の中で死に、残りの人々も絶望によって道を誤るでしょう。けれどあなたの物語はその中にこそあるのです。もう逃げてはなりません」

参考文献

『歌物語　オーカッサンとニコレット』川本茂雄訳、岩波書店、一九五二
アンリ・ダヴァンソン『トゥルバドゥール――幻想の愛』新倉俊一訳、筑摩書房、一九七二
フレデリック・ミストラル『プロヴァンスの少女――ミレイユ』杉冨士雄訳、岩波書店、一九七七
マリー・ド・フランス『十二の恋の物語――マリー・ド・フランスのレー』月村辰雄訳、岩波書店、一九八八
工藤進『南仏と南仏語の話』大学書林、一九九五
新倉俊一『ヨーロッパ中世人の世界』筑摩書房、一九九八
レジーヌ・ペルヌー、ジョルジュ・ペルヌー『フランス中世歴史散歩』福本秀子訳、白水社、二〇〇三
ピーター・ドロンケ『中世ヨーロッパの歌』高田康成訳、水声社、二〇〇四
水野尚『恋愛の誕生――12世紀フランス文学散歩』京都大学学術出版会、二〇〇六
上尾信也『吟遊詩人』新紀元社、二〇〇六
原野昇編『フランス中世文学を学ぶ人のために』世界思想社、二〇〇七

三つの演奏会用練習曲

稲村文吾訳

みなさんは、わたしの作品が（……）きわめて単純で非神話的であり、またひとつの歌も加えられていないということにすでに気づいておられるはずである。だからみなさんが、わたしどもの作品を買いかぶって、水中の物体を見る者が犯しやすい過ちに陥らないよう心していただきたい。光のせいで像が拡大されているだけなのに、当の物体が上から覗いたときに現れる姿の通りであると思い込んで引き上げてみると、実際はずっと小さいことを発見して落胆するということがあるものである。

——ルキアノス「琥珀または白鳥について」（内田次信訳）

第一曲　迂言詩《ケニンガル》の盛衰

毎年七月、聖マルグレーテ祭に参加するためミクリガルドゥールに赴いた旅人の多くは、このオスロ・フィヨルドに位置する貿易都市に好感を抱く。英国風の石造りの教会、貨物船がひしめく港、諸国の品々が売られる市場《いちば》、そして市民たちの、揃いきってはいなくとも力のこもった合唱と踊り、そうしたものが合わさって旅人たちのこの街への記憶を作りあげる。しかしその記憶にも、さほど上々と言えない部分はあるものだ。おそらく祝祭の二日目に開かれる市民たちの詩会では、多くの人々が眠気に襲われ、失望とともに帰ることとだろう。詩会では盛装に身を包んだ市民たちが揃って迂言詩《ケニンガル》を朗読するのだが、旅人たちにはどうにももったいぶった、こちらを煙に巻くような要領を得ないものに聞こえる。一日目の山車《だし》のパレードと三日目に披露される踊りとのあいだに、なぜこれほどに面白みのない昔ながらの出し物が挟まっているのか、彼らにはわからない。しかしほんのわずかでもこの街の歴史を知るのに時間を費やす気があれば、そのように困惑することはないだろう。

聖マルグレーテ祭はもとはある反乱を記念して始まったもので、『黄金伝説』に伝わる斬首に遭った聖女とはそもそもなんのつながりもなかった。市民たちによるその反乱は七月二十日の夜明け時に勃発したのだが、聖マルグレーテが殉教したのもその日だと伝えられているというだけでこの名前で呼ばれているのだ。実際のところ、ふだん教会に行かない市民たちの多くは、千年以上まえの小アジアに生きていたこの少女について聞いたこともなかった。

祝祭の期間は催しのひとつひとつ、習俗のひとつひとつがおおよそ件《くだん》の反乱における出来事のどれかと対応している。たとえばこの期間の食事は毎度タマネギを使った料理を出す必要があり、また市民たちはそれぞれタマネギを贈りあう。これは反乱の主導者、〝微笑みの《ヴィズライエンド》〟エイリークがタマネギを積んだ船に隠れて港に潜りこんだことによる。またたとえば、祝祭の最後の日には一頭の猪《いのしし》が馬車のうしろにつながれ、街じゅうを引きずりながら血を流しつくすまで走る。これは反乱によって打倒された領主、〝血染めの《ブロウズグル》〟ニャールの死にざまに対応している。迂言詩《ケニンガル》を朗読する民詩会はというと、反乱において大きな功績を残した詩人ラグナル・シグルツソンを記念したものである。

その功績について説くには、迂言詩《ケニンガル》の起源から語る必要があるだろうか。

〝迂言《ケニング》〟というのは古いノルド語の叙事詩においてよく見られる修辞法で、簡単に言うなら、複合語や二つ以上の単語を用いて一つの概念を表すことだ。たとえば詩による『エッダ』の冒頭の「巫女の予言」では、〝枝を壊すもの《スヴィガ・レー》〟と記して炎のことを指す。ヴァイキングの時代が終わって以降、北欧のスカルド詩人たちはこの技巧を受けつぎ、そして大々的に用いた。スノッリ・ストゥルルソンは散文による『エッダ』の第二部「詩語法《スカルドスカパルマル》」において海神エーギルと死神ブラギとの対話という形式を借りて、七十人の詩人による四百あまりの作品を引用しながら、習慣的に定着してきた迂言《ケニング》についてまとめている。そのなかで〝枝を壊すもの〟のように、たんに婉曲で間接的な、比喩に近い表現としては、たとえば〝傷口の海《スヴァラズィ・サールギミル》〟と言って血を指し、〝鴉を育てるもの《グレニル・グンマース》〟と言って戦士を指すものがある。そのほかに北欧の神話や歴史上の典拠に言及するものもあって、たとえば黄金は〝フューリス河原の種〟または〝シヴの髪〟と表現することがあり、波は〝エーギルの娘たち〟と言って指すことがある。主神オーディンに関する迂言《ケニング》は〝鴉の神〟〝ミーミルの友〟〝狼の敵〟など二十数種が存在している。

アイスランドの歴史においてもっとも重要な詩人であり、同時に十二世紀前半でもっとも権勢を誇る為政家だったスノッリ・ストゥルルソンは、ノルウェーとも深い縁を持っていた。ノルウェーへの訪問は数度にわたり、ホーコン四世から非常に高く買われて、またノルウェーの列王の歴史を扱う『ヘイムスクリングラ』を著している。しかし惜しいことにその後はホーコン四世とスクル・バルドソンとの政治闘争に巻き込まれ、最後にはホーコン四世の敵方に立って反目することになり、暗殺の憂き目に遭った。とはいえ、このことがあっても詩人としてのスノッリの影響が消える様子はなかった。死後もスノッリの追随者はホーコン四世の宮廷に絶えず、なかでもとくに迂言《ケニング》の技巧の扱いに熟練したものとして、同じアイスランド生まれのハーレク・ソルギルスソンを挙げることができる。

ハーレクの作品を一言で表すなら〝偏執〟ほどふさわしいものはないだろう。彼による四作の長詩、「手斧の時代《スケグエルド》」「剣の時代《スカールムエルド》」「風の時代《ヴィンドエルド》」「狼の時代《ヴァルグエルド》」は、題名を除いてほとんどすべての言葉に迂言《ケニング》の技巧が用いられている。単純な一つの文でも、単語の変換が繰り返される結果、数行もしくは数頁にまで展開されることもある。もっとも有名な例としては、「手斧の時代」の冒頭に置かれた四行詩を挙げることになるだろう。

戦死者の帰するところは蜜酒を奪うものの肩に留まり
しかし稲妻の宿命にはあらず。そのささやき声は
家禽を守るものと逆さ吊りの男による知恵がなければ
いつの日か髪の城郭の裡《うち》に消え失せることだろう

〝戦死者の帰するところ〟は鴉《からす》のことを指し、〝蜜酒を奪うもの〟はオーディンが詩の蜜酒《スカルドスカパル・ミヤザル》を手に入れたという故事によっており、この二つの迂言《ケニング》を合わせることで、オーディンがつねに左右に従えている二羽の鴉、フギンとムニンを示すことができる。そのうちフギンは〝思考〟を象徴する。思考はまたたく間に消え失せ、つまりここで言う〝稲妻の宿命〟にあたる。〝稲妻の宿命にあらず〟とはフギンではないということを意味し、となれば〝記憶〟を象徴するムニンでしかありえない。言い換えれば、この二行の詩は〝記憶〟という意味を表しているにすぎないのだ。その後の二行では、〝家禽を守るもの〟とは羽毛を指し、転じて羽根ペンのことを言う。〝逆さ吊りの男による知恵〟とはオーディンがみずから九日間逆さ吊りになることでルーン文字の理解に至ったと

いう故事による。〝髪の城郭〟は頭脳を意味する。全体の文章を簡単にまとめるなら、〝ある記憶は文字に書きとめなければいずれ忘れてしまう〟というだけのことになる。同様の書きぶりは、ハーレクの四作の長詩の隅々にまで現れる。

こうしてついに、迂言詩《ケニンガル》という文体が正式に誕生したのだった。

十三世紀後半、こうした迂言詩《ケニンガル》はベルゲンの王侯貴族のあいだで人気を博した。しかしホーコン五世が王国の首都をベルゲンからオスロに移したころ、その地位は格段に落ちこんだ。これはホーコン五世の皇后ユーフェミアの後押しを得て、西欧の詩歌が北欧世界に翻訳されはじめたからとも考えられ、その中にはフランス語やドイツ語の騎士文学も含まれていた。外来文化の衝撃をまえに、冗長にして晦渋《かいじゅう》な迂言詩《ケニンガル》に抗《あらが》うすべはないと言えた。この道を極めた詩人たちはしだいに宮廷での地位を失い、俗世をさすらうようになった。そのなかにラグナル・シグルツソンがいた。この男は十四世紀初め、宮廷を出てミクリガルドゥールにやってくると当時の領主〝深謀遠慮《スパクリグル》の〟シグムンドを頼り、主《あるじ》のため家系譜と家史を編んでいる。

当時のミクリガルドゥールはノルウェーでも指折りの大都市で、その地位はベルゲンとトロンヘイム、新たに首都となったオスロに次ぐものだった。街の商人はおもに干し魚と皮革の交易を営み、また南方の穀物を内陸部で売り利ざやを稼いでいた。シグムンドが統治していた時代、商人と貴族との関係は友好的なものだった。しかし一三一六年にシグムンドが死去し、一人息子のニャールが爵位と領地を継承すると、課税などの問題から立てつづけに商人との対立が起きる。そして商人たちは、ニャールを引きずりおろし、シグムンドの弟エイリークを領主の座に就ける謀略を企てることになった。

　そのころエイリークは、オスロの宮廷に仕えていた。詩人ラグナルは以前からエイリークとは顔見知りだったので、商人たちから袖の下を受け取り両者の連絡の役目を担った。書状がニャールの配下に手出しを受けたり、風説が漏れたりするのを防ぐため、連絡はすべて詩作のやりとりに偽装されていた。ラグナルは迂言詩《ケニンガル》の形式をとって街の状況と商人たちの計画をエイリークに報告し、返信のなかでエイリークは講評の形式をとってみずからの意見を伝える。何度かのやりとりを経て彼らはもろもろの検討にけりをつけ、まもなく反乱が勃発した。

　エイリークが地位を手にしたことでラグナルも重用されるようになり、あらゆる重要な文書がその手によって記された。他の地方ではしだいに姿を薄れさせていった迂言詩《ケニンガル》も、こうした事情のためにミクリガルドゥールでは根を張り芽吹いていったのだ。ラグナル・シグルツソンは、いかなる基準から検討したとしても優れた詩人とはみなしがたい。身に着けた迂言《ケニング》の技巧にかけては熟練していたと言うほかないが、しかしそれだけでしかなかった。現在までミクリガルドゥールにおいて歌いつがれている詩も、初学者がさまざまな迂言《ケニング》を覚えるために作られた一連の短詩のみだ。詩による『エッダ』に含まれる有名な故事を借りて、一篇ごとにまずオーディンが一つのものに関する迂言《ケニング》をずらりと並べ、そこに巨人ヴァフスルーズニルが答えを出してみせる。ミクリガルドゥールの市民は文字を知っているかどうかを問わず、みなこれらの詩を暗唱することができた。聖マルグレーテ祭の最後の日、花輪で全体を飾った木の柱を囲んで市民たちは軽快に踊るとともに、これらの詩をもとにした歌を歌う。男たちがさまざまな迂言《ケニング》を歌い、女たちが答えを返すのが一般的だ。

その後数百年間、ミクリガルドゥールの作者たちは迂言詩《ケニンガル》の創作を途切れることなく行ってきたが、その影響は結局のところこの街に限られ、そしてハーレク・ソルギルスソンやラグナル・シグルッソンに肩を並べることのできる詩人の一人も現れなかった。よく使い継がれてきた迂言《ケニング》ばかりを使うなら、なにか新味を生み出すのは難しい。しかし新しいものを生み出そうとして新たに迂言《ケニング》を考え出すと、聴衆に理解されるとはかぎらない——ここに迂言詩《ケニンガル》の困難はあるのかもしれない。これに対して詩人と市民たちが行った選択のために、この文体は現在の形に至るまで徐々に変化させられてきた。

十七世紀末、あるデンマークの学者がミクリガルドゥールを訪れて、強い好奇心に動かされこの地の迂言《ケニング》を大量に蒐集したことがあった。この仕事に手を付けるまえには、琥珀のなかに遠い昔の生物が保存されているように、迂言詩《ケニンガル》という文体には『エッダ』の詩学の伝統が完璧に保存されているという予想もあった。しかし結果は大いに失望させられるものだった。彼は、自分が大部分の詩句をまったく理解できないことに気づいて驚愕した。古代ギリシャやローマの神話に精通し、ノルド語の文献を読みこみ、ノルウェーの歴史についてもかなりの精力を傾けてきたというのに、出会った迂言《ケニング》がいったい何を指しているのかわからなかったのだ。彼が得た結論はというと——

〝ミクリガルドゥールの迂言詩《ケニンガル》はどちらかといえば固有名詞の長々とした羅列、どこにも規律のない順列組み合わせに近い。詩人はみずからが記した言葉がそれぞれなにを指すかまったく知らず、当然聴衆もわかることはない。わたしが何人かの詩人に『エッダ』や『サガ』の話を持ち出してみると、彼らは口ごもり、話をごまかそうとしていた。どうやら、神話や歴史についてなんの知識も持ち合わせなくとも、先人の言葉をばらし、新しく組みあわせることで市民たちに評価される作品を作ることはできるようである。わたしは、ミクリガルドゥールの人々がある種の暗黙の了解を結んでいるのではないかとさえ疑っている——彼らはこの文体を尊《たっと》びながら、迂言詩《ケニンガル》の一篇も理解しようとしたことがないのだ〟。

とはいいながら、市民たちからすれば迂言詩《ケニンガル》にはやはり優劣の別があり、毎年の聖マルグレーテ祭の詩会でも、もっとも優れた作品が投票で選ばれる。優勝者は桂冠を贈られ、それからの一年は〝桂冠詩人《リョーズスカールド》〟として尊敬を集めることになる。今年も例外ではなく、栄誉を手にしたのは十九歳の若い女性だった。彼女は華麗なワンピースをまとい、前夜にくじとさいころを使って書いた詩を朗読し、ほとんど満票で頂点に輝いた。臨席していた旅人たちはもちろん、その詩がほかの作品にいったいどこで勝《まさ》っていたのか見分けがつかず、同じく彼女が祭りの後援者の娘であることも知らなかった。

第二曲　忘れられた女王

その幼少のころにラートリー王女とウシャス王女に会った人々は、例外なく姉のラートリーのほうを気に入り、ウシャスの印象は芳《かんば》しくなかった。双子として生まれた姉妹の姿は瓜二つだったが、二人を見分けるのはまったく難しくなかった——初対面の相手をまえにすると、ラートリーはかならず相手の目をしっかりと見つめ、ウシャスはきまり悪そうに顔をそむけるか、姉の後ろに隠れてしまう。

二人の母親でありシャーラダー王国を治めていたプリティヴィー女王は、ウシャスも年を重ねていけばいつか人見知りの性分は改まるものと考えていた。しかし実際に起きたことはその望みとはかけはなれていた。十二歳になるとウシャスはさらに人前に出ることが減った。いつも一人で部屋に閉じこもり、侍女はみな外に締め出した。自室のなかでどのように暇をまぎらわせているのか、だれも知らなかった。王女として臨席しなければならない場が巡ってきても、ウシャスは顔のすべてをヴェールで覆い、終始うつむいたまま、だれとも目を合わせることを避けていた。

少女時代のラートリー王女はというと、まるで日の光を欲する植物のように、いかなる場においても一同の視線の中心にいることをなにより切望していた。いつでも蟬の羽のごとく軽い薄衣をまとい、彼女の栴檀《チャンダナ》の香りははるか遠くからでも嗅ぐことができ、その身は上下あまさず金銀珠玉で飾り、道を歩けばしゃらしゃらと音を立てた。宮廷で宴《うたげ》があればかならず、わずかばかり容姿に劣る少女たちが王女のそばを取り巻いていた。その場の注目をさらっていくのは彼女たちとにぎやかに談笑するラートリーだ。宮殿の外を出歩くときの陣容もプリティヴィー女王にまったく劣ることがない。ラートリーが白象に乗って街並みを通りすぎ、前後どちらにも着飾った行列が続いているのを見て、ある隣国の商人が王国いちばんの盛大な祝典にでも出くわしたのかと勘違いしたということもあった。

ラートリー王女は十六歳のときに王位を継いだ。プリティヴィーは、退位した歴代の女王と同じく森林に隠居し、修行に打ちこんで魂の解脱を目指した。

だれもが予想しなかったことに、即位後のラートリーはとめどなく浪費を続ける暗君とはならなかった。たしかに浪費に歯止めはなかったが、同時に見事な業績を築いたのだ。建造させた東屋や見晴し台で夜通し宴に興じながら、一方でプリティヴィー女王に楯突いたために流罪にされた八人の賢者《リシ》を呼びもどして重職に就けた。隣りあったシャーラダーのいくつかの小国に兵を送って併合し、その結果として東方の諸国に向かう通商路を開いた。ことによると自身の手箱に物珍しい宝が湧き出ることだけが目的だったのかもしれないが、それでも王国は短い全盛期を迎えることになった。

しかしラートリー女王が切りひらいた繁栄の時代は、しょせんはかなく消える運命でしかなかった。女王は二十八歳で奇怪な失踪を遂げたのだ。女官たちは宮中を隅々まで探しつくし、侍女や衛兵を一人ずつ尋問したが、どこにも手掛かりは見当たらなかった。女王は銀貨の一枚も持ち去らず、まして宮中の収納庫に山と積まれた財宝に変化はなかった。ラートリーの行方について、人々はさまざまに推測した。たんに宮廷生活に倦《あぐ》んで森林に隠居することを選んだのだと考えるものもいれば、身分のはるかに離れたどこかの相手と駆け落ちしたのだと考えるものもいた。だがもっともありえそうな推測は、ラートリー女王は音もなく起きた宮中の政変によって命を落とし、その死体も闇に葬られる憂き目に遭ったというものだった。

ラートリーは愛人に事欠かなかったものの、王位を継ぐことのできる子嗣《しし》を残していない。家臣たちはひとしきり討論したすえに、ラートリーの双子の妹であるウシャスを王位に就けると決めた。

ウシャスは数年のあいだみずからの部屋にこもって外に出たことがなく、国じゅうことごとくがその存在を忘れたころだった。女官たちが幾昼夜言いきかせてようやく、ウシャスは部屋の外に連れ出された。評議の場である広場には顔にヴェールを着けて現れ、手渡された王冠を受けとるとすぐに背を向けて、足早にその場から逃げてしまった。

ウシャスが即位して最初に行ったのは、姉のラートリーを歌った詩歌をのこらず破棄させ禁じることだった。

もとよりラートリー女王の近臣のなかには詩人の姿が珍しくなかった。なかでもとくに声望高かったのはラージャキールティとチャンダラーハヴァヤということになるだろう。ラージャキールティは勇壮にして雄大な叙事詩《マハーカーヴィヤ》の作で知られ、チャンダラーハヴァヤのほうは細密で精巧、情緒纏《てん》綿《めん》たる艶情詩《シュリンガーラカーヴィヤ》において並ぶものがなかった。

このころラージャキールティはかなり年を重ねていたが、対してラートリー女王は活発で遊び好き、また夜の明かりのもとでの宴を好み、そのそばに控えようにも思うに任せないことがいくらか出てきた。女王はたちまちそのことを察して自邸に戻らせ、先王の事績をつづる長詩を献上するように命じた。ラージャキールティは女王の期待を裏切ることなく、四年を費やしただけでこの大著を書き上げた。全体は計二万五千頌《スクタ》からなり、ヤミー女王による兄の打倒と王国建立に始まり、ラートリー女王の統治と武功への賛美に終わる詩は『歴代女王記《ラージュニーヴァンシャ》』と題された。しかしあいにく、この長詩は作者の精気を使いつくした。貝葉《パトラ》に筆写された詩が女王に捧げられると、ほどなくラージャキールティは世を去ったのだった。

チャンダラーハヴァヤはあらゆる詩人のなかでも、もっとも長い期間ラートリーに付き従った一人だった。ラートリーはまだ王女だったときからチャンダラーハヴァヤの作品を好んでおり、しじゅう侍女にみずから読んで聞かせ、古代の叙事詩をもとに彼が作した戯曲《ナーティヤ》を演じさせたこともあった。かなりの長きにわたってラートリーは、それが三百年まえの文法学派《バイヤーカラナ》の哲人、べつのチャンダラーハヴァヤによる作品だと誤解して、これほどの傑作をものした詩人と同じ時代に生まれなかったことをしばしば憾《うら》みとしていた。母親のプリティヴィー女王が全国の詩人を宴会に呼びよせたその日、やっと王女の誤解は解けたのだった。それからチャンダラーハヴァヤは折りにふれて宮廷に出入りし、ラートリーにみずからの最新の作品を献上するようになった。

ある満月の夜、ラートリーはチャンダラーハヴァヤを宮中に呼びたて、周りのものたちを下がらせて自分たち二人きりにさせた。そのときラートリーは即位から半年と経っておらず、十七歳の誕生日を過ぎたばかりだった。彼女は薄衣を脱ぎすて、その五体を彩るものといえば花弁の形をした黄金の耳飾りに、首から両の乳房のあいだに垂らした白玉の装身具《ケーユーラ》、それと琅琅《ろうろう》と音を立てる足飾りのみとなって、無憂華《アショーカ》の花弁を敷きつめた床を裸の足で踏みながらチャンダラーハヴァヤの眼前に歩いてきた。詩人の側もたちどころにこの若い女王の考えを悟り、両の目を見開いて、月光に浴すラートリーを、いかなる細部も見落とすのが惜しいとばかりにすみずみまで眺めわたした。

その晩、家に戻るとすぐさまチャンダラーハヴァヤは筆を走らせはじめ、そのまま夜が明けるころには『麗姫百頌《カニヤーシャタカ》』と名付けた一揃いの艶情詩を書きあげた。

この詩においてチャンダラーハヴァヤは音飾《シャバダーランカーラ》法の技巧の極致を体現し、一時《いちじ》詩人たちの手本として模倣されることになる。彼らは先を争って詩を書きうつしたので、王都の多羅樹《ターラ》の葉はあやうくすべて摘みつくされるところだった。チャンダラーハヴァヤの詩が誦されるそのときにはまるで、ラートリー女王の〝青蓮《ニーロートパラ》のような髪〟や〝蔓草《プリヤーラ》のような眉〟、〝うすい化粧と麝香《ムリガナービ》をまとった頬〟、〝雪山のようにそばだつ乳房〟、そして軽く腰をかがめたとき三筋《みすじ》ばかり腹に寄ったしわ——詩では〝甘露の流れる川《アムリタナディー》〟と描き出されていた——を世人もみずから目の当たりにしたかのようだった。

しかしウシャスにとっては、人々がこの詩を通して双子の姉、ラートリーの身体を想像しうるというのは、つまり彼女自身の身体をも想像できるということでもあった。もともと二人はあまりによく似ていて、乳母ですら見分けがつかないほどだったのだ。ウシャスが即位してまもなく、待ち望んでいたかのようにラートリーに関するあらゆる詩歌を禁止した理由はそこにあったとも考えられる。なかでも『麗姫百頌』についての君命は特別に厳しかった。家に『麗姫百頌』の写本を隠しもっていたものがいればすべての財産を没収されて家まで焼きはらわれ、公の場で朗誦したなら舌を切りとられ、著作のなかにその言葉を引用したり題名に触れたりしただけでも両手を切りおとされた。

この詩を書きしるしたチャンダラーハヴァヤに至っては、ウシャスはその舌を切るよう命じただけでなく、両手を切りおとし、ラートリーの若い肉体に見入った両眼さえも無事ではいられなかった。眼球は刳《えぐ》り出され、街のもっとも繁華な通りに捨てられて、たちまち行きすぎる車輪や蹄に轢きつぶされた。酷刑を受けたその晩、チャンダラーハヴァヤは弟子の手を借りて入水し命を絶ち、その後数ヵ月のうちに弟子たちがつぎつぎと後を追い死んでいった。

ウシャス女王が在位した二十一年間は、シャーラダー王国が衰退に転じた時代でもある。政務に関して、ウシャスは『麗姫百頌』を禁じたときの果断さとは縁遠かった。みるまにふたたび群臣のまえから姿を消し、あらゆる視線から守ってくれる部屋のなかに身を隠すことになった。政務を担ったのは、扉ごしに話をすることを許された何人かの女官たちだった。はじめ彼女たちは多少なりとも遠慮があり、なにかあれば必ずウシャスに伺いを立てていた。女王がこの部屋から一歩たりとも出るつもりがないと気づくと女官たちも勝手を始めるようになり、私欲のため徒党を組み、逆らうものを排除するところから始まって、何年にもわたって内紛が続いたためにいっさいの国政は閑却《かんきゃく》された。結果、女王の従姪《じゅうてつ》であるアディティ姫が人馬の一団を連れて宮殿に踏みこみ、女官たちをあまさず殺しつくしたことでこの傾きはじめた王国は救われたのだった。戦闘のなかで、軽はずみにも宮殿に火を点けたものがいた。燃えさかる炎さえも、部屋からウシャスを外に出すことはできなかった。ことによると、炎などではなく、人の視線こそが彼女をなによりも灼《や》くものだったのかもしれない。ウシャスは火の海のなかで命尽き、アディティが代わって王位に就いた。

シャーラダー王国は東方の諸国のように史書の編纂に注力することはなく、過去のいくつかの王朝のように功業を石に刻みつけることもせず、人々の歴史に関する記憶はほとんどすべてが詩歌によるものだった。ラートリー女王に関する詩句は、いちど言及することを禁止されたとはいえ、そのなかのいくらかは後世にまで伝えられた。対してウシャス女王が即位して以降、詩人たちはチャンダラーハヴァヤの悲劇をまえにして固く口をつぐむか、あるいは風月のみを詠んで言葉を飾るようになっており、ウシャス女王には一言たりとも触れようという気を起こさなかった。詩歌に現れることのなかった彼女を、百年が過ぎるともはやだれも記憶していなかった。

現在この時代の歴史について語るとするなら、シャーラダー王国の後裔《こうえい》たちは、ラートリー女王がのちに政治に倦み、みだりに近臣を信じたために国を衰退に向かわせた、と考えることだろう。そしてアディティ姫による反乱の渦中で非業の死を遂げたのもラートリー——ラージャキールティが記しためざましい功績を持つ女王、チャンダラーハヴァヤが記した艶麗さにおいて並ぶもののない少女だと言われるだろう。

ウシャスは存在していなかったかのように。

第三曲　語り継ぐこと

儀式が始まるまでまだしばらく時間がある。

モーリュは島の西の端にある瑚礁のかたわらに立ち、二十年前にサテュラが海に出ていった方角を眺めやった。

もしサテュラがいまもこの世にいるなら、歳は五十近いはずだ。神歌の英雄たちは、若いころに死ななければたいがいが七、八十歳まで生きられるが、島民たちのなかで五十歳まで生きられるものはめったにいない。日が昇り、沈んでいくその一度ごとが、サテュラが帰ってくるという希望がさらに茫漠《ぼうばく》たるものになっていくことを意味していた。

夕空の際《きわ》に星が現れはじめ、暮れの風が吹き、太陽はみるまに沈んでいく。遠くの海面のうえにいくつか雲が漂い、風に吹きみだされるモーリュの髪とおなじくはるか古くの金属の色に染められていたが、それから炎の色に、鮮血の色に、最後には血が固まったあとの暗い色に変わっていく。

モーリュはいまもはっきり覚えている。サテュラが初めて帰ってきたとき、自分は巫女の見習いに選ばれて間もないころで、巫女たちに指導を受けながら毎日神歌を朗誦していた。丸木舟が岸に着いたあの夕べも、海の上ではこうして夕陽が沈みつつあるころあいだった。日に焼けた肌が褐色に変わり、顔にいく筋かしわを刻んだその女からモーリュが受けた最初の印象は、とても良いものとは言えなかった。

砂浜に腰を下ろして椰子の実一つの汁を飲み干すと、待ちきれないかのように自分がほかの島で集めてきた神歌をその場にいた皆に朗誦して聞かせた。それはアルテイアの島民が聞いたことのない詩句だったが、島に古くから伝わる歌とは分かちがたいつながりを持っていた。サテュラが歌った神歌の一つに登場する名前は、モーリュが覚えた言葉のなかにも現れるものだった。

島の外からサテュラが持ちかえった成果を聞いて、年長の部類に入る巫女は当然ながら小躍りして喜んだ。モーリュのような巫女見習いはそろって渋い顔だった——暗誦すべき事柄がまた増えたのだ。

それからサテュラは島にまる一年留まり、その期間はすべてつぎに海に出るときのための準備に費やされた。白粘土で地面に簡単な地図を描き、言い伝えのなかにしか存在しない島々の位置を推測する。ジュゴンやイノシシの肉、果実を日干しにする。傷だらけになった丸木舟を漁師とともに修理し、ほかの島で学んできた知識をもとに櫂《かい》を作りかえる。その合間には祈禱に加わったり、巫女見習いが神歌を暗誦するのを指導したりもした。

そしてその間に、見習い巫女たちはみなサテュラのことが好きになっていた。

サテュラは彼女たちをむち打つことはなく、もし前の日に教えた文章を暗誦できない少女がいたとしても、我慢強く思い出すきっかけを与えた。少女たちからの質問をはねつけることもなかった。ほかの巫女たちは神歌のなかの言葉についてめったに説明せず、とにかく暗誦するようにと押しつけてくる。サテュラひとりだけが、自身の解釈について話してくれた。自らの知恵で理解できる事情には限りがあると、認めながらではあったが。

――この神歌を作ったむかしの人たちはわたしたちよりも賢くて、多くのことを知っていたの。

サテュラはいつもそう口にしていた。

あるときモーリュが、神歌に出てくるある星がはたしてどの位置にあるのか訊ねたときも、サテュラは残念そうに首を振るだけだった。丸木舟を海に浮かべ、天を埋《うず》める星々を仰ぎ見ながら、一度ならずその星を探したことがあるが、結局見つけることはできなかったのだとサテュラは話した。もし見つけられれば、太陽や月、明けの星や宵の星、聖なる十字星に祈りを捧げているように、その星にも祈りを捧げることができるとも続けた。

サテュラは、散逸している神歌たちの収集を続けていれば、こうした謎が解ける日がいつか来ると信じていた。

しかし、もう一度海に出たサテュラは、その後戻っていない。

何年も経ってからモーリュが知ったのは、神歌を集めるために海に出た巫女はサテュラが初めてではなく、しかしほかのものたちは別の島にたどりつく前に引き返してきたか、もしくは出発したまま音沙汰がないのだということだった。神歌を持ちかえるのに成功したのはサテュラだけだった。なかには、持ちかえってきた神歌というのは海を漂流しているときに一からでっちあげたものではないかと疑うものもいた。しかしそうした疑いに無理があったのは明らかだ。サテュラが携えていった水と食糧では海の上で数カ月持ちこたえるにはとても足りず、ほかの島にたどりついたのは確かなことだった。

いまではモーリュも、サテュラがはじめて海に出たときの歳になった。

人々がだんだんと浜に集まってきた。モーリュは回想を打ち切る。

眼前では、二人の島民が巨大な籠《かご》を海辺へと運んでいき、同じように七、八人が蘋婆《ぴんぽう》の木をまるごとくり抜いた小舟を海に押し出していた。若い巫女たち数人が籠の周りにたいまつを立てて火を点けると、脂の燃えるにおいが海風に乗って漂っていく。ほかの巫女たちは近くにたたずみ、炎を見つめるものもいれば、海に目を向けるものもいる。巫女たちはみな月桂樹《げっけいじゅ》の枝葉を編んだ前掛けを身に着け、ツノガイをつなげた首飾りとウミガメの骨による腕輪で装い、うねる模様を胸元と背中に紅白の顔料で描いている。

巫女たちの輪にモーリュは入っていき、いちばん若いイドラの姿を見つけた。

「おっしゃったとおり、念を入れて研いできました」

そう言って、イドラは天南星《てんなんしょう》のつるを幾重にも巻きつけ覆った小さななにかをモーリュに手渡した。

つるを解いて、なかの剃刀を露わにし、入念に眺めまわす。イドラの言葉に嘘はなく、確かに剃刀は砥石で入念に研ぎあげられていた。それどころかすこしばかり力が入りすぎて刃はあまりにも鋭利になり、扱いを間違えればすぐに折れてしまうだろう。さいわい経験豊富なモーリュであれば、こうした剃刀もまったく苦労せずに使いこなせる。

アルティア島の巫女はふつう、剃刀を二種類使う。一つは石英で作られ、成人の儀式において髪を剃り、傷を刻みつけるために用いる。もう一つは猪の牙で作られており、死体の腐肉を削ぎおとすために用いられた。

いまモーリュの手に握られているのは後者である。

籠に近づいていき、そこに収められたほとんど白骨となった死体に目をやる。死者は生前狩人だったが、猪を捕らえるための罠に誤って掛かり、その傷によって命を落としていた。死体は神聖な森の榕樹《ようじゅ》の大木にまる二年置かれ、わずかしか残っていないその肉はとうに腐り、風にさらされて、軽く触れただけで剝がれてきそうに見える。しかしモーリュは、腐肉を剝ぎとる仕事は見かけほど簡単ではないことを知っていた。

夕陽の名残が完全に消え去るよりもまえに、成人した島民は全員が浜に集まった。巫女たちによる神歌が響くなか、儀式が始まる。

モーリュは籠から片方の腕を取り出して、火の明かりをたよりに手のひらの部分の腐肉を少しずつ剝ぎとって削ぎ落とし、指の骨を一節《ふし》ごとに手に取って、そばにいるイドラに渡していった。もう一人の巫女が泉の水をたたえたオウムガイの殻を捧げもち、骨を水で流す。おおまかに洗いおわった指の骨を、イドラは棕櫚《しゅろ》の葉で編んだ敷物に横たえていく。すべての指の骨がきれいに浄められると、つぎにモーリュは頭骨を取り出し、同じ手順を繰りかえした。

頭骨を洗いおわったところで、巫女たちが歌う神歌も止んだ。オウムガイを捧げもった巫女が死者の親族のもとに歩いていき、喪の象徴として額に塗られた顔料を水によって洗い流していった。親族の代表ひとりがまえに進み出て、骨を並べた棕櫚の敷物をイドラから受けとる。死者の指の骨にはこれから顔料が塗られ、病《やまい》や邪《じゃ》を払う輪飾りとなる。頭骨はもっとも親しいものが腰元にくくりつけることになっている。

籠にはまだ残りの死体が収まっている。巫女たちが籠を丸木舟まで運んだ。モーリュとイドラも舟に乗りこむ。今晩、この二人は死者を最後の道行に送り出すことになっていた。

モーリュが舟の先頭に腰を下ろし、イドラが後ろに座って櫂を握る。巫女たちがふたたび神歌を歌い、島民たちは火を囲んで踊りを始めた。イドラは力を込めて舟を進め、浜辺の光がおよそ見えなくなってほのかにかすんだ幻だけが残るころ、モーリュは櫂を止めるように合図した。

モーリュは籠から死骸を手に取り、一片ごとに水に入れていく。

遠くからは巫女たちの歌声がいまもかすかに届いていた。彼女たちの世代が受けついでいる神歌の締めくくりは、もっとも物悲しい一節でもあった。通例では挽歌として用いられるものだ――
喇叭《らっぱ》の響くその日、高まった潮がもはや引くことはなく
天から落ちる青色の雪が、あらゆるものの身に降《ふ》り注ぎ
かれらはみな死んだ、この世に現れなかったかのように

イドラは舟の向きを変え、まだ消えていない光を目指し、浜に向けて漕ぎ出した。巫女たちの歌声はもう止んだが、そのあともモーリュの頭のなかに響きつづけていた。

――〝雪〟とはなんでしょう。

何年もまえ、神歌のこの一節を暗唱したとき、モーリュはサテュラに訊ねた。

――〝雪〟はなにかの呪いとも考えられるかな。だから神歌は、それが人の身に降り注ぐと死んでしまうと言っている。

この一節を暗唱し終えたことでモーリュもアルテイア島のすべての神歌を学んだことになり、初潮が来るのを待ってさまざまな試練を経験し、正式に巫女になることができた。サテュラの帰還によって、ほかの島では歌いつがれていたがアルテイアでは失われていた節を加えて学ぶ必要が生まれた。しかしサテュラによると、彼女が行き着いたいくつかの島では、神歌の締めくくりはすべて同じだったという。

そしてほかの島の人々も、〝雪〟が何なのかは知らなかった。

静かに凪《な》いだ海が星々を映し出している。かつてサテュラを導いた星だ。

ふいに、すべてが徒労のように思えた。去年、こうして一人の漁師を送ったときのことを思い出す。その漁師は小屋を修繕していたときに倒れてきた柱が頭に命中し、大量の血を流したあげくに気を失った。ようやく目を覚ましたはいいが、自分の名前を忘れ、家族の声や顔を忘れ、さらにアルテイア島に関する一切を忘れていた。人々はその男をかついで山のふもとの湧泉に、阿檀《あだん》の林や海に面した入り江に、海鼠《なまこ》を拾える砂浜に——巫女見習いに選ばれた少女を別にすれば、島民たちはみな子供時代のほとんどをそこで過ごす——毎日弓矢と銛《もり》で魚を捕っていた瑚礁に、連れ出した。しかし男はなにも思い出せず、ふさぎこんでまもなく死んでしまった。

いま思い起こしてみれば、サテュラの行動もあれと同じことではないか。しかし波風を恐れず、命を懸けて持ちかえってきた神歌は、いったいだれの記憶ということになるのだろう。

自分たちは、神歌のなかの読み解きを拒む言葉を永遠に理解しないまま終わるのではないか。たとえばある日ジャコウネコが島から消えたなら、後世の狩人はたとえその名前を聞き、それどころか代々受け継がれる狩りの言いならわしでジャコウネコを捕らえる技を語ったとしても、その姿を目にすることはないまま終わる。言いならわしのなかの言葉や、長老が腰にまとったジャコウネコの皮の装飾品からその姿形を想像するしかないのだ。

自分たちの神歌もそうなのではないか。

神歌が描いた世界は、もはや存在していない。

この変化のない島で、人は生まれ、死んでいく。潮の満ち引きのように、太陽が昇り沈むように、空の鳥の行き来のように。彼らは代々同じ仕事を繰りかえし、同じ神歌を暗唱する。しかし島民たちの生と死は、神歌に一つの言葉すら付けくわえることもない。

サテュラの努力はいずれにせよ徒労なのだ。巫女たちの暗誦が徒労でしかないのと同じように。

「すべて終わってしまった」モーリュはひとりつぶやく。

「そうです」イドラは言いながら、握った櫂に力を込めた。「もうすぐ舟も陸に着きます」

参考文献

金克木『梵語文学史』江西教育出版社、一九九九
拉徳克利夫 - 布朗『安達曼島人』［Alfred Reginald Radcliffe-Brown *The Andaman Islanders*］、梁粤訳、梁永佳校　広西師範大学出版社、二〇〇五
谷口幸男『エッダとサガ――北欧古典への案内』新潮社、一九七六
田中於菟彌『酔花集――インド学論文・訳詩集』春秋社、一九九一
下宮忠雄、金子貞雄『古アイスランド語入門』大学書林、二〇〇六

開かれた世界《オープンワールド》から有限宇宙へ

阿井幸作訳

無限なる英知は、可能な体系の中の
最善なるものを創らざるべからずと認める以上、
……すべては充たされ、さもなくば統一はたもてず、
上昇するものは正しき順序に従う。

——アレキサンダー・ポープ『人間論』、内藤健二訳

1

「織田作之助の小説に、妹を学校に通わせるために、体に鞭打って必死に針仕事をしていた姉が、結局無理が祟って病に倒れて死んでしまうって話があるんですが、私たちにそっくりじゃないですか？」

「そうなんですか？　読んだことありません」

私と小笠原《おがさわら》は、仕事がとっくに終わっているのに習慣的に残業している。ゲームのアップデート日の今日、何か厄介なバグが出れば、私たちが急ごしらえした謝罪文を、お詫びの月光琥珀《こはく》と一緒にユーザーに届けるのだ。幸い、今のところ何事もない。

いまは、それぞれ自分の椅子に座り、出前を食べている。

「うちの売上って、全部新規プロジェクトにぶちこまれているんですよ——その可哀相な姉みたいに」

「どうしても新規プロジェクトに参加したいみたいですね？」

「そりゃそうですよ。同期は全員あっちに配属になったのに、私一人だけここに置き去りですから。私が優秀じゃないからですか？」

「こっちからベテラン社員も引き抜かれているんだから、人員の補充が必要なんでしょう」

「だったらなんで私だけなんですか？」

そこまでしゃべると彼女は大きなため息を吐いたきり何も言わず、大きくすくったチャーハンを口に入れ、真剣に咀嚼した。

小笠原朱音《あかね》、二十二歳。都内の私立大学文学部卒業。六月十二日生まれの双子座。四歳上の姉とまだ高校生の弟がいる。趣味は一人カラオケ。好きな色はロビンエッグブルー。目の下のくまがちょっとひどいが、それでも美人の部類だ。先月、二年付き合った彼氏と別れたばかり。

こんなに紙幅を割いて彼女を紹介するのは、これからの話に彼女の出る幕が全くないからだ。

今年四月に入社後、私たちのプロジェクトチームに割り振られた小笠原はずっと不満を持ち、毎日口癖のように文句を言い、しかもいつも私に聞かせるのだ。

私と小笠原、そして私と同期入社の残り二人の社員は、スマホゲームのシナリオライターを担当している。

この「アイリス騎士団」は、配信されてからApp Store売上ランキングの上位三十位圏内を維持し、イベントがあるときはいつもトップに躍り出るので、決して失敗作ではないどころか、同ジャンルで最も成功しているゲームと言っても過言ではない。だがそうであっても、小笠原も私も、親戚縁者に対しこのプロジェクトに参加していると胸を張って堂々とは言いづらい。

未プレイ者が「アイリス騎士団」に抱くおおよそのイメージは、どうせ広告用イラストにあるビキニアーマー姿の女騎士たちだ。既プレイ者に至っては、ガチャや戦闘シーンでより多くのビキニアーマー姿の女騎士を目にしている。

もちろん、「アイリス騎士団」は決してお色気だけを売り物にしたシンプルなものではない。このスマホゲー戦国時代において、エロだけを押し出して成功できる会社がどこにあるというのだ。それが毎月会社に数十億円の利益をもたらしてくれるのは、考え抜かれたシステム設計と深い関係がある。

排出率が極端に低いガチャももちろん欠かせない。毎月実装する新キャラの各パラメータを、これまでのキャラより上にするのも言わずと知れた操作にすぎない。武器と軍馬も同様にガチャで引くしかない。それとともに、キャラのスキルアップ、武器の強化、さらには優秀な血統を持つ軍馬の育成をするのも、みな同じカードをまた引く必要がある。

ローグライトゲームである本作で、プレイヤーは配下の女騎士を操作してダンジョンを探索し、経験値を取得してレベルアップをし、武器以外の装備なら全部をゲットできる。しかし戦闘で全軍が壊滅したら、そのクエストで得た経験値はどれもゼロになり、新たに入手した装備も全部失う。キャラが死んだままでいることはないが、その後七十二時間はサナトリウムに入院するため使用できない。経験値や装備を失いたくなければ、プレイヤーは課金アイテム――月光琥珀五個――を使うしかない。キャラを早めに退院させたいのなら、月光琥珀が三個必要だ。

その上、ダンジョンのクエストに一日に行ける回数は制限されていて、上限に達したのにまだ入りたかったら、同じく月光琥珀を五個使用しなければならない。

言い換えると、最強のパーティを育成するためにプレイヤーが有り金はたいてガチャで現在最強のキャラ、武器、軍馬を引き当てたとしても、毎日膨大な時間とお金を投じてダンジョンを攻略しなければいけない。

しかし最強のパーティを育成すれば、「王朝戦争」モードで無敵の地位に就けるのだ。「王朝戦争」でプレイヤーは他プレイヤーの騎士団と同盟を組むか敵対し、城攻めや侵略を行い、褒美を勝ち取り、自分の名前をランキングに刻める——要するに、いわゆるPvPモードだ。

これこそ「アイリス騎士団」の金儲けのコツだ。プレイヤーの勝負心をくすぐれば、彼らの財布の紐を簡単に緩められる。

私と小笠原の仕事など些細なものだ。私たちはキャラのバックグラウンドやキャラクターストーリー、メイン・サブクエスト、それから誰も気にすることはないアイテムの説明まで、ゲーム内の全テキストの作成を担当している。もちろん、「王朝戦争」のたびに勝利者に贈る祝辞も私たちが書く。

これに比べれば、会社の新規プロジェクトに参加することがいっそう栄えある仕事であることは間違いない。

新規プロジェクトは、「くノ一戦記」「トゥービー・オア・ノットトゥービー」などのAAAタイトルゲームを製作したことがある宮沼秀洋《みやぬまひでひろ》が音頭を取って開発を進めており、これまで投入した資金は百億円を超えているとかなんとか。もちろんそれらのお金はみな「アイリス騎士団」のプレイヤーからもたらされたものだ。

そのゲームは、いささか難解だが、厳粛な気持ちにさせられるタイトルがあり、「チェインオブ ビーイング」と名付けられた。これも宮沼の発案で、十八世紀のイギリスの詩人の作品から取っているらしい。だが社内ではみんなから「食物連鎖」というあだ名で呼ばれている。冷酷なヒエラルキーを形成する「食物連鎖」において、ピラミッドの頂点にあるのが新規プロジェクトで、私たちのプロジェクトがその養分でしかないのは明らかだ。

そう言うものの、モバイルプラットフォームで遊ぶために「3Dオープンワールドゲーム」を開発するのは極めて愚かな決定だったと今でも考えている。

特に宮沼のあの偏執狂めいた完璧主義もこの業界では有名だ。私に限らず、多くの人間が開発を滞りなく終わらせられるのか疑問に思っている。だから社長から新規プロジェクトに行くか聞かれたとき、私は少しも迷うことなく断り、長年同じ道を歩んできた女騎士たちと引き続き進退を共にすることを選んだのだ。

そして最近は社内でも、新規プロジェクトの開発に暗雲が立ち込めているという噂が流れている。

私と小笠原が気まずい沈黙の中、出前を食べ終わり、自社のゲームをプレイして時間を潰そうとしていた矢先、オフィスのドアがノックされた。

ドアは開いているので、ノックも単なるマナーにすぎない。

入ってきたのは小笠原と同期入社の社員だ。ぴしっとしたスーツとそれに合ったネクタイまでして、革靴も光沢が出るほど磨き、薄い頭髪に整髪料をべったりつけている。ゲーム会社ではとても浮く出で立ちだが、それでも彼の名前を思い出せない。

彼は早足で私たちの前にやってきた。

「岸田さん、来ていただけませんか？　宮沼さんがお話をしたいと」

「そっちのプロジェクトチームじゃない私に何の用があるんです？」

「僕も伝言を頼まれただけなので。具体的なことは宮沼さんから説明があるはずです」

「分かりました。行きます」

立ち上がり、彼と一緒に部屋から出ようとしたとき、ふと小笠原の方を見ると、彼女は怒りで目を見開きながら私をにらんでいた。その目はまるで、自分を売った裏切り者を見つめる革命の志士だ。

なんて呼ぶのか分からないその社員は私を小会議室のドアの前まで案内した。ドアを開けると、「宮沼さんが中でお待ちです」と言い残して去っていった。

中に入ると、宮沼秀洋が座っていた。いるのは彼一人だ。

普段、社内ですれ違うことは何度もあったが、会話をしたことはない。

いまの彼は相変わらずおなじみの革ジャンを羽織り、おなじみのサングラスをかけ、おなじみの長髪を後ろでまとめ、あごにもおなじみの無精ヒゲを生やしている。

入ってきた私を見て、彼はそれっぽいしわがれ声で「かけてください」と言った。

学生時代だったなら、この伝説のカリスマプロデューサーを前にして、緊張のあまり身動き一つ取れなかったかもしれない。だが、いまではすでに畏敬の念もほとんど抱いていない。彼がかつてどれほどの成功を収めていようが、現在のような不景気の時代では、うちのようなスマホゲーム会社に来て生活の糧を得るしかないのだ。

ましてや私が関わっているプロジェクトは、まさに彼のために資金を提供し、彼が思い描く完璧なゲームの製作を支えているのだ。

「社長から聞きましたが、T大理学部天文学科出身なんですって?」

「そんなところです」

中退でも「出身」と言うのであれば。

「ちょっと頼まれてくれませんかね。岸田さんの専門的な知識があれば何も難しいことはないはずです」そこまで言うと、彼は話の矛先を変えた。「オープンワールドゲームにとって、最も大切なものはなんだと思います?」

正直言うと、同業者が「オープンワールド」という言葉を濫用するのを良しとしていない。

細かい説明もしないで、好きな順番でストーリーの攻略が可能ということだけで、広大なマップまで付属しているものを「オープンワールド」と呼ぶのであれば、そういったゲームは2D時代にいくらでもあったし、電子機器が全く不要のTRPGもたいていその肩書きを持てる。言ってしまえば、いわゆる「オープンワールド」とは、コンピュータゲームが3D化を経て、各大手メーカーが争うように宣伝してきた概念にすぎない。自身に箔を付けるあらゆる概念と同様、目新しさもなければ厳密性もなく、いっそ使わない方が良い。しかし私は口から一言、答えを発していた。

「自由度?」

「僕はね、没入感だと思うんですよ」最初から私の答えなどに興味がなく、自分の答えを言いたかったたけのようだ。「これは嘘偽りのないリアルな世界なんだとプレイヤーにきちんと感じてもらい、その中に耽溺して抜け出そうと思わせないようにする——これさえできていれば、オープンワールドゲームとして成功だと言えます」

「そういったゲームも少なくありませんが、どれも家庭用ゲーム機やパソコン版のプラットフォームでしか売られていません。スマホの性能で嘘偽りのないリアルな世界をつくり出せるのでしょうか」

「そんなに簡単じゃありませんが、やれると思っています。うちのチームは多くの努力を重ね、いくつかの難関をすでにクリアしています。シームレスマップのようなものは、即時読み込みの技術を使えば実現可能です。オブジェクトとのインタラクションもできる限り簡素化しました。三角ポリゴン数を減らすために、キャラクターもみなトゥーンレンダリングを施した……しかしたった一つの問題が解決できないでいるのです」

そこまで話すと、彼は私に当ててほしいというように一呼吸置いた。

だが私は予想する気がなかった。

「光源の移動——光源の移動に必要な演算能力があまりに膨大すぎるのです。私たちが使っているエンジンはこういった分野にも最適化が不十分だから、スマホでは実現不可能なんです」

「光源を移動させた場合、あらゆる物体の影もリアルタイムで計算しなければならないからですか」

「そうです。だから一番使い古された方法を取るしかできませんでした。固定光源を使って、あらゆる影をテクスチャに焼き込む方法です。これが一番、演算能力を節約できます。しかしこれにより新たな問題が生まれました。リアリティを増すために、『チェイン オブ ビーイング』には昼夜交代システムを導入したのですが……」

「それじゃあ、二セット分の影のテクスチャを焼き込むだけでいいじゃないですか」

「いえ、岸田さん、あなたは事の重大性を認識できていません」宮沼が真面目な表情で言う。医者が診断を下しているようにも、裁判官が判決を出しているようにも見える。「影が事前に焼き込まれたテクスチャで、光源も固定しなければいけないとなると、天体はどれも空にピタッと貼り付いているだけということになります」

「それに何の問題が?」

「考えてみてください。ゲーム内時間の毎日六時から十八時の間、太陽はずっと空のど真ん中――もしくはちょっと東寄り――にかかっていますが、これは大したことありません。要するに動けないんです。そして十八時を過ぎると、空の色は何の前触れもなく暗くなり、月が一瞬で太陽の位置に取って代わり、満天の星は一ミリも動けません。めちゃくちゃだと思いませんか?」

「確かに非現実的ですね。でも他にどういう方法があるんです? スマホゲームで、パフォーマンスが限られているのですから、昼夜交代のエフェクトをつくり出すことさえ一筋縄ではいきませんよ」

「技術的な問題はおそらく手の打ちようがありません。スマホの性能がある日突然大幅に向上でもしない限りは。でもそんな奇跡が起こるのを望んでいるんじゃありません。こういった現象について合理的な説明を打ち出せないかなと考えているんです」

「現象って？」

「天体が十二時間ピクリとも動かず、時間になったら昼夜が一瞬で切り替わる現象です。何か説明が思いつきませんか？　その背後にある原理とは何かを説明して……」

「それ、説明が必要ですか？」

「もちろんですよ。筋の通った説明が出せなかったら、プレイヤーがその世界のリアリティに疑念を抱き、没入感どころの話ではありません。いまの社内で、天文学科出身のあなたしか頼れる人はいないんです」

2

「だから、周期的に振動する宇宙モデルを作れって言われたの？」

いつものように、私は芽衣子《めいこ》を大学近くの接客態度が最悪だと評される喫茶店に呼んだ。その悪評のおかげで商売はずっと惨憺たるもので、日曜の午後だというのに、私たちは窓側の席に座れた。

どれほど言葉を尽くしても、宮沼のやりたいことを芽衣子に理解させるのは不可能だった。それも無理ないことで、宮沼の頼みは確かに無茶振りに近く、芽衣子もまた専門外のことにこれっぽっちも興味を持たないのだ。

「そういうことにしておく。何かアイディアある？」

彼女は無愛想な顔で目の前の氷あずきを口に運び、無言でおでこをしばらく押さえると、また首を振って自身がさっき言ったことを否定した。

「昼夜っていうのは言ってしまえば、惑星上で観測した現象にすぎないし、必ずしも宇宙のスケールまで高める必要もない。『観測』と言えば……二重スリットによる電子波干渉実験ってまだ覚えてる？」

記憶が間違っていなければ、その実験において、観測者の有無が実験結果を左右し、二重スリットを通った電子がスクリーンにまるっきり異なる二種類の縞模様を生じさせる。

だが私も覚えているのはそのぐらいだ。

「ちょっとだけなら」

「ボーアの相補性原理だと、光子には波動性が現れるか、粒子性が現れるかのどちらか」芽衣子がしっかり覚えていて助かった。「だから、さっき言っていた問題はこう言い表せられるかもしれない——光子が粒子性を現すときに太陽と同じ巨大な白斑をつくらせ、波動性を現すときに星空に似た干渉縞をつくらせる実験を構想するにはどうすべきか」

「そんな効果にまで到達させられる？」

「時間をかければ構想できるはず。いくつか条件を多めに設定しさえすれば。四次元のミンコフスキー時空なら求める効果にまで達せさせるのはかなり難しいけど、高次元平面上への投影なら……」

「そんなに複雑である必要ないだろう」

「これが複雑？　最も基礎的な知識以外のなんだっていうの」

「専門外の人間にとっては複雑なんだよ」

「ごめん」彼女がレンズ越しに私へ向ける瞳は無念でいっぱいだった。「あんたもとっくに専門外の人間になっていたことを忘れてた」

「いや、もともとそういったことに触れてこなかったし、最初っからそういったものにあんまり興味を持っていなかった。教養学部の前期課程が終わってから、天文学科に進んだのは魔が差しただけなんだ。実を言うとあそこには馴染めなかった。少なくともそっちほど馴染めなかった。こんな凡人からすれば、何がカラビ・ヤウ多様体かの理解を進めるより、ゲームの敵の行動パターンや対策の方が興味があるんだ」

じゃなければ私も専門課程を全部サボって部屋にこもって日夜テレビゲームにふけり、二年留年した挙げ句に学位を取得できなかったということもなかったし、ゲーム会社で働くということもなかった……。

芽衣子との別れなどそもそも起こり得なかった。

「単にシンプルで分かりやすい周期的振動モデルなら、一個思いついた」彼女が言う。「セル・オートマトンを試してみれば？」

「『ライフゲーム』？」

彼女はうなずいた。「コンウェイの『ライフゲーム』は直感的だから、やってみせるだけで誰でも理解できる。私の研究もこれぐらい見ただけで分かるものなら、経費もきっともっと簡単に申請できるのに」

「最近は何を研究している？」

「本当に知りたいの？」

改めて考えてみるとそこまで知りたくはないが、礼儀として「本当」と答えた。

それで芽衣子は二時間かけて私に教えてくれた。彼女がいかにして「Ω‐論理」を使って「数学的宇宙仮説《MUH》」とゲーデルの不完全性定理の矛盾をうまく取り持ち、ついでに巨大基数に関する予想を解決したかを。これによって彼女は日本数学会が授与する建部賢弘特別賞を受賞できるだろう、少なくとも奨励賞は固い。

「でも宇宙物理学者だろう？」

「エドワード・ウィッテンも受賞したのはフィールズ賞でしょう。彼ですらノーベル物理学賞は受賞していない」

芽衣子は、私がエドワード・ウィッテンが何者かを知っていると疑っていない。もし数年前なら本当に知っていたかもしれないが、それが何だというのだ。彼の研究の方向性が何であれ、私には一生かけても分かりっこない。私がずっと芽衣子の研究を理解していないように、彼女だって私が製作に関わったゲームをプレイすることはない。

家に帰ると、考えを簡単に整理して宮沼にメールを送ろうとしたが、彼の連絡先を知らないことに気付き、ひとまず新規プロジェクトに加入している同僚から彼のメアドを聞いた。メールにはアイディアがあるとだけ書き、細かく説明しなかった。

夜更けに宮沼から電話があり、明日午前中にあの会議室で詳しく話を聞かせてほしいと言われた。

宮沼には理科の下地こそないが、ゲームの中でいろいろな雑学をひけらかすのが昔から好きで、若い頃からSFをテーマにしたゲームの製作に何作か関与しているので、「ライフゲーム」を知らないはずがない。思い返してみると、この言葉を初めて目にしたのは、彼がシナリオを担当した脱出ゲーム「悪党ルネサンス」でだった。

そういうわけで私は何の資料も準備しなかった。

しかし会議室に足を踏み入れた瞬間、直ちに失策に気付いた。中には宮沼一人だけではなく、白崎社長もいた。

白崎社長もゲーム業界の伝説的な人物だ。日中ミックスである彼女は、日本で生まれ育ったが流暢な中国語をしゃべり、大学卒業後に通訳として働いた。中国でしばらく暮らしたあと、向こうで出会った全然違う二つのもののとりこになった。一つはいわゆる「漢服」で、いうなれば昔の中国人の格好をすることだが、これが彼女の趣味となり、また彼女のファッションセンスに影響を与えた。もう一つは向こうの中華系クソゲーで、彼女はここから商機を嗅ぎ取った。

いま私たちがユーチューブなどの動画サイトを開くと、いつでも目に飛び込んでくるさまざまな中華系クソゲーの広告は圧倒的な数に上り、床にこびりついたガムのように目障りだ。

これらのゲームは画像素材がたいていい盗用で、ほとんど「ゲームプレイ」と言えないような内容で、だいたいが放置しておくだけでスマホが勝手に操作してくれる。しかしユーザーの課金への誘導に関しては十分に手間ひまをかけていて、適当に何度かタップするだけで購入オプションに飛び、ひときわ目を引くキャッチコピーで、いまチャージすればこんなサービスがありますとユーザーにアピールする。プレイするだけでお金を稼げるとうたうゲームさえある。ちょっと考えればあり得ない話だが、それでも引っかかる人間がいる。

そしてそんなゲームを日本語に翻訳して日本に持ってきた張本人こそ、目の前に座っている白崎社長なのだ。

大量の中華系クソゲーの代理業者になることで白崎社長は元手となる資金を稼ぎ、自分のゲームを作った。私が関わっている「アイリス騎士団」は会社が製作した三つ目のゲームであり、一番売れた作品だ。だが社長は最近新規プロジェクトに熱を上げており、私たちのチームに口出しするのはまれだ。

彼女は今日も中国ドラマの女性主人公のような格好をしていて、萌黄《もえぎ》色の中国服を着て、長い髪をまとめ上げてド派手なかんざしを挿している。

席に着くと、私はすぐさま本題に入って「ライフゲーム」という言葉を口にした。宮沼は思案するようにうなずいた。いったい何を理解したのかは不明だ。白崎社長の考えていることはかえって一目瞭然で、「日本語か中国語でお願いします」と言っているかのように呆気に取られた表情で私を見つめている。

そこで私は、立ち上がって壁際にある巨大なホワイトボードのそばに歩み寄り、5×5の枠線を引き、その上と左に座標を書き入れ、最後にC2、C3、C4の場所に星マークを書くことになった。

	A	B	C	D	E
1					
2			☆		
3			☆		
4			☆		
5					

「『ライフゲーム』のルールを簡単に説明します。ルールの一つ目が生存で、星マークの周囲八マスに星マークが二つか三つあれば、変化せずそのままです。二つ目が死亡で、周囲のマスにある星マークの数が四つ以上または一つ以下になった場合、消えてしまいます。三つ目が誕生で、空いているマスの周囲に星マークが三つあれば、新たな星マークが生まれます」

　白崎社長の理解がはかどるよう、説明を続けた。

「Ｃ２の周囲には星マークがＣ３一つしかないため、ルールに従ってここは空白になります。Ｃ４も同様です。しかしＣ３の周りにはちょうど星マークが二つあるため、変化しません。同時に空白マスＢ３とＤ３は周囲に星マークが三つあるので、三番目のルールに従い、ここに新たな星マークが生まれます……」

ルール通り、消えるものを拭き取り、生まれるものを書き記した。

	A	B	C	D	E
1					
2					
3		☆	☆	☆	
4					
5					

「しかし、面白いのはここからです」白崎社長がしきりにうなずくのを見て、私は話し続けた。

「次のサイクルでは、Ｂ３とＤ３の星マークがルールに則って消え、Ｃ２とＣ４に新たな星マークが生まれます。こうするとまた一つ前の状態に戻り、次にはまたこの状態に戻るという循環を繰り返すのです」

「それが思いついた説明ということですか？」

宮沼の疑問に対し、私は余裕を持って丸テーブルのそばに戻って座った。

「そうです。ゲーム内の空を実際は不透明のドーム型天井ということにして、ドームの内側にこうしたマスを無数に敷き詰めるというのはどうでしょうか。マスの中には発光体があって、その生成と消失はさっき話した三つのルールを遵守しています」

「つまり、空は大きな『ライフゲーム』にすぎないと」

「その上、さっき見せた状況と同じく、ゲーム内の空もずっと二サイクルの振動状態にあります。一サイクル目では、大量の発光体が空の中心部に集まり、太陽を形成しますが、周囲には散らばってしか分布していないため、地上にいる人間にはかなり気付かれにくいです。そして二サイクル目では、先ほど話したルールに基づき、大量の発光体が消失して夜が訪れ、わりと密集した一部のエリアしか残らず、これが月と星々になります。

二つの状態の時間間隔が十二時間です。これこそ、どうして時間が来たら昼夜がいきなり切り替わるのかを完全に説明し、またなぜ天体が少しも動かないのかの説明になります」

聞くだけなら驚愕させられるが、よくよく考えれば突っ込まれる説明をしゃべり終えた私はほっと一息つき、ようやっと宮沼にお別れを言い、自分の女騎士たちの相手に戻れると考えていた。

だが残念ながら喜びは数秒も持たず、宮沼が冷水を浴びせかけた。

「岸田さん、いまの説明はとてもユニークです。これがSFをテーマにした世界観ならきっと使えますよ」彼は言う。「でも大変もったいないのですが、私たちのゲームは剣と魔法のファンタジーがテーマなんです」

「ファンタジーがテーマだとどうしてこういう説明ではいけないんですか？」

「もちろんプレイヤーにそう説明することもできますよ——公式設定集といったものに載せて。でもゲーム内でその説明を出せないんですよ。それをどうやってゲーム内に組み込んで、キャラの口からしゃべらせようかって考えましたか？　まさか、メインシナリオ終了後に祭司が騎士を聖堂の隅に呼びつけて、もっともらしい神秘的な口調で『おお、よく聞き給え。我々が頭上に頂く空は、実はライフゲームなのだ。なに？　ライフゲームを知らないとな？　これこそ特殊なセル・オートマトンにほかならない』と言わせるつもりですか？　ゲーム内でこんな会話はあり得ませんし、プレイヤーへの愚弄になります」

「申し訳ありません。その問題は考えていませんでした」口では申し訳ないと言いながら、心中ずっと宮沼に毒づいていた。彼がプレイヤーを愚弄したことは確かにないのかもしれないが、部下の社員を苦しめたことは少なくないはずだ。「ご存じの通り、私は理系出身ですので、思い付ける説明もきっとこんな風に理科の知識を応用したものにしかならないので、ファンタジーの世界観に組み込めない恐れがあります。この仕事は私では力不足なので、別の優秀な人を呼んだ方が良いと思います」

　まさに席を立とうとした瞬間、白崎社長が口を開いた。

「ところで」彼女が宮沼に話しかける。「彼に『チェイン オブ ビーイング』の詳しい設定は見せたの？」

「まだです。今日、助手から渡してもらうつもりでした。こんなに早くアイディアを出してくるとは思わなかったので」

「なら、設定を読み込んでからリトライしてみない？」白崎社長は顔を私の方に向け、提案する。

「そういった設定を読んだ途端に、インスピレーションが湧かないとも限らないでしょう」

「無理ではないですが、『アイリス騎士団』にもやるべきことがたくさんありまして」

「今月の給料を二倍にすると言ったらどう？」

この言葉を吐いた白崎社長は左手で頬杖をつき、ほほ笑みながら視線を動かさず私を見つめている。

このときの彼女は魅力的で、中国ドラマに登場するどの女性主人公にも勝《まさ》っているように見えた。その萌黄色の中国服からも、まばゆい光が発せられているようで、金閣寺のてっぺんを青ざめさせるに十分だった。

やはり出し惜しみのしない女性こそ一番魅力的だ。

3

「チェイン オブ ビーイング」の物語は〝エクメーネ〟という大陸で始まる。

創世神《デミウルゴス》は大地、海、そして七柱の元素神《リゾーマタ》を生み出してから二度と姿を見せなかった。それぞれ地、水、火、風、光、闇、無の力を司る七柱の元素神は各々の国を築き、互いに結び付いてさらに多くの自然神《ゼウス》を生み出した。自然神は繁殖を続け、自らの役目を果たした。神々の時代は数千年も続いた。しかし、繁殖を重ねるたびに、次世代の自然神の力は衰え、劣化した。ついにある日、永遠の命を持たない赤ん坊が生まれ、こうして人類が誕生した。

それからまた千年経ち、闇の女神ノクシアが人類にそそのかされ他の六カ国に攻め入った。一瞬にして大陸が闇に包み込まれた。凄惨な戦いの果てに、無の神ヴァニタスは全ての力を出し切って闇の女神ノクシアを辺境の荒れ地アネクメーネ大陸に封じ込め、自身も長い眠りについた。

光の神フォシヌスはこの機に乗じて闇の国だった土地を併合した。神の加護を失った無の国の領土に至っては、地、水、火、風の四柱の元素神に接収され、残されたのは大陸の中心部にある首都エーテリアだけとなり、ヴァニタスの信徒たちがそこに残った。

その後、魔法の才を備えた女の子は全員、エーテリアの大修道院に集められるようになった。彼女らが地、水、火、風、あるいは光の力に目覚めれば、成人後に適切な国へ向かい、ふさわしい神に仕える。無の力を制御できるごくわずかの少女はエーテリアで一生を終える。さらにまれな闇の力の使役者は、もう四十年間現れていない。

ゲームの女性主人公ミデアは不幸にも闇の力に目覚める。彼女は「闇への長い巡礼」に出なければならず、無の都エーテリアを出発し、地、水、火、風の国々をめぐり渡り、試練を乗り越えて神殿で祝福を受けた後、大陸の最北端にある光の国へ行き、そこから船ではるか遠くのアネクメーネ大陸へ渡り、闇の女神ノクシアに仕える巫女となる。

プレイヤーはミデアに同行する騎士となる。名前、性別、外見、初期パラメータはプレイヤーが自由にカスタマイズできる。

やや陳腐な設定を読み終えた私はおおよそのアイディアを思い付いた。神話を使えば、ゲーム内の不自然な昼夜現象を説明できるかもしれない。

これ以上ないいい加減な態度で、二分間の手間ひまを費やしてその神話をでっち上げた。宮沼に侮られないよう、それから三時間がかりでウィキペディアを読み漁り、登場人物の名前をつけた。

翌日の午前中、またあの会議室にやってきた。今回は準備をしてきた私は、部屋に入るなり最初に資料のプリントアウトを宮沼と白崎社長に渡した。

「今回は『チェイン オブ ビーイング』の世界観を丸ごと使って、ゲーム内の昼夜現象を説明しようと思います」私はこう切り出した。「このストーリーにはもとの設定には存在しない神が登場します。彼らの境遇と設定は資料に記載済みです」

「つまり、神々のある行いが現在の昼夜現象を引き起こすということですか？」

「そうです。ここに二人の自然神を加えてみました。一人が太陽神ソラリスといって、火の神と風の女神が結ばれて生まれました。もう一人は夜の女神ヘカテイアで、無の神と闇の女神の娘です。二人は婚約していましたが、闇の女神が放逐されたことでソラリスは婚約の破棄を考えます。侮辱されたと感じたヘカテイアはソラリスへの復讐を決意し、毒入りの酒を渡そうとします。しかし緊張のあまり、彼女は薬を取り間違え、毒薬ではなく激しい恋心を抱かせる惚れ薬を入れてしまったのです。薬の力によってソラリスはヘカテイアを夢中で追い掛けます。しかし、この在りし日のいいなずけに対し、ヘカテイアはとっくに憎しみしか抱いておらず、彼の求婚をにべもなく断り……」

「これってトリスタンとイゾルデのパクリですか？　それともアポロンとダフネ？」

「どちらも少し参考にしましたが、丸写しではありません」

私の自信満々な様子を見て、宮沼はそれ以上しゃべらなかった。

「ヘカテイアはソラリスを振り払おうと必死で、恋愛の女神テュケーに助けを求めるしかありませんでした。そこでテュケーは二人にゲームをするよう提案します。ソラリスが勝てばヘカテイアは彼の求愛を必ず受け入れなければいけない。ヘカテイアが勝ったら、ソラリスは金輪際彼女にちょっかいをかけない。しかしうっかり者のテュケーはゲームを全部で何回やるのか決めるのを忘れてしまい、その結果、今日に至るまでこのゲームはまだ続いているのです。そしてエクメーネ大陸の上空のその不自然な昼夜現象は、このゲームによって起きているのです」

「それで、彼らはいったいどういったゲームをしているんですか？」

「チェイン オブ ビーイング」の世界では昼も夜も天体は十二時間止まって動かない。そして「止まって動かない」と言えば、そのゲームは当然——

「だるまさんがころんだ」

　私の言葉が終わるや、宮沼は立ち上がり、私から受け取った資料を乱暴に丸め、そばのくずかごに放り投げた。

「もういい」怒りを隠さない宮沼は呼吸をますます荒らげ、いつでも私の顔面を殴れると言わんばかりに両手を固く握りしめて拳をつくっている。「君のこれは僕の——僕たちの時間を無駄にしている」

「この説明のどこが駄目なんですか？」

「君が大丈夫だと思うなら大丈夫なんだろう。でももっとちゃんとしてほしいんだ。僕らのユーザーは幼稚園をとっくに卒業している」

その言葉を言い残し、宮沼は会議室を乱暴に出て行った。白崎社長は席に座ったままだ。私に向ける彼女の瞳の中にあるのは、同情というよりむしろ、母親がぼんくらな子どもを見つめているときに自然と漏れる慈愛だった。

「私はこの話、すごい好きだけどな」社長が話す。「夜に帰ったら娘に聞かせようと思う」

白崎社長の三歳になる娘も気に入るはずだ。惚れ薬とは何か理解できるかは不明だが。

「まともな説明が本当にちっとも浮かばないんです」

「コーヒーおごるよ」そう言いながら社長が立ち上がる。「それか、いい時間帯だし、一緒にお昼でもどう？」

会社に雇われている身として、白崎社長とランチを共にするのは相当勇気がいる。彼女の出で立ちが店内全員の注目を集めるというだけではなく、彼女のお誘いを受ければたいていの場合、特に厄介な仕事を回されるからだ。だが、それについて私は少しも悩むことはない。どうせ彼女の意図はこれ以上ないほど明らかで、宮沼のために引き続き知恵を絞るよう私を励まそうとしている以外考えられない。

白崎社長は私を近所のネパールカレーレストランに連れていき、シーフードカレーを注文した。ネパールに海産物があるとは思えなかったが、同じのを頼んだ。食事中は世間話に終始し、店員が空いた皿を下げると社長はようやく本題に入った。

「古参ゲーマーなら、宮沼の作ったゲームを何作もプレイしたんでしょう？」

「たいていは」

「あなたから見て、彼はどんなクリエイター？」

「クリエイティブで、オリジナリティーに富んでいて、博覧強記で、細部にも手を抜かない……単なる一ゲーマーとして評価するなら、紛れもなく素晴らしいゲームクリエイターです。でも……」

「でも？」

「提携した企業とはどことも後味が悪い別れ方をしたと聞いています」

「それは本当の話。でもどんなことも前向きに考えなくちゃ。彼がいくつかの大企業と喧嘩別れしなかったら、私たちとも提携することはなかった。違う？」

「でも本当に何の説明も思い付かないんですよ」

「いつかは出てくるだろうから、そう焦らないで」彼女が言う。「しばらく休んで、家でのんびり考えてみたら？　給料だって払うし、欠勤にはしないから」

「でも『アイリス騎士団』でやらなきゃいけないことがたくさんあって」

「そっちの仕事はひとまず同僚に任せて。言いづらいのなら私から言ってもいいし」

「社長は本当に宮沼さんのプロジェクトに惚れ込んでいるんですね」

「それは否定しない。単に金儲けのためなら『アイリス騎士団』みたいなゲームを作り続ければいいわけだし。でも、私は常々、いまの日本のゲーム業界には『チェイン オブ ビーイング』みたいな作品が必要だと思っているの。私たちが作らなかったら、日本の他のメーカーも多分作らない」

「金を稼げるのなら、みんな当然、現状維持を選択するでしょうね」

「でも私は現状に満足したくないの」中国の血を半分引き、漢服に身を包んだ白崎社長は気持ちが高揚した口調でしゃべる。『アイリス騎士団』みたいなゲームは、売上の大半は日本国内から。アニメも作ったとはいえ、影響力は東アジアに限定されている。それに比べて、中国のスマホゲームは欧米市場を席巻している。中国のゲーム会社は資金面でも技術面でもさらにアドバンテージを持っているし、国内の政策が安定しないから、海外進出のニーズもっと切羽詰まっている。このままいけば私たち日本人は負けてしまう。いまの局面を打破するには、世界規模で話題になるスマホゲームを打ち出さなきゃいけないの」

「だから宮沼さんが必要なんですか？」

「ええ、宮沼は欧米と中国に絶大なPR力を持っているから。このプロジェクトを積極的に仕切ってくれて、もう半分成功したようなものよ」

「分かりました。無茶な要求であっても、あの人が言い出した以上、必ず納得させなきゃいけないということですね？」

「少なくともいまは納得させなくちゃいけない。会社だけじゃなく、日本のゲーム業界の未来のために」

私は白崎社長のような資本家ではなく、普通のサラリーマンにすぎないので、日本のゲーム業界の未来など担っていない。

しかし二倍の給料と有給休暇は確かにとても魅力的だったので、引き受けた。

会社に戻り、同僚に引き継ぎを簡単に頼んでから早退した。まず近所の大型書店に行き、宇宙観の変遷の歴史を記した解説本を買い、電車で神保町に向かった。情けない話だが、大学時代に関連のある授業を選択したというのに、一コマも出席したことがないのだ。電車の中でむさぼるように五十ページ読み、古代ギリシアとローマの宇宙観をおおよそ把握した。

駅につき、スマホのナビに従って進むとすぐに西洋哲学と古典学を専門に取り扱っている書店に到着し、案内を頼りに解説本で言及されているプラトンの『ティマイオス』、アリストテレスの『天体論』、プトレマイオス『プトレマイオス』、そしてプロティノスの『エンネアデス』を見つけた。しかし、その数冊を抱えて意気揚々とレジに向かったとき、裏に貼られている値札に仰天した。白崎社長に立て替えてもらえるか確定していないため、その平均価格約一万五千円もする数冊の書籍を棚に戻して出て行った。

結局、芽衣子を頼ることにし、大学の図書館でそれらの本を借りてもらう代わりに焼肉をおごるだけで済んだ。

別れてから、忙しくて手が回らないというときでなければ、芽衣子が私の誘いを断ることは基本的にない。会えば毎回楽しい。自分が言い出しさえすれば、よりを戻す可能性もゼロではないと、私は心のどこかで考えている……。

ただ、話を切り出すきっかけが見つからないままだ。

家に帰ったのはちょうど九時を過ぎたばかりで、まずは平素仕事に邪魔されている睡眠を補い、脳をリフレッシュさせてから難解なそれらの本に目を通すことにした。そうして横になったらそのまま寝てしまい、目が覚めたら翌日の朝八時だった。

入浴し、コーヒーを淹れてから、最初にプラトンの『ティマイオス』を開いた。

この対話篇の意図は、解説本にはっきり書いてあったが、実際に全文を読んでみると新たな発見がいくつかあった。芽衣子が借りてくれたバージョンでは注釈が事細かに書かれ、多くの単語に古代ギリシア語の原文が併記されている。宮沼のプロジェクトがここから少なくないインスピレーションを得たのであろうことが見て取れた。ゲーム内で、地、水、火、風の四元素のアイコンは、それぞれ正六面体、正二十面体、正四面体と正八面体で表示されている。多くの重要な概念の名称も、この本に出てくる古代ギリシア語から来ている。

だが残念ながら、『ティマイオス』をめくり終えても、まともな説明が湧いてくることはなかった。

昼食を簡単に済ませると、アリストテレスの『天体論』に取り掛かった。お腹を満たしたばかりのせいか知らないが、数ページめくると睡魔に襲われた。重くなるまぶたを無理やり開きながら、やっとのことで一章を読み終えたが、やはり諦めた。それからもっとつまらなそうなプトレマイオスも飛ばし、新プラトン主義者であるプロティノスに向かった。

だが『エンネアデス』の冒頭も同様に引き込まれるものではない。目次をじっくり読み込み、本書の最後の一篇に当たる「善なるもの一なるもの」から読み進めることにし、適当に目を通しているとたまたまこのフレーズが目に入った。

あらゆる美しい事物はみな、一者《ト・ヘン》のあとにあり、昼間の光が太陽から出てくるように、一者を始原とする。

その瞬間、天啓を得た預言者のように——教義のでっち上げ方を考えついたカルト宗教の教祖の方が近い——科学的かつゲーム内で論じられる説明を思い付いた。

今回は、自分の成果を急いで報告することはせず、本を閉じると、仕事を放り投げてほこりの積もったプレイステーションを起動し、突然やってきたこの休暇を利用して昨年発売されたRPGゲームの攻略を始めた。

日曜日の夕方までそのゲームをぶっ続けでやった末、ようやく白崎社長にメールを送った。

4

今回は何も準備せず、そのまま会議室のホワイトボードに大きな丸を書いてから十センチほど離れた横に小さな丸を書き、そのあとに大きな丸から小さい丸へ放射する矢印を数本書いた。

「この小さな丸をエクメーネ大陸がある惑星とし、便宜上、α星と呼びます。この大きな丸は巨大なホワイトホールです」私は説明を始めた。「ホワイトホールから光が放出されると十二時間続きます。エクメーネ大陸から観測すると太陽にそっくりで、これが昼のもとです。そしてその後十二時間、ホワイトホールは休眠状態に入り、光を放出することがなくなります。これが夜の……」

「α星の自転は考慮しなくていいんですか？」宮沼が割って入った。

「必要ありません。ホワイトホールの巨大な重力の作用によって、α星はとっくに潮汐固定されています。月が永遠に片側しか地球に向けていないのと一緒です。これは、α星のもう片側にあるアネクメーネ大陸が闇の女王の領土になる理由も物語っています。ホワイトホールの反対側なので、光が照射されることがないんです」

「その説明は成り立つけど、相変わらずあの問題から逃れられていないよ——ホワイトホールにせよ潮汐固定にせよ、現代の天文学知識が絡むから、ゲーム内のキャラの口からこれを説明させられない」

「ゲーム内のキャラにホワイトホールを神格化させればいいんです」私は言った。「プロティノスの学説を流用すれば、断続的に光を放つホワイトホールをキャラたちに『一者《ト・ヘン》』と呼ばせ、造物主と見なすことが可能です。そして七柱の元素神を入れたあらゆる存在物は、みな一者から湧き出たというわけです」

「でもそれじゃあゲーム内の創世神《デミウルゴス》の設定とかぶってしまう」

「じゃあもとの設定を改めましょう。変えても特に影響ありませんし」

「もっと良い説明はないんですか?」

「これ以上はなんとも」

「この説明はありですね」宮沼が言う。残念ながら、ここまで来てようやく彼の賛同を得たところで、私はちっともうれしくなかった。「十分理にかなっている。ただサプライズが足りない」

「サプライズ?」

「設定が明らかになった瞬間にプレイヤーが驚き、ショックすら受ける、そういった結果をもたらしてほしいんです——プレイしたことがあるか分かりませんが、僕が『悪党ルネサンス』で書いたラストみたいに」

「悪党ルネサンス」は三回クリアしてプラチナトロフィーまで取って、掲示板に詳細な解説まで書き込んだことがあるが、宮沼を前にして意地になった私は首を横に振った。

そのとき、じっと座っていた白崎社長が口を開いた。

「岸田さんにもう一週間考えてもらいましょう。もしこれ以上の『サプライズ』な説明が思い付かなければ、今回のを使うということで」

そうしてまた丸々一週間の休みをもらった。

家に帰り、高難度で知られるメトロイドヴァニアを攻略し始めた。あるボスのところで三十回もミスし、大きな虚しさを感じた。

この仕事に対して覚えているある種の虚しさと同じく。

ゲーム会社で企画書を書く上で、大量のボツ案に時間を食うのは避けられないことだ。今回、宮沼に頼まれた雑用で、合わせて約二週間分の労力を費やしてはいるものの、よく考えてみると三回目で採用されるのはなかなか高い打率だ。六、七回目まで書いてようやく通ったときもあれば、うまく書けた企画書が諸々の理由でボツになったことも多い。

こういったボツ案は全部フォルダに保存している。

パソコンを点け、キャラデザやあらすじのボツ案に目を通すと、十分作り込まれた設定で、関連ストーリーも断然秀でているものもある。ちょっと修正して世界観を変えさえすれば、こうしたお腹にいたまま生まれ出ずることのなかった胎児たちも、この世に再び生を享《う》けることができるかもしれない。

そして今回の仕事で、自分には資料を読み込めば非の打ち所のない世界観を紡ぎ出せる能力があることが分かった。

一通り整理してから、無人の惑星が舞台のアドベンチャーのストーリーを練った。人工冬眠から目覚めた記憶喪失の少女たち数人は、自分たちが荒廃した星に置かれていることに気付く。サバイバルしながら、裏に潜む真相を探っていく……完成させられれば、ややありきたりなSF小説になるはずだ。

話のおおまかな筋はどれも、無人島サバイバルのミッションのために作成したストーリーをもとにしている。そのミッションは他部門の生産性が低かったがために発表できていない。数人のキャラの設定も、さまざまなボツ案の寄せ集めだ。

だがそれでも書き続けてみたかった。

五日間の不眠不休と丸一日の修正を経て、小説の初稿、あるいは単なるひな型をひとまず書き上げた。粗削りでほとんど概要に近く、多くの箇所を書き足さなくてはいけない。

しかし今回のチャレンジによって、ゲーム業界から身を引いても執筆で食っていけるし、ちょっとは有名になれるのではないかという自信が多少なりともついた。

また日曜日が訪れ、小説を印刷した紙束を持って再び芽衣子とあのカフェで会った。彼女は読み終わると科学的にあり得ない箇所をいくつか淡々と指摘するだけで、物語とキャラに対して何の感想も言わなかった。だがもう十分だった。少なくとも、自分の小説に致命的な論理的矛盾はない——あれば芽衣子は必ず注意する。

仕事を辞めて執筆活動に専念したいという気持ちに傾いていることまで、彼女の強度近視の両目から逃れることができないのと同じだ。

「ゲーム会社にいたんじゃ本当に書きたいものが書けないって言うのなら、さっさと辞めた方がいい」芽衣子があっさり言い放つ。「書いたゲームシナリオがあんなにたくさんのプレイヤーに受けるんだから、小説もきっと大丈夫」

「辞めたら収入源がね」

「少しは貯金してるんでしょう?」

「あるにはあるけど、一年半持つ程度だよ」

「だったら、戻ってきてまた一緒に住むのはどう。そうすれば家賃の節約にもなるし、私の部屋を掃除してくれる人もできる」

「でももう恋人じゃないだろう」

「前みたいな関係に戻るっていうのは? どっちにしろ私は構わない」芽衣子は今日も能面を貼り付けたまま氷あずきを口に運ぶ。「あのときはただのゲーム廃人になっていたから、別れようと決めただけ。ここ数年は、これといったタイミングがなかっただけで、ずっとやり直したいって思っていた」

「僕もずっとふさわしいタイミングを待っていた」

「いまがそうじゃない?」

「こんなんで本当にいいの? 仕事を辞めて、ちょっとばかりの家賃をケチりたいからよりを戻すなんて……」

「プライドが許さないのなら、なかったことに」

「プライドと君を賭けなきゃいけないのなら、絶対に君を選ぶよ」

「会社の方は辞めさせてくれるの?」

「ずっとやってるプロジェクトが、ここに来てますます重要視されなくなってきたから、いなくなったところで問題はないさ。新規の方にも必要とされていないし」

「あの特に面倒くさいゲームクリエイターが寄越した仕事はもう終わったの?」

「だいたいはね」私は言った。「彼が受け入れてくれる説明もひとまずは思いついたし。でも納得してくれなくて、『サプライズ』が足りないんだとさ」

「じゃあまたいくつか宇宙モデルを一緒に考えましょう——『サプライズ』させられるような」

そうして私は芽衣子とカフェが閉まるまで、パレットモデル、洗礼者モデル、三つの聖痕モデル、大梵天モデル、ブレイン・ヨーグルトモデル、発光吐瀉物モデル、連鎖反応モデル、収縮写像モデル、近藤効果モデル、分散媒モデル、三重フィルタモデル、ボーイ曲面モデル、スリップストリームモデル、グラン・ギニョール劇場モデルなどなど四十種類余りの説明を話し合って出した。

中でも一番満足いったものを挙げるとすれば、「U型ツイン実験場モデル」だ。

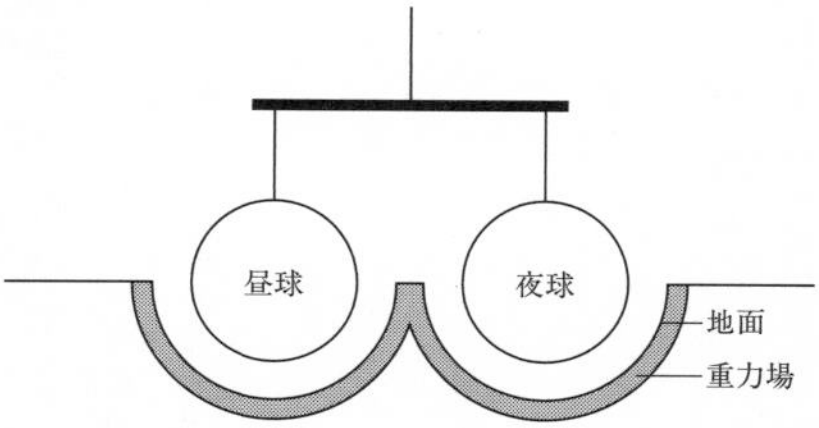

この説明では、「チェイン オブ ビーイング」の話の舞台であるエクメーネ大陸とその周辺の海が凹面の上にある。凹面の下には重力場が設置されているので、住民たちは何も違和感を覚えない。より高度な文明（すなわち、ゲーム中の創世神）によってデザインされた「U型実験場」だ。主人公たちの旅の終着点であるアネクメーネ大陸は、隣に位置するもう一つの実験場だ。大海が二つの実験場を一つにつないでいる。

この隣り合った二つのU型実験場の上に、それぞれ天球が吊り下げられている。

そのうちの一つは、大きめの透光孔が一つ開いているだけで、光の照射量もわりと多いので、昼球とする。もう一つは透光孔が多めで光の照射量が比較的少ない夜球だ。陸上の植物が正常な成長ができるよう、昼球と夜球は十二時間ごとに入れ替わり、これがゲーム内の不自然な昼夜現象をつくり出す。

大地には他にも似たような実験場が無数にあり、創世神はそれらの実験場で起きた全てを、夏休みの自由研究で小学生が蟻の巣を観察するように見続けて、記録している。データがもう十分揃ったとき、または巣穴のアリが世界の真実に気付いたとき、創世神は全実験場を破壊する……。

この説明が宮沼にとって「サプライズ」と言えるか定かではない。満足いかなかったところで、これ以上彼のために時間を割けない。

翌朝、もうあの会議室には向かわずに、「U型ツイン実験場モデル」の解説書を白崎社長に直接渡した。

一緒に辞表も提出した。

私の辞表願いに対し、白崎社長は顔色一つ変えなかった。とっくにこのような結末を見越していたかのように。

「これからどうするつもり?」彼女が尋ねる。

「小説を書いてみようと思っています」

「じゃあ一日でも早くベストセラー作家になることね。それなら協力する機会があるかもしれないから」

しかし社長に許されても、会社を退職するのはそんなに簡単なことではなく、手元にある仕事を済ませ、さまざまな引き継ぎを終わらせ、完全に失業するまで一カ月近く要した。

そして、新人賞をつかみ取り、受賞スピーチで芽衣子にプロポーズしたのが、それから一年後の出来事だ。

「チェイン　オブ　ビーイング」のリリースは未定のままだ。

インディアン・ロープ・トリックとヴァジュラナーガ

稲村文吾訳

一八九〇年八月八日、「シカゴ・トリビューン」紙に「ただの催眠術だった――インドの托鉢僧はどのように観衆をあざむいたか」という題名の記事が掲載された。この文章は、インドの托鉢僧が観衆に催眠術を掛けて操りひろげた一連の不可思議な魔術を克明に描写しているのだが、締めくくりに演じられたのがその後世に知れ渡ることになる「インディアン・ロープ・トリック」だった――魔術師が放り上げた縄がそのまま落ちることなく空中に直立し、魔術師の弟子が縄をよじのぼっていき、最後には空中に姿を消したという。記事においては、ショーの光景を写真に記録していた人物がおり、事後に確認したところ写真には縄も、弟子も写っておらず、すべては単なる催眠術だったと記されている。[1] この記事は公表直後から大きな反響を引き起こし、即座にアメリカ国内の他紙に転載されたほか、世界中で評判を呼んだ。四カ月後に執筆者はこれが捏造された作り話でしかなかったと認めたが、インディアン・ロープ・トリックへの人々の熱中を削ぐことはなかった。「シカゴ・トリビューン」の記事は単なる創作だったとしても、同様の魔術に関する記述はインドや中国、アラブ世界の文献に多数現れている。インドの哲学者シャンカラは、ヴェーダーンタ学派の典籍『ブラフマ・スートラ』に加えた注釈の中で「綱によって虚空に登る魔術師」に言及している。[2]『太平広記』第一九三巻には晩唐の伝奇集『原化記』を原典とする物語「嘉興《かこう》縄技」が収録されており、これはこの種の魔術を利用して脱獄を果たすというものである。[3]清代の小説家、蒲松齢《ほしょうれい》の『聊斎志異《りょうさいしい》』における一篇「偸桃《ちゅうとう》」では、弟子が縄をつたって天に上ったあと身体をばらばらにされ、魔術師がその死体を箱に入れると直後に復活した、と描写されている。[4]十四世紀のモロッコ出身の旅行家イブン・バットゥータは、杭州において同様の魔術を見物した経緯を記しており、身体の解体と復活についても言及している。[5]

　これらの記述は詳細さに差があり、食い違う点も多い。神話学者ミルチャ・エリアーデは「綱と操り人形」においてこの種の魔術を二つの要素に分割している。（1）弟子の身体をばらばらにする。（2）縄を使って天に上る。[6]さらに詳しく分析するなら、要素（1）は空中で身体をばらばらにされる部分と、落下してきた身体をつなぎ合わせると復活する部分の二つに分けられると思われ、要素（2）は縄を投げ上げて直立させる部分と、縄をよじのぼる部分に分けられる。ひとまずここでは、要素（2）を含んでいればインディアン・ロープ・トリックと見なせると考えることができる。実際、インドの文献には、要素（1）だけが出現し縄を一切使用しない記録も存在している。馬鳴《めみょう》の『ブッダチャリタ』においては仏陀《ブッダ》が民衆に神業を示すため、空中に上ったあと身体を分割し、落下後にまた一つに戻ったと記されている。[7]

　筆者は、インドを原産とする絶滅した動物ヴァジュラナーガ vajranāga が、われわれにインディアン・ロープ・トリックの真相を明らかにする可能性があると考えている。少なくとも要素（2）——投げ上げた縄がなぜ直立し落ちてこないのか——については一つの説明を与えることができるだろう。

イギリスの画家、旅行家のウィリアム・ホッジスは、一七八一年にインド北部のウッタル・プラデーシュ州の山地において、現地人が長さ四、五メートル、太さが腕ほどの巨大な蛇を縄として川の両岸に架け、橋として利用したのを目撃している。またその蛇は危険を感じたときに鱗が岩石のように硬くなるとも述べている。[8] これは西洋の文献において、初めて鱗が硬化する蛇について触れた例となる。ガブリエル・ビブロンとオーギュスト・デュメリルの共著は爬虫類生物の分類研究において、一つの目撃証言を引用している。この証言は鱗を硬化させる原理について推測を行っているほかに、全身を硬化させる蛇に対して現地のある香料を嗅がせると即座に硬化が解けることにも触れている。[9]

十九世紀を通じて、この蛇はしばしば西洋人の著述に現れたが、どの時点においても統一された呼称は存在しなかった。フランスの学者アルフレッド・フーシェが一八八九年に発表した『インド・アフガン境上にて——一考古学者の旅日記からの抜き書き』において初めて、現地人のこの生物に対する呼称が記録された。フーシェは旅の過程で、現在のパキスタン北東部、スワート渓谷に差しかかったとき、洞窟に這い進んでいく蛇を目にしている。「道案内の者が杖で蛇の尾を叩くと、たちまち全身を硬くさせ矢のごとき姿になった。手で触れてみると岩のように硬い。一同が数十メートル間《あいだ》を置くとようやく元の姿に戻り、最後には洞窟に這い進んでいった。案内人が教えてくれたところでは、その蛇は名をヴァジュラのごとく硬く、真っ直ぐであることから名付けられたという」[10]。

「ヴァジュラ」のサンスクリット語の本義は「硬い（棍棒）」であり、『リグ・ヴェーダ』に見える。

『マハーバーラタ』が語るところでは、インドラが大蛇ヴリトラを殴り殺すのに用いた武器の名をヴァジュラ（金剛杵《こんごうしょ》）といった。場合によってはダイヤモンド（金剛石）のことを指す。仏教文献においてヴァジュラの語は崩しがたいものを表すために多く使われ、一例として『金剛般若波羅蜜《こんごうはんにゃはらみつ》経《きょう》』のサンスクリット語原題、『ヴァジュラッチェーディカー・プラジュニャーパーラミター・スートラ』Vajracchedikā Prajñāpāramitā Sūtra は、直訳すると「金剛（杵）のごとく（あらゆる煩悩を）断ち切る知恵の経典」を意味する。ヴェーダ学者の林千早《はやしちはや》がフーシェの記録をもとに唱えた仮説によれば、インドラが用いたヴァジュラとは身体を硬化させる蛇であり、同じく『マハーバーラタ』に現れる龍王ヴァースキも同種の蛇で、全身を硬くしたのち乳海《にゅうかい》を攪拌するのに使われたと推測している[11]。この主張は現時点で学界の賛同を得ていない。

これらから、インディアン・ロープ・トリックの真相についてある推測を行うことができる。

筆者は、ショーにおいて魔術師が用いた「縄」とはおそらく普通の縄ではなく、このヴァジュラナーガと呼ばれた巨大な蛇だったと考える。投げ上げられた蛇は警戒を覚えて鱗を硬化させ、その結果垂直に静止した姿を見せ、人がよじのぼることを可能とする。演技の間、蛇の頭の部分は箱の中に隠されたままで、観衆の目には入らないようになっていた。演技が終わると、魔術師は香料を手に隠し持って箱に差し入れ、ヴァジュラナーガは香りを嗅いでたちまち軟化したのだろう。ヴァジュラナーガの絶滅に伴って、この古くからの手法も失伝となったのだ。

ヴァジュラナーガに関する最後の目撃記録は、中国の思想家、康有為《こうゆうい》が二十世紀初めに著した『印度游記』に現れる。[12] これ以降にヴァジュラナーガに言及する文献は、すべて引用か又聞きの話を記しているにすぎない。通常、ヴァジュラナーガは遅くとも一九三〇年代には絶滅していたとみなされる。十九世紀後半にイギリスからの植民者が大量にインドへ流入し、魔術を見物する彼らの需要を満たすため、現地人はヴァジュラナーガを乱獲して、それゆえ最後には絶滅を招いたのだと考えることもできる。[13] しかしその後もヴァジュラナーガはときおり文学作品や映像作品に姿を現してきた。大衆文化に対するその影響については、拙文「ソリッド・スネークの考察」[14] を参照されたい。

一九〇九年、南方熊楠《みなかたくまぐす》はジェームズ・フレイザーと議論を交わし、その論文中で世界各地において蛇が乳汁を好んで飲む例を列挙している。そのうち一つは『北印度俗間宗教および民俗誌』を典拠としている。「パンジャブの山地に住むジャイナ教の尼は鱗のない大きな蛇を洞窟の中で飼い、乳を飲ませて育てた。当地ではニルグランティープトラ nirgranthīputra と称する。鱗がないのは生まれつきでなく虐待の結果という。蛇遣いは鱗が残らず抜け落ちたのを見ると役に立たぬ物と見《み》做《な》しておおかた山野に捨て置き、多くは烏《からす》が啖《くら》うことになるという」[15]。ここで述べられている鱗のない大きな蛇とはおそらくヴァジュラナーガの鱗が抜け落ちた結果であり、ことによると繰り返し身体を硬化させることの副作用とも考えられる。もしそうであれば、この資料はわれわれに、魔術を演じるのに使われたヴァジュラナーガたちの悲惨な結末を伝えているのだろう。

1 John Zubrzycki, *Empire of Enchantment: The Story of Indian Magic* (Oxford: Oxford University Press, 2018) p.243.

2 湯田豊訳『ブラフマ・スートラ――シャンカラの註釈（上）』、大東出版社、二〇〇六、一八三頁。引用元では「綱」が「網」と誤記されており、サンスクリット語原文に基づいて修正した。

3 『太平廣記』第四冊、中華書局、一九六一、一四四九頁。

4 立間祥介編訳『聊斎志異（上）』、岩波書店、一九九七、四三 - 四七頁。幸田露伴は大正時代の時点で、この題材とインディアン・ロープ・トリックの関係に着目していた。「文学三題噺――聊斎志異とシカゴエキザミナーと魔法」（『露伴全集』第十五巻、岩波書店、一九七八、四八五 - 四八六頁）を参照。

5 イブン・ジュザイイ編、家島彦一訳注『大旅行記7』、平凡社、二〇〇二、四七 - 四八頁。

6 宮治昭訳『エリアーデ著作集第六巻　悪魔と両性具有』、せりか書房、一九七三、二二一頁。

7 梶山雄一、小林信彦、立川武蔵、御牧克己訳注『完訳　ブッダチャリタ』、講談社、一九七三、二二〇頁。

8 William Hodges, *Travels in India During the Years 1780, 1781, 1782, and 1783* (London: Edwards, 1794) pp. 85-86.

9 *Erpétologie Générale ou Histoire Naturelle Complète des Reptiles* (Paris: Roret,1834-1854) p. 344.

10 アルフレッド・フーシェ著、前田龍彦、前田寿彦訳『ガンダーラ考古游記』、同朋舎、一九八八、八三頁。

11 Hayashi Chihaya, *Den Drachen mit dem Stock töten, die Härte der Arier und die Schwäche der Eingeborenen* (München: Carl Hanser Verlag, 1999), pp.175-191.

12 『康有為全集』第五集、中国人民大学出版社、二〇〇七、五二一頁。

13 ドイツの動物学者ペーター・アーマイゼンハウフェンは、一九四一年にインド南部のタミル・ナードゥ州において鱗を硬化させる巨大な蛇を捕獲したと主張し、*Sokallypha Polipodida* と命名している。標本はミュンヘンのルートヴィヒ・マクシミリアン大学博物館に現存する。近年の研究でこの標本は、頁岩をビルマニシキヘビの体表に貼り付けて制作されたものと判明している。ジョアン・フォンクベルタ、ペレ・フォルミゲーラ著、管啓次郎訳『秘密の動物誌』、筑摩書房、二〇〇七、三九 - 四八頁を参照。

14 溝口百合雄編『ゼロ年代の超克――ゲームとリアリズム』、早川書房、二〇一九、一九八 - 二一〇頁。

15 Minakata Kumagusu, Snakes Drinking Milk, Works in English, pp160-161.『南方熊楠全集』第十巻、平凡社、一九八四。

ハインリヒ・バナールの文学的肖像

大久保洋子訳

これらすべては美しかった。そして自身で非常に強く美しいと感じていた。それは残酷美、絶対美的に美しく、ほかならぬ詩人たちがみずからに許す、厚顔にも一切の関係を絶った、冗談めいた無責任な精神において美しかった、――詩人たちのこういうやりかたは、私がこれまでお目にかかったうちで最もひどい審美的な非行であった。

――トーマス・マン『ファウスト博士』（関泰祐・関楠生訳、岩波文庫版下巻より）

バナール中尉とその妻マチルダの第二子であるハインリヒ・バナールは、一八七八年四月十二日、ハプスブルク家が統治するオパヴァに生まれた。兄のヨーゼフはその二年前に生まれ、一歳になる前に百日咳で死んだ。シュテファン・ツヴァイクはこの時代について次のように書いている。「財産のある者は毎年いかほどの利益を得られるかを正確に計算することができ、公務員や軍人は暦を見れば何年に昇格あるいは退職するかを知ることができる」バナール中尉も同様だったが、彼の仕官の道は三十五歳、すなわちハインリヒが二歳の時に断たれた。肺結核を患ったのである。二年後、病苦に堪え難くなったバナール中尉は拳銃自殺の道を選んだ。夫を失ったマチルダはハインリヒを連れてインスブルックの実家に戻り、五年後、ウィーンで診療所を営むハンス・ギュンダーローデ医師と再婚した（マチルダの遠縁の伯母がギュンダーローデ医師の患者だったことから、この伯母が二人を引き合わせた）。それ以来、ハインリヒ・バナールはこの世を去るまで、生涯ウィーンに暮らした。

再婚した時、ギュンダーローデ医師はすでに五十歳に近かった。彼はかつて円満な家庭を営んでいた。馬車の事故で妻と二人の子どもを失うまでは。当時のウィーンにおける絶対的多数の知識人と同じくギュンダーローデ医師も文学と音楽を好み、大劇場の常連客で、いくつかの短い詩を雑誌に発表することもあった。同業の医師であるアルトゥル・シュニッツラーの紹介で、ギュンダーローデ医師は当時最も前衛的だった文学団体「若きウィーン派」に加わり、カフェ・グリーンシュタイドルでの集まりにしばしば参加し、何度かは、当時ギムナジウムの生徒だったバナールを連れて行った。

当時の帝国教育省はギムナジウム生が文学創作に従事することを奨励していなかったが、ある天才の登場が文学好きな少年たちを励ました。その天才とは、バナールと同じギムナジウムで学び、バナールより四歳年上のフーゴ・フォン・ホーフマンスタールである。ホーフマンスタールは十七歳で「二枚の絵」などの成熟した作品を匿名で発表し、詩人シュテファン・ゲオルゲが主催するサロンへの加入を許され、ゲオルゲが主宰する『芸術草紙』に、今もなおドイツ語文学の傑作と言われる「ティツィアーノの死」を発表した。

ある一時期、ホーフマンスタールはバナールの目標だった。だがその後のさらに長い時間において、彼はバナールにとって最も消え去ってほしい仮想敵となった。ヘルマン・ブロッホはホーフマンスタールの作家人生をまとめた文章の中で、「彼の生は象徴、消えゆくオーストリアの、消えゆく貴族の、消えゆく演劇の高貴な象徴であり――真空の中での象徴であったが、真空そのものの象徴ではなかったのである」と書いている。それに引き替え、バナールの一生は「真空そのもの」であった。

バナールは四十四歳の時に友人にあてた手紙の中で、かつてギムナジウム時代に義父と賭けをしたことについて触れている。ギュンダーローデ医師は、もしも彼が卒業する前に一篇でも雑誌に作品を掲載できたら——詩であろうと小説であろうと、あるいは単なる書評であろうと——自由に進路を決めて良いと約束した。だがもし掲載されなければ、ウィーン大学医学部に進学し、卒業後はギュンダーローデ医師の診療所で働かねばならなかった。この賭けは最終的に義父の勝利で幕を下ろした。事実が証明するように、彼はホーフマンスタールのような文学の天才ではなかったのだ。おそらくまさにこの時から、バナールの胸にホーフマンスタールへの敵意が芽生えた。

ウィーン大学医学部に在学中、バナールはついに念願かない、月刊誌『ヴェール・サクルム』に最初の作品を発表した。「まだ見ぬ兄に捧げる挽歌」と題する一連の詩であった。全部で二十節からなっていたが、一節はわずか数行であった。この詩の中で、バナールは古代ギリシャの墓碑銘を翻訳、模倣、翻案し、どの節もアナクシマンドロスの箴言「万物はそこより発生し、そこに還る。すべて必然性に従う」を結びとした。その後も彼は短詩を発表したが、ほぼすべて紀元前の詩人の模倣で、ドイツ語版の模倣であることもあった。これらの作品はあまりにも古めかしく、陳腐で、誰からも注目されなかった。

当時、医学部を卒業するためには、少なくとも十学期間、学ばねばならなかった。バナールは規定通りにすべての課程を修了し、ヨーゼフ・ブロイアー教授のもとで腎臓病の研究をした。これは医師としてのバナールの専門分野でもある。ウィーン大学で学んだ五年の間に、彼は暇を見つけてはグイド・アドラー教授の音楽学や、フランツ・ヴィクホフ教授の美術史の授業も聴講した。これらの知識は四十年後、彼が悪名高き「キルケの島」を書いた時にようやく役に立った——この二種類の芸術を落としめるのに用いたのではあったが。

医学博士号を取得した後、バナールは約束通り義父の診療所の助手となった。その頃から彼は小説創作に転じた。おそらく古代ギリシャには模倣できるような小説が何もなかったためだろう。彼は、ドイツ語を母語とする作家に目標を移した。

一九〇二年、バナールは『ディー・ツァイト』誌に中篇小説「スカルダネッリ」を発表した。この小説はビューヒナーの「レンツ」のほとんど引き写しで、ただ狂気に陥る主人公レンツをヘルダーリンに置き替えただけだった。作品内ではヘルダーリンの詩を数篇、引用していたが、バナールがそれと偽って自作したものもいくつかあった。残念ながらその水準はひどく低かったため、鋭敏な読者には一目瞭然だった。その後、彼は続けざまに、さして優れたところのない短篇を発表した。バナールが最も得意としていたのは、二つの相容れない作風を混在させることで、たとえばアーダルベルト・シュティフターの筆致でフランク・ヴェーデキント風の物語を書いたり、あるいはその逆をやることだった。これらの短篇は発表後、激しい批判をこうむるか、さもなければまったく反響がないかのどちらかであった。

この時期の作品で唯一、少しばかり好評を博したのは「クリスティーナ・フィールズ」という三十頁に満たない短篇小説だった。この作品は『デイジー・ミラー』風に始まる。金持ちで世事に疎いアメリカの女性がウィーンを訪れ、腹に一物ある幾人もの崇拝者の間を行ったり来たりするのだが、その後の展開はヘンリー・ジェイムズが夢にも見たことのないものだった——作品と同じ名前を持つ女主人公は、追随者とともにザルツブルク付近のとある修道院を訪れた時、突然聖母に感化され、出家して修道女になることを決意するのだ。当時のある評論家は、この小説の後半部分の宗教的体験の描写は実に真に迫っていると称賛した。おそらくこうした評価に励まされたのだろう、バナールは次いで最初の戯曲『聖女リドヴィナ』を書いた。

一九〇五年六月二十二日、『聖女リドヴィナ』はブルク劇場で上演された。この物語は十五世紀の聖女伝説を踏まえたもので、女主人公のリドヴィナは全身が麻痺し、四肢が絶えずただれているのだが、彼女には聖母の霊験や、天使が自分を取り巻いて座っているといった幻が見える。この戯曲はメーテルリンク風の象徴的手法とシュニッツラー風の独白を融合させており、場面はほぼすべて女主人公ががらんとした何もない空間に向かって独り言を言うというもので、極めて冗長かつ難解、全幕の上演には四時間を要した。

新世紀に入るその時、欧州の舞台では壊滅的な出来の初演が相次ぎ、劇場では野次や罵り声が絶えなかった。これに比べれば、『聖女リドヴィナ』に対する観客の態度はずっと温かいものだった。初演時、半数以上の観客が最後の一幕まで辛抱しきれずに立ち去り、最後まで残った観客も芝居を見ていたとは限らず、おそらく柔らかな座席で眠っていたに過ぎなかったからである。他の都市での初演も同様に、評判は芳しくなかった。毒舌で知られるカール・クラウスは、彼の個人評論雑誌『ファッケル』に辛辣な劇評を書いた。「我々はまずバナール医師に祝辞を述べねばならない。彼は不眠症の治療を大きく進展させた。この研究は医学の歴史そのものを書き替える可能性がある。

だが惜しいことに、この療法には今のところ重大な欠陥がある。これによってもたらされる苦痛は『琥珀の魔女』に描かれた様々な酷刑にも劣らず、意志がさほど強くない患者は、治療が功を奏する前に我先にと逃げ出してしまう」

翌年、バナールは「解剖授業」と題する独幕劇を書いた。これもまた退屈極まりない作品だった。ある教授が数名の医学生を率いて空っぽのベッドに向かい、死体を解剖する仕草をしてみせるという内容で、台詞は難解な医学用語に満ち、不可解な、哲学的意味をもった言葉もいくらかあった。おそらく『聖女リドヴィナ』の失敗を受けたためだろう、「解剖授業」はすべての劇場から門前払いされ、バナールは結局、自腹を切って小劇場を借り、ようやく上演を果たすことができた。バナールはウィーン各界の名士に招待状を送ったが、多くの人が口実を設けて辞退してきた。カール・クラウスも、招待券は受け取ったが見に行かなかった、と率直に語っている。彼はさらに付け加えて、「ザッハー＝マゾッホが描く主人公のように、苦痛の中にも快感を得られるのでないなら、バナール医師の芝居を再び見ようという者がいるだろうか」と書いた。

バナールが二十九歳の時、義父ギュンダーローデ医師が卒中で世を去った。この一年前から、バナールはすでに体調が優れないギュンダーローデ医師に代わり、診療所を任されていた。自身をより成熟して信頼できる人間に見せようと、バナールはひげを蓄え始めた。今、我々が目にすることのできる彼の写真はすべて三十歳以降に撮影したもので、そのどれもが彼のあの特徴的な頬ひげを蓄えている。多忙のためバナールの文学活動は停滞し始め、第一次大戦勃発までの数年間は数篇の短詩を発表したに過ぎなかった。

彼は三十二歳の時、大学の同期生の妹であるカタリーナ・シュティーアと結婚した。カタリーナは当時まだ二十四歳だったが、すでに人生の最も輝かしい時期を通り過ぎていた。彼女は四歳から神童として舞台でヴァイオリンを演奏し、十六歳でその活動は頂点に達した。もちろん、見識のある者ならばみな、カタリーナは技巧の上では何ら人に勝る点はなく、ただ美しい容貌と年齢の上で優位に立っているに過ぎないと知っていた。このため当然のことながら、彼女は二十歳を過ぎるとたちまち忘れ去られてしまった。二十四歳のカタリーナにとって、個人の診療所をもつ医師に嫁ぐことは、ともすれば最良の選択だったのかもしれない。二年後に長女ベッティーナが生まれ、次女エリーザベトが続いた。この二人の娘は、のちにそれぞれの面でバナールの創作に影響を与えることになる。

戦争が始まると、バナールは軍医として東部戦線に赴いた。だが惜しいことに、この経歴が彼にハンス・カロッサの『ルーマニア日記』のような傑作を生み出させることはなかった。バナールは最も悲惨な戦況を目撃しながら、戦争と帝国を讃える一連の詩と、ロシア人を風刺する短い戯曲を書いたに過ぎなかった。ロシアとの戦争が終わるとバナールはウィーンへ戻った。ほどなくして母親のマチルダがスペイン風邪で死んだ。

一九二〇年代に入ってもバナールの文筆活動には何の進展もなかった。彼は二〇年代を通していくつかの詩と評論を発表しただけだった。これらの詩はやはり模倣と寄せ集めの痕跡に事欠かない。一時期、彼はシュテファン・ゲオルゲの作風すら模倣し、名詞の頭を大文字で書くのをやめ、さらにゲオルゲが発明した句読点をも盗用した。これは当然、ゲオルゲのグループの不興を買い、彼らは相次いでバナールの作品を攻撃した。このためバナールは以後二年もの間、新作を発表しようという気になれなかった。

一九二三年に出版された『文学動物大百科』で、フランツ・ブライはバナールに関してわざわざ単独の項目を立てている。「ハインリヒ・バナールは飽くことなくむさぼり続ける一匹のリスである。目の届く範囲の木の実はすべて口に入れたがる。口の中には拾った木の実が一杯に詰め込まれ、彼は咀嚼することすらできず、消化などはもってのほかである。木の実が口から転がり出ても、彼はそれが他人のところから拾ってきたものだと覚えておらず、彼が体内で育んだ、結石のようなものだと思い込んでいる」この評価は彼の一九三〇年代以前の創作をまとめる上でまさにぴったりである。

彼の創作人生を貫いたものは、他人の真似や剽窃のほかに、ホーフマンスタールへの敵意であった。日記や書簡によれば、バナールはずっと、いつか文学上の成果でホーフマンスタールを超えることを夢見ていた。だが相手が世を去るまで、彼は相手と並び称される資格を得ることができなかった。

ホーフマンスタールの幾多の名作のうち、一九〇二年に『デア・ターク』紙に発表された「チャンドス卿の手紙」は定番中の定番といえるだろう。この小篇で、ホーフマンスタールは筆を折って二年になる架空の詩人チャンドス卿を創造し、フランシス・ベーコンにあてた手紙の中で、創作を絶った理由について説明させている。この小説の発表後まもなく、バナールは悪意に満ちた批評を書いて『現代展望』誌に掲載した。バナールは作中のチャンドス卿がなぜ言葉に対して焦りを抱いているのかを医学的見地から説明し、フロイトの論文をはじめとする、多くの同時代の学者による失語症の研究を援用していた。批評の最後で、彼は医師としての口ぶりでホーフマンスタールに忠告している。もしもあなたがチャンドス卿のように言葉に対して焦りを抱いているのならば、早めに医師の診察を受けた方がいい、病状が悪化しないうちに、と。

バナールが日記や書簡でホーフマンスタールに加える攻撃はますます遠慮がなくなってきていた。正直に言って、彼の日記は同時代のものの中では面白みがなく、多くの場合、毎日起きた事柄を機械的に記録しているに過ぎず、批評も加えていない。彼は自分が見た芝居や歌劇、音楽会をすべて記録しているが、演目や曲目、出演者、場所を書き記すのみで、内容や観客の反応に筆が及ぶことは極めて少ない。たとえば一九〇八年十二月二十一日の日記には、シェーンベルクの弦楽四重奏曲第二番の初演を聴きに行ったと書いているものの、わずかに触れているだけで、耳目を驚かせたその音楽や、聴衆たちのさらに驚くべき反応については一言も書いていない。しかし、ことホーフマンスタールに関わる作品となると、彼はインクを惜しまずその内容について大いに批評を加え、皮肉に全力を尽くし、リヒャルト・シュトラウスがホーフマンスタールの戯曲を改編した歌劇にすら容赦はしなかった。

宿敵の新作を可能な限り早く鑑賞するため、バナールは一九一一年一月、わざわざ蒸気機関車に乗ってドレスデンに『ばらの騎士』の初演を観に行った。彼がその日の日記に書いたこの歌劇についての批判はほとんど言いがかりといってもよいもので、メゾソプラノ歌手が男性主人公に扮したということすら彼の不満を招いていた。冒頭で主人公と元帥夫人が愛を語る場面について、バナールは「オペラ史上最も不道徳な一幕で、売春宿の女同士の見世物を歌劇場の舞台に持ち込んだ」と罵っている。『ナクソス島のアリアドネ』を鑑賞した後には（この歌劇の改訂版は一九一六年にウィーンで初めて上演されたが、当時バナールは東部戦線におり、上演を知って、劇場に行くことができないのを残念がった）、再びこの点にこだわり、矛先を作曲家にまで向けている。「シュトラウスのような立派な人がなぜメゾソプラノに作曲家の役をさせることに同意したのか、まったく理解に苦しむ。まさか彼は自分をそのように考えているわけではあるまい」

これと明らかな対照をなすのが一九一八年十月十四日の日記で、彼はリヒャルト・シュトラウスの歌劇『サロメ』のウィーン初演を鑑賞している。この台本は明らかにもっと過激なものだったが、ワイルドによって書かれ、ホーフマンスタールによるものではなかったため、バナールは上演場所と主演歌手の名前を機械的に記すにとどまっている。

もしもバナールがホーフマンスタールのように一九二〇年代末に死去していれば、彼は「ウィーンの世紀末」の取るに足りない脚注の一つとして、該博なドイツ語文学研究者にのみ知られる存在となっていただろう。我々が今、文学史上でハインリヒ・バナールの名を見ることができるのは、完全に彼の一九三〇年代以降の創作によるものだ——彼はドイツ語文学史上、また空想科学文学史上、最も荒唐無稽な作品を書いている。また、三〇年代以降は、次女エリーザベトが彼の誇りとなり、長女ベッティーナは彼の悩みの種となった。

ベッティーナは二十歳になるまで、両親の支配の下に暮らしていた。当初、カタリーナは彼女を、自分のような音楽の神童に育てようとした。ベッティーナのヴァイオリンは幼年期のカタリーナにいささかも劣らぬ腕前だったが、戦時中と戦後の混乱の時代にぶつかり、誰からも注目されなかった。娘の音楽活動が頓挫するのを目にして、バナールは彼女を自分と同じ医師にすることを決めた。ベッティーナは女学校を卒業後、父の手配でウィーン大学医学部に入学した（バナールがかつて学んでいた頃、医学部はすでに女子学生の募集を始めていた）。

しかし、かつてのバナールのように、ベッティーナは医学にはさほど興味を持たず、モーリッツ・シュリック教授の論理実証主義哲学に惹きつけられた。彼女はあるハンガリーの友人の紹介でそのグループに入り、二年後に独断で哲学部に編入した。これは当然、バナールの怒りを買い、彼は父娘の関係を断ち、ベッティーナの学費を支払わないと脅したが、娘を大人しく医学部へと戻らせることはできなかった。二人の冷戦はその後二年間続いた。

これに引きかえ、エリーザベトが育った環境はずっとゆるやかだった。カタリーナは彼女をかまう暇がなかったために、祖母のマチルダに養育を任せたことすらあった。エリーザベトは十歳の時、家族とともにモーツァルトの『後宮からの誘拐』を観に行き、オペラ歌手になることを決意した。ちょうどベッティーナの音楽活動が行き詰まっていた時期で、カタリーナはエリーザベトに声楽を学ばせることには賛成しなかった。だが明らかに、バナールはヴァイオリンよりも歌劇を好んでいた。その時から、父親の援助の下、エリーザベトは高額な声楽のレッスンに通い始めた。彼女は十八歳で実家を離れ、ザルツブルク・モーツァルテウム音楽院に入学し、ソプラノ歌手のマリー・グートハイル＝ショーダーに師事して声楽を学び始めた。

一九二〇年代初期から、バナールは歌劇の台本を書く考えを抱いていた。これは主に宿敵ホーフマンスタールに挑戦するためだった。だが彼の台本はすべて失敗作で、当然、どの作曲家の興味を引くこともなかった。三〇年代以降、作曲家から頼まれてもいないのに、バナールは歌劇の台本を続けざまに書き上げた。これは一つには、ホーフマンスタールの逝去が、自分にも入り込む余地があると彼に思わせたのだろう。さらに、彼はエリーザベトに自分の作品を歌わせることも夢見ていた。

バナールは一九三二年六月に最初の歌劇台本『ジークフリート号の出航』を完成させた。タイトルの「ジークフリート号」とは、ツェッペリン硬式飛行船のことである。バナールは三一年にツェッペリン伯爵号がウィーンに着陸するのを見物し、そこからインスピレーションを得た。この作品はバナールの創作人生における転換点と呼べ、これにより彼は伝統文学に完全に別れを告げ、同世代のドイツ語作家が極めて少ない領域——空想科学へと足を踏み入れた。もちろん、これは彼が稚拙な模倣を捨てて独創的な作品を書き始めたということではない。まったく反対に、バナールが空想科学創作に転向したのは、主に当時流行していた未来小説の影響を受けたためだった。彼の後期の作品における多くのアイデアも、これらの未来小説から直接取り込んだものであった。

二〇年代後半から、バナールの日記には未来小説の読書メモが頻繁に登場する。これらの小説は多くが粗製乱造で、欺瞞的な民族主義を鼓吹しており、あらすじはドイツ民族が何らかの最先端技術を手に入れて世界の覇権を握るというものがほとんどであったが、肝心の最先端技術については、まるで検証に堪えない杜撰な代物であることが多かった。バナールが特に好んだ作品は、ケーテ・レーゼ＝シュトランクの「自由の光」（一九二〇）、ヴィルヘルム・ゲレールトの「三つの世界大陸の悲劇」（一九二二）、ハインリヒ・インフェーアの「アリス。新しきドイツ植民地」（一九二五）だった。これらの作品のうち、彼に最も直接的な影響を与えたものとしては、エルンスト・オットー・モンタヌスが一九二一年に発表した「西洋の救出――現代のニーベルンゲン物語」を挙げることができる。この小説が彼に、のちの四部劇の創作につながる発想を与えた。

『ジークフリート号の出航』に戻ろう。この歌劇は三幕からなる。

第一幕は劇中劇風で、講和成立を祝うために開催された音楽会の模様である。バナールの設定では、上手《かみて》に腰掛けを並べて劇中の観客席とし、政府要人や傷病兵役の俳優を座らせる。物語はすべて下手《しもて》で進行する。その内容は平和を讃える独唱や合唱、各国の特徴あるバレエである。第一幕の終わりにヒロインのマリアが舞台に登場し、「目覚めよ、ドイツの魂よ」と題されたアリアを歌う。歌唱が半ばに達すると舞台上の「観客」もともに歌い出し、大合唱となる。合唱の終わりにオーケストラが最も強い不協和音を奏でる――首都が敵軍の奇襲を受けたのだ。歌劇院も難を逃れることができず、爆撃の対象となる。

第二幕は火の手の上がった歌劇院が舞台である。危急存亡の秋《とき》、舞台の下に座っている主人公、フィッシャー少尉がヒロインを守る。二人は炎の中をともに脱出する。第二幕の終わりに、救助隊と合流しようとする二人は、敵国の女性歌手がシャンデリアの下敷きになっているのを発見する。主人公はシャンデリアを持ち上げて彼女を救出する。だがその女性歌手はひどい傷を負い、もはや助かる見込みはない。彼女は臨終に際して二人に、自分は軍の計画をとうに知っていたが、祖国のために犠牲にならざるを得なかったと告げる。二人が救出された後、ヒロインは、劣等民族の女性ですら祖国のために死ぬことができるのに、自分は後方で安穏と生をむさぼっていたくない、と話す。彼女は主人公の乗った飛行船に乗り、将兵たちのために歌うことを決意する。

タイトルに掲げられた『ジークフリート号』は第三幕にようやく登場する。第三幕は飛行船が停泊している駐機場が舞台だ。この歌劇の中で、最も空虚で退屈な場面である。前半はすべて、主人公とヒロインが「ジークフリート号」がいかに素晴らしいかを褒めたたえる内容である。彼らは飛行船がなぜ飛ぶのかや、モーターの型番、搭載している武器などを細かく説明する。バナールはさらに、兵士が飛行船に超大型高性能爆弾「ノートゥンク」を装塡する場面を設けている。第三幕の後半は、ジークフリート号が戦場へと旅立つ場面である。女声合唱団が扮する市民たちが下手に、男声合唱団が扮する飛行船に乗った兵士たちが上手に、主人公とヒロインが中央に立つ。歌劇は最後に、「激しく燃える炎の中にこそ、祖国は」と題する大合唱の中で幕を下ろす。

『ジークフリート号の出航』の初稿を完成させた後、バナールは自らこれを清書し、マックス・シュタイニッツァーを通してリヒャルト・シュトラウスに渡した（シュタイニッツァーはシュトラウスの友人であり、最初の伝記の作者だった）。当時、リヒャルト・シュトラウスはシュテファン・ツヴァイクとともに歌劇『無口な女』を創作している最中だった。ツヴァイクに宛てた手紙でシュトラウスはバナールの戯曲について触れているが、そこには嘲笑が幾分か含まれている。「私は想像したくない」と、食堂のメニューにも曲をつけることができると称されたこの作曲家は書いている。「『ガトリング砲』や『マイバッハ社のエンジン』などという言葉をテノールが歌うのを聞いたら、観客は一体どのように反応することか」だが彼のバナールへの返信は非常に丁重なもので、単に、自分は別の仕事を抱えているため、この歌劇に曲をつける力が残っていない、と書くにとどまっていた。のちにバナールは、台本を人づてにハンス・エーリヒ・プフィッツナーに渡したが、今度は返事すら受け取ることはなかった。

この挫折を受けて、バナールはさらに大規模な執筆計画を練り始めた。彼は、目下のドイツ語世界にはワーグナー風の楽劇《ムジークドラマ》が必要で、とりわけ『ニーベルンゲンの指輪』のような大型の作品こそが民族を鼓舞することができると考えた。「西洋の救出——現代のニーベルンゲン物語」などの未来小説の影響を受けて、バナールは一九三三年、彼の一生において最も長大な作品——ゲルマン民族が人類を率いて異星の文明に対抗するという四部作の構想を始めた。彼はこの構想を「宇宙《ヴェルトラオム》楽劇《ジークドラマ》」と呼んでいる。

当初、バナールは『ジークフリート号の出航』を四部作の第一部とするつもりだったが、すぐにその考えを改めた。かつて彼の診療所で助手をしていた青年が、ドイツからウィーンに戻ってきたのだ。バナールは日記の中で彼を「ヨーゼフ」と呼んでいるが、彼の氏名や生い立ちを調べるすべはない。我々が知り得るのは、彼がドイツでナチ党員になり、「任務を帯びて」ウィーンに戻ってきたということだけである。このヨーゼフという青年は一九三四年十一月にバナールを訪問し、ニュルンベルクで開かれた党大会の様子をまるで手に取るように鮮やかに語って聞かせたが、そこにはかなり誇張があったかもしれない。話を聞いたバナールは四部作の第一部を書き直す気になり、この上演不可能と運命づけられた作品を、壮大で気迫あふれる閲兵式から始めると決めた。彼は一九三六年末にこの「前夜劇」の初稿を完成させ、『帝国の行進』と名づけた。

あらすじから考えると、『帝国の行進』の退屈さはレニ・リーフェンシュタールの『意志の勝利』に勝るとも劣らない（両者はいずれも一九三四年のニュルンベルク党大会をきっかけに生まれた作品だ）。作品の前半では兵士たちが行進し、次に青年団の行進、最後は一般市民である。これらの行進はバレリーナによって演じられる。総統は舞台上には登場しない。行進がすべて終わると、バナールが最も好む大合唱がもちろん行われる。この合唱で彼は「ハイル・ヒトラー」という、よりあからさまな歌詞を書いている。

歌劇の後半は各種「新型兵器」の披露である。軍医であったとはいえバナールは兵器には通じておらず、歌劇に登場するいわゆる「新型兵器」はほとんど彼が読んだ未来小説から引いてきたものだった。たとえばカール・バルツ『一九六〇年の戦争』の「消音キャノン砲」や「失明ガス」、アルフレート・ライフェンベルク『邪神モロクの最期』の「死の光線」などだった。他には、球形の飛翔体や球形の潜水艇、球形の魚雷もあった。彼はなぜか、何でも球形にすれば新しく見えると考えていたらしい。登場する兵器の中で、バナールの（医学以外の）自然科学の水準を最もよく明らかにするのは、「地底レーダー」だろう。彼はわざわざ歌唱の場面を設けて、この「地底レーダー」の動作原理を説明している——帝国の潜水艇が北極へ行き、北極点にある穴から地球の中心に到達し、地球内部でレーダーによって敵軍の潜水艇を探査するというものだ。明らかに、「地球空洞説」を信奉する狂人しか、このレーダーの効果を信じることはないだろう。

バナールが『帝国の行進』の創作に没頭している間、ベッティーナとエリーザベトの生活には大きな変化が起きていた。

ベッティーナと父親の冷戦は一九三四年に終わり、二人はそれまでのように毎朝コーヒーを片手に閑談するようになった。彼女は時折、科学界の最新の成果について語り、ウィーン学団のメンバーの研究に触れることもあった。「宇宙氷説」を信じていたバナールが、ベッティーナが何を話しているかを理解できたとは考え難い。だが数年後、バナールは確かに娘から聞いたと思われる学説を創作に用いて、惨憺たる結果をもたらした。

一九三六年初頭から、ヨハン・ネルベックという名の男子学生がベッティーナに熱をあげ、拒絶されると彼女に付きまとうようになった。ベッティーナはシュリック教授に助けを求め、これによってネルベックはシュリックを恋敵だと思い込んだ。六月二十二日、彼は教室棟の廊下でシュリックを撃ち殺した。ベッティーナはその惨劇を目の前で見た。シュリックの死はウィーン学団の解散をもたらし、ベッティーナを短期的な精神錯乱状態に陥れた。のちにバナールの手配で、ベッティーナは治療のため欧州周遊の旅に出発し、ウィーンという傷心の地に二度と戻ることはなかった。彼女は一九三八年からスイスのバーゼルに居を定め、ある女学校で数学を教え、一九七七年に交通事故で死んだ(ちなみに、当時は多くの民族主義者がシュリックをユダヤ人であると誤解し、人殺しのネルベックを民族的英雄だと讃えた。ドイツがオーストリアを併合した後、ネルベックは釈放されてナチ党に入った。彼は一九五四年まで生き、クラフトが著書『ウィーン学団』で彼を「精神が錯乱した元学生」と書いたことについて、名誉毀損の訴えを起こした)。

一九三六年はエリーザベトにとって活動の始まりで、一時的に頭角を現した年だった。八月、彼女はグートハイル＝ショーダーの推薦でザルツブルク音楽祭の『ばらの騎士』の公演に加わり、ゾフィーを演じた（グートハイル＝ショーダー自身は元帥夫人を演じた）。自分が書いた歌劇に出演する前にエリーザベトがホーフマンスタールの作品で歌ってしまったことは、バナールにとって小さからぬ打撃だっただろう。もしかすると彼が娘の初舞台を見に行かなかった原因はこれであったかもしれない。彼自身の説明では、精神錯乱に陥っていたベッティーナの世話をする必要があるというものであったが。結局、カタリーナが一人で公演を見に行った。

それ以降、エリーザベトは地方の小劇場で主役を演じるようになった。彼女は小柄で痩せており、肺活量も役柄の幅にも限界があった。彼女が最も得意としていた役は『魔笛』のパミーナだった。「ああ、わたしにはわかる、消え失せてしまったことが」を彼女ほど美しく悲愴に、息も絶え絶えに歌えるソプラノは、さほど多くはなかっただろう。

バナールはドイツによるオーストリア併合の前夜に四部作の第二部『ヘルマン計画』を完成させた。『ジークフリート号の出航』のように、今回のヒロインもソプラノ歌手だった。誰をモデルにしてヒロインを書いたのかを知らない人がいないよう、バナールは彼女にエリーザベトという名──自分の次女と同じ名をつけた。今回の主人公はエリーザベトの父親だった。幸い、彼はこの役に「ハインリヒ・バナール」と名づけるほどの自己愛はなく、コルマーという大学時代の同期生の名前を使った。ヴァルター・コルマーは実際には医学教授で、当時はすでに亡くなっていた。劇中では、理論物理学者になっていた。

『ヘルマン計画』は政治的陰謀に満ちた作品である。表向きは、コルマー教授と娘のエリーザベトは逃亡者で、帝国で不公正な待遇を受けたため、アメリカに政治的庇護を求める。だが、その背景には人に告げられぬ目的、ある秘密の任務があった。それがすなわちタイトルにある「ヘルマン計画」である。台本では多くの紙幅を費やして、アメリカの堕落――青年たちが幻覚剤におぼれ、抜け出せないさまを描いている。バナールの筆によると、アメリカ最大の製薬会社は幻覚剤用のエンコーダーを発明し、幻覚剤の一粒一粒が使用者にもたらす幻を正確に計算することができた。この方法によって、彼らは使用者にどのような光景を見せ、どのような体験をさせるかをコントロールすることが可能であった。

計画に従い、コルマー教授はある秘密文書を米軍当局に入手させる。文書には新エネルギーの獲得方法が記載されている。だが実際には、アメリカ人が文書に従い実験を行うと、壊滅的な結果をもたらすことになっている。文書の信頼性を高めるため、コルマー教授はそれを直接軍当局に渡さず、彼らが自ら盗んでいくように仕向ける。この任務を達成するには、娘エリーザベトの助けが必要だった。

二人から情報を得るため、あるアメリカ軍人がエリーザベトに近づく。エリーザベトもうまく調子を合わせる。ある日、彼が父娘の住まいを訪れ、彼女に幻覚剤を飲ませようとする。彼女はこれを拒まない。その後の場面はすべて彼女が見た様々な幻覚である。目を覚ますと、軍人はすでに立ち去っており、秘密の文書も持ち去られている。幕切れで、アメリカ人たちが文書に従い実験を行うと、それによって生じた「マイクロ波の放射」（これはバナールがベッティーナから聞いた言葉に違いない）がアメリカ全土の電力系統を破壊する。こうして、帝国軍は一人の兵卒をも費やすことなく、アメリカを占領する。

四部作の前半二作を完成させた後、バナールは再び歌劇の作曲者を物色し始めた。この頃、リヒャルト・シュトラウスは、ユダヤ人のツヴァイクに協力したため面倒に巻き込まれていた。そこでバナールは、前回返事をよこさなかったハンス・プフィッツナーにもう一度台本を送った。今回、プフィッツナーは礼儀正しく返事をよこしたが、自分はすでに高齢であり、家庭内のことも彼をひどく消耗させていて（娘アグネスの自殺のことを指していると思われる）、このように長大な歌劇を創作する時間がない、と率直に書いていた。

再び壁にぶつかったバナールは、四部作の第三部『怒りの日』を引き続き書いた。彼の構想によれば、これはアメリカ人が反撃を試みるも帝国に鎮圧される物語で、幕切れでは異星の文明が地球に侵攻を始めることになっていた。しかし、彼は結局、この戯曲を完成させることはなかった。第四部に至っては梗概すら残っておらず、彼がタイトルを『人類の曙光』とするつもりだったことしかわからない。

一九三九年九月、バナールと妻はザルツブルクにエリーザベトを訪ね、そこでナチス政権が現代芸術を誹謗するために開催した「退廃芸術展」を見た。この悪名高い巡回展覧会で、近代美術は「退廃芸術」のレッテルを貼られ、屈辱的な方法で展示されていた。これと対比させるため、ナチスは「大ドイツ展」を同時に開催し、当局が評価する写実的な作品を展示した。この体験にバナールはヒントを得て、『怒りの日』の執筆を中断し、一転、中篇小説「キルケの島」を執筆した。この何気なく書いた作品が、バナールの運命を変えることになった。

「キルケの島」は人類史上最も辛辣で、悪意に満ちた小説であろう。これに比べれば、カール・クラウスの情け容赦のない批評は寝物語のように優しい。この小説は冒険小説の体裁をとっているが、その本質は芸術評論に近い――適切な表現でいえば、近代芸術に対する手ひどい中傷である。小説の冒頭で、あるドイツ人画家が海難事故に遭い、絶海の孤島に流される。島では野蛮人が原始的な生活をしており、彼らは英語とフランス語が入り混じった奇怪な言語を話す。後半の筋書は、単にこれらの野蛮人の芸術を列挙しているに過ぎない。

野蛮人たちは「芸術の殿堂」と彼らが呼ぶ洞窟の壁いっぱいに作品を描いている。主人公はたいまつを持ち、野蛮人に導かれて洞窟を見学する。洞窟の全体像はバナールがザルツブルクで見た「退廃芸術展」とそっくりで、横穴の一つ一つに特徴のある絵画が展示してある。ある横穴では、壁画の人物はみな、小さな球から数本の触手が伸びているかのように描かれ、奇妙な色に塗られている。別の横穴の壁画では、人物はすべて黒い小人として描かれている。主人公はさらに、野蛮人が絵を描くさまを目撃する。ある者は自分を逆さまに吊るし、意味不明の色の塊を壁に塗りつけている。また別の者は自分の全身に顔料を塗り、何度も壁にぶつかっていき、最後には頭から血を流して地面に倒れる。

絵画のほか、近代音楽もバナールの攻撃の対象となっていた。彼の描写によれば、これらの野蛮人たちは十以下の数の計算すらできないが、十二平均律は正確に求めることができる。だが不幸なことに、彼らは「調性」に関するいかなる知識も持っていない。このため彼らにとって、作曲とは音符をでたらめに配置することに過ぎない。明らかに、バナールはここに、シェーンベルクが創始した「十二音技法」を投影している。この部分を書くために、彼はわざわざシェーンベルクの弟子アントン・ヴェーベルンに手紙を書いて教えを乞うた（バナールが大学でグイド・アドラーの音楽学を聴講していた時、ヴェーベルンはちょうどアドラーに師事して学んでいた。バナールとヴェーベルンの間には四十年近い交情があった）。ヴェーベルンは労を惜しまず、返信の中で「十二音技法」の作曲原理を詳しく説明し、バナールは彼の言葉をほとんどそっくりそのまま引き写した。ただし小説では、これらの言葉は食人族の長老の口から語られていた。

バナールはさらに、当時はまだ流行していなかった「微分音音楽」も批判した。彼は、一部の野蛮人作曲家は十二平均律に不満を抱き、一オクターブを六百六十六の音に分解したと書いている。だがその微妙な違いは一般人の耳では聞き分けることができず、毒キノコを食べたり性病にかかった人だけが鑑賞することができるのだという。

小説の末尾で、主人公は野蛮人の目の前で「ドイツ芸術」を描いてみせる。野蛮人たちは「真の芸術」を目にして次々と発狂し、海に飛び込んで死んでしまう。その夜、第三帝国旗を掲げた軍艦が着岸し、主人公を「偉大なる祖国」へと連れ帰る。

「キルケの島」は一九四〇年六月に出版され、美術学者のパウル・シュルツェ＝ナウムブルクとヴォルフガング・ウルリッヒに称賛され、ウィーン総督に就任したばかりのバルドゥール・フォン・シーラッハに注目された。バナールはこれにより、シーラッハの招きを受けた。シーラッハ本人は音楽愛好家で、父親は歌劇院を経営したことがあり、姉ロザリンドは優れたソプラノ歌手であった。バナールが四部作の計画を立てていると知り、シーラッハは彼に適当な作曲家を見つけることを請け負った。

シーラッハはすぐにその約束を実現し、ウィーン・フィルハーモニー管弦楽団の実質的権力者でナチ党員のヴィルヘルム・イェーガーにバナールを紹介した。イェーガーもまたグイド・アドラーの学生で、音楽理論に通じ、非常に優れたコントラバス奏者だった。だが彼の作曲水準はきわめて低く、枠組みが小さく、古めかしい作風にこだわっており、バナールの四部作の作曲には明らかに不釣り合いだった。シーラッハの歓心を買うため、イェーガーはバナールの短詩のいくつかに曲をつけ、一九四一年五月のシーラッハの誕生会の席上で、彼の一番のお気に入りであるバリトン歌手、ゲルハルト・ヒュッシュにそのうちの二曲を歌わせた。だが、イェーガーは『帝国の行進』の作曲を始めてすぐ、この仕事はいささか自分の手に余ることに気づいた。彼はまず第一幕の幕切れの「ハイル・ヒトラー」の大合唱を完成させたが、それはハイドンの「私たちの救い主の十字架上での最期の七つの言葉」のフーガに似ていた。シーラッハは試演を聞いてひどく機嫌を損ね、別の作曲者を探すことを決めた。彼が挙げた候補には、パウル・グレーナーとヴェルナー・エックがいた。

この二人の作曲家と打ち合わせをしていた頃、ナチスの御用監督であるファイト・ハーランがシーラッハを訪ね、オーストリアで映画を撮りたいと考えており、オーストリアの作家に脚本を書いてほしいと言った。こうして、ハーランの新作の脚本執筆の仕事がバナールに回ってきた。昔ながらのウィーン人として、バナールは映画という新興芸術にまったく興味を持っていなかった。だが彼はシーラッハの依頼を断るほど時流に鈍感ではなかった。

当時、ドイツはすでにソ連に対する攻勢を強めており、戦争は激化していた。ハーランは、一介の兵士が総統に身を捧げる内容の映画を撮りたいと考えていた。協議を経て、主人公は総統の警護員で、敵の総統暗殺の陰謀を打ち砕くあらすじに決まった。これは非常に簡単に書けるテーマ付き作文だったが、バナールは未来小説への嗜好をついに手放すことができず、出しゃばりをした挙句、すべてをぶち壊しにした。

バナールは物語の舞台を、自分の母校であるウィーン大学に置いた。設定によれば、当時、ある教授がタイムマシンを研究しており、人を過去へと送ることができた。この研究はすでに初期の成果を収めていた。総統は教授の実験室を視察する準備を進める。主人公は総統の身辺を守る警護員で、視察の安全を確保しなければならない。しかし視察終了後、総統は実験室を出るや否や狙撃され、その場に倒れ絶命する。総統が目の前で殺害されたのを見て、主人公は教授が引き留めるのもきかず、未完成のタイムマシンに乗り、数時間前に戻る。

そこで主人公は刺《し》客《かく》を捕らえることに成功するが、総統が実験室のある建物を出て行くと、突然一台の自動車が彼に衝突し、敵の陰謀はまたも達成される。こうして主人公は再びタイムマシンに乗って過去へ戻る。タイムマシンはまだ開発中であるため、使うたびに主人公の身体に大きな副作用をもたらす。さらに、過去へ戻った時には、過去の時間にいる自分が出てきて混乱するのを防ぐため、彼は自らもう一人の自分を殺害しなければならない。これが数回繰り返された後、主人公はついに総統をすべての危険と障害から守るが、彼の身体は重荷に耐えかね、病を発症する。

総統が防弾ガラスをはめ込んだ自動車に乗ろうとする時、主人公は突然、意識を失う。気がつくと総統は倒れて死んでおり、自分の手には銃が握られていて、周囲の警備員たちが自分に銃を向けている——どうやら今回は彼が総統殺害の犯人になってしまったようだ。彼は逃亡し、時に仲間と戦い、何発か銃弾を受け、ついにタイムマシンのある実験室にたどり着き、再び過去へ戻る。

事の顚末を教授に語ると、教授は彼が敵の「心理的暗示」にかかったからこそ、総統が乗車する前に殺害したに違いないと言う。簡単な治療を受けた後、主人公は再び過去の自分を殺し、総統を狙う刺客を一人一人阻止し、最後に銃を取り上げて、自分のこめかみに向ける……。

ベッティーナはかつて、バナールがなぜこのようなタイムマシンの物語を思いついたのかを語ったことがある。一九三五年頃、彼女は朝食の席でバナールに、自分のある「ハンガリーの友人」の研究について話した。そのハンガリーの友人——名前で呼ぶなら、クルト・ゲーデル——は、ある条件の下で、一般相対性理論の方程式を満たす特殊な宇宙モデルを設計することができると考えていた。この宇宙の中には時間的閉曲線が存在するのだが、それは粒子が過去に戻れることを意味するという。だが、当時ゲーデルは「連続体仮説」の証明に没頭していたため、一九四九年まで自分の一般相対性理論方程式の研究を発表しなかった。彼は、早くも一九四一年に「ゲーデル解」にヒントを得てナチスを讃える作品を書いた人間がいたとは、思いもかけなかったに違いない。

この『総統のために』という脚本はバナールを完膚なきまでに叩き潰し、彼の四部作をめぐる様々な夢をも打ち砕いた。ハーランは当初、脚本に問題があることに気づかず、助手が指摘をした。「バナール先生はいったいどれほど総統を憎んでいるのでしょうか。だからこそ脚本の中で何回も殺害するのですよ」と。こうしてバナールはゲシュタポの調査を受けた。彼に対するもう一つの告発は、脚本の中の「心理的暗示」に関する部分がフロイトの精神分析学を使用しているというもので、それは第三帝国では禁止されていた。バナールはこれについて、自分が参考にしたのはイポリット・ベルンハイム教授の論文だと弁解した——幸い、彼を尋問したゲシュタポは、ベルンハイムがフランス人で、かつてフロイトを弟子に持ったことがあるとは知らなかった。

その調査は最終的にシーラッハの介入によってうやむやにされた。それ以降、バナールはゲシュタポの監視の対象になった。彼らはしばしば、バナールが再び「偉大なる総統閣下を呪う」しろものを書いていないかを見にやってきた。この事件でカタリーナは大きなショックを受けた。ある夜、ゲシュタポがいつものようにバナール家のドアを叩いたが、カタリーナはいつまでも出て来なかった。しばらくして、バナールはゲシュタポとともに、台所に倒れているカタリーナを発見した。彼女は突然の心臓発作で死んでいた。バナールの失脚はエリーザベトの仕事にも影響を与え、それ以降、彼女は小さな劇場で地味な脇役しか演じることができなくなった。

一九四四年九月、ハインリヒ・バナールは同盟軍の爆撃で死んだ。享年六十六であった。彼の蔵書と手稿は戦火でほとんど焼失し、その中には四部作の後半二作の草稿と、その他の未完成の作品も含まれていた。逆に、手紙の大部分と一九三五年以前の日記は、地下室に置かれていたため現在に残っている。

一年後、エリーザベトはある小さな酒場で歌っている時、酔った米軍兵士に射殺された。彼女は四発の銃弾を受けて死んだが、軍事法廷はただの銃の暴発による事故だったと片づけた。兵士はただちに無罪で釈放された。

参考文献

トーマス・マン『ファウスト博士』関泰祐・関楠生訳、岩波文庫、一九七四
シュテファン・ツヴァイク『ツヴァイク全集』みすず書房、一九七九～一九八一
ヘルマン・ブロッホ『ホフマンスタールとその時代——二十世紀文学の運命』菊盛英夫訳、筑摩書房、一九七一
池内紀『ウィーンの世紀末』白水社、一九八一
池内紀編訳『ウィーン世紀末文学選』岩波文庫、一九八九
渡辺護『ウィーン音楽文化史』上・下、音楽之友社、一九八九
関楠生『ヒトラーと退廃芸術——〈退廃芸術展〉と〈大ドイツ芸術展〉』河出書房新社、一九九二
ヨースト・ヘルマント『理想郷としての第三帝国——ドイツ・ユートピア思想と大衆文化』識名章喜訳、柏書房、二〇〇二
マイケル・H・ケイター『第三帝国と音楽家たち——歪められた音楽』明石政紀訳、アルファベータ、二〇〇三
森瀬繚・司史生『図解　第三帝国』新紀元社、二〇〇八

ミーシャ・アスター『第三帝国のオーケストラ――ベルリン・フィルとナチスの影』松永美穂・佐藤英訳、早川書房、二〇〇九
岡田暁生『楽都ウィーンの光と陰――比類なきオーケストラのたどった道』小学館、二〇一二
岡田暁生『リヒャルト・シュトラウス』音楽之友社、二〇一四
金関猛『ウィーン大学生フロイト――精神分析の始点』中央公論新社、二〇一五
草森紳一『絶対の宣伝――ナチス・プロパガンダ4』文遊社、二〇一七

ガーンズバック変換

阿井幸作訳

「写真撮ってくれます？」

隣に座っている人に声をかけられた。

顔を上げ、ちょうどいいところだった『所有せざる人々』を伏せ、眼鏡越しにそっちを見る。ベージュ色のニットシャツを着て、髪もベージュ色に染めた二十歳前後の女性がいた。足元には赤い小さなスーツケースが立てて置いてある。

窓の外は三月の曇り空で、今にも春雨が降りそうだ。雨雲の下にはなんの面白味もない町並みが広がっている。これまで通過した地方都市はだいたいこんな感じで、あえて同じ写真に収める価値はほとんどない。

「いいですか？」

こんな当たり前のお願いを断る人間などいないと決めつけているように、彼女は私が返事をするより先にスマホを寄越してきた。幸い、次の瞬間に、彼女は何かを察したかのように「ごめんなさい」という言葉を口にし、真っ黒な液晶を自分に向けて連写で数枚撮影した。

地味な近代建築群の中に、白い天守閣が紛れ込んでいたことにようやく気付いた。私のいるところからは爪の先ほどの大きさにしか見えず、目を凝らしていなければ見えない。

あれが有名な姫路城だろうか。

隣の人はスマホをしまうとまた私の方を向いた。

「香川県民？」

私がうなずくと、私を見つめる彼女の瞳に好奇の色がさらににじんだ。彼女の聞きたいことは予想できたが、先読みして答えるのはいつだって難しく、彼女が口を開くのを待つしかない。

「眼鏡……かけさせてくれない？」

「度数がちょっと高いですけど、大丈夫ですか？」

「大丈夫大丈夫」彼女は両手を合わせて頼み込む。「ちょっとだけだから」

眼鏡を外して彼女に渡すと、視界がぼやけ、車外の風景も一瞬で灰色の虚像と化した。私の眼鏡をかけた彼女は、待ちきれないという様子でスマホを手に取り、興奮気味に叫んだ。

「本当に何にも見えない」

私も彼女のスマホの画面に目を向けると、色彩豊かなページが表示されていたが、残念なことに眼鏡を外した私にはさっぱり見えない。マイナス六・〇〇以上の近視でなければ、私もクラスメートのように自宅で眼鏡を外して家族と一緒にテレビを見たり、ゲームをしたりすることができたのかもしれない。それにわざわざ大阪まで模造眼鏡《レプリカ》を新調しに行く必要もなかった。

好奇心を満たせば眼鏡を返してくれるだろうと思っていたが、彼女が立ち上がって前の席に座る仲間の肩を叩き、彼女らにいま手に入れたばかりのおもちゃを紹介するとは予想外だった。全員がかけ終わり、見終わり、感想を言い終えたのちに私の手元にようやく返された眼鏡のレンズには、指紋がいくつか付着していた。

「そういえばフレームに書いてある文字ってどんな意味なの。ガーンズなんとかっていう……」

「ガーンズバックV、眼鏡の型番です」

思い返せば、「香川県ネット・スマホ依存症対策条例」が施行して間もない頃はまだI型だった。いまではもうバージョンファイブだ。私の近視の度数は上昇の一途をたどり、ついには眼鏡を外せば何も見えないレベルにまでなった。各バージョンの眼鏡にどんな新機能が追加されていたのか、これまで気にしたことはない。

どうせ私にとって、いや香川県の全未成年者にとって、これの機能は一つ——レンズを通して見た液晶画面はどれも真っ黒に映る——しかない。

正確に言えば、液晶画面ならなんでもというわけではないが……。

「普段スマホを使わないなら、誰かと連絡するときはどうしてるの？」

「特製の携帯電話があるんです。眼鏡と同じ会社が作っているから、遮断されないんです」

「ガラケーってやつ？」

私はうなずいた。「電話、ショートメッセージ、スネークゲームしかできないですが、十分です」

このすきにしつこく絡んでくる女から離れようと思った私はショルダーバッグから携帯電話を取り出し、彼女の目の前で振って開けてみせ、何も表示されていない画面に目を落とし——

「すみません、友達から電話が来てました」

そうしてそそくさと立ち上がると通路を小走りに駆け、車両の連結部に身を隠すと梨々香へ電話をかけた。

「美優？　もう着いた？」

「まだ、いま姫路」

「こっちはもう駅の近くまで来たよ」

数年ぶりだというのに、梨々香は相変わらずせっかちだった。

家が隣同士だったので、梨々香とは物心がついた頃から仲良しだった。小学校でも同じクラスだった。幼い頃の彼女はショートヘアで落ち着きがなく、悪ふざけを次から次へと考え出した。そして私は彼女の後ろについてまわり、彼女の無鉄砲で幼稚な行動に流されるまま付き従うだけで、同年代からの尊敬の眼差しを一緒に浴びることもあれば、先生や親からの説教に一緒に耐えることもあった。

寄り添い合う月日は少なくとも小学校を卒業するまで続くと思っていたけど、四年生に上がった頃に条例が公布されてしまった。梨々香の両親は強硬な条例反対派で、署名活動や訴訟を行ったところで何も変えられないという無力感を味わってから、娘を連れて大阪に引っ越した。

それ以降も私たちは連絡を取り合っていたが、顔を合わせる機会はめっきり減った。最後に梨々香に会ったのは、中学生の頃に彼女が祖母の葬式に参列するために香川に戻ってきたときだ。

私が彼女に会いに大阪に行くのはこれが初めてだ。


「変な人に絡まれなかった？」

「なんで分かったの？」

「適当。県外の人間ならそっちの条例に興味津々だし、眼鏡にも関心持ってるしね。でも一番知りたいのは美優たちの暮らしじゃないかな」

「パソコンもスマホもない、テレビすら見られなくなった生活ってそんなに想像できない？」

「正直言うと、できない」

「そっちにだって子どもにテレビ、パソコン、スマホを禁止してる、ひときわ厳しい親がいない？　そんな感じだよ。そもそもこれだけ時間が経ったから、みんなとっくに慣れちゃって、不便だって思わない――香川を出ない限りは。こっちの『現代社会』に来ちゃうと、人類学の研究対象にされちゃって、あれこれ質問攻めにされるけど」

「私は何も聞いてないでしょ」

「聞いてないけど知りたくないってことじゃないでしょ」

「じゃあ美優は『現代社会』の暮らしに少しも興味がないわけ？」

「少しもなかったら会いに来るわけないじゃん」

私たちはそうやっておしゃべりを続け、結局通話を切ることなく、間もなく大阪駅に着くという頃にようやく、荷物棚に置いたスーツケースを取りに車両に戻った。隣の人も彼女の仲間たちもとっくにいなくなっていた。

車両を降りて空っぽのスーツケースを引っ張りながらプラットホームを抜け、エスカレーターに乗ってようやく改札に着いた。改札機越しに梨々香の姿を探し、あれほど無駄話をしたというのに彼女の今日の服装を聞いていなかったことに気付いた。

「不審人物発見」梨々香の楽しそうな声が携帯電話から聞こえる。「改札機の前でキョロキョロしています。大げさな眼鏡をかけ、髪はおさげ、田舎から都会に出てきたばかりの文学少女といった格好です。明らかにお父さんから借りてきたであろう黒いスーツケースを引いて……まさか美優なの？」

「見当たらないんだけど？」

「外にいるから、とりあえず出てきて」

切符を改札機に入れて狭い通路をくぐり、数歩歩いても梨々香の姿は見当たらない。この眼鏡が彼女さえもブロックしているのかと疑っているとき、誰かが私の肩を強く叩いた。振り返ると、ほほ笑んでいる彼女がいた。

「わからなかったの？」

「ごめん、目悪いの知ってるでしょ？」

この数年間、私は近視の度数を除いてほとんど変わっていないから、彼女がひと目で気付いてもおかしくない。逆に梨々香は前回会ったときとまるっきり別人だった。いまの彼女はきちんとメイクして、ハート型のシルバーイヤリングをつけ、髪も茶色に染め、かすかにウェーブさせた毛先を胸元に垂らしている。

私にジロジロ見られていることに気付いたのか、梨々香は髪を一房つまみ上げ、少し恨みがましくつぶやいた。「染めるのはこれが限界なんだ。これ以上明るくすると先生がうるさいから」

しばらく言葉を交わしてから、梨々香は私をコインロッカーまで案内し、五百円玉を差し出した。

「梨々香の家に置いてからじゃ駄目なの？」

「方向が逆なんだよ。このまま行って、暗くなる前に終わらせよう。でも心の準備をしておいてね。けっこう刺激的な場所って聞くから」

「大丈夫。気合い入れるために、敢えてサイバーパンク小説を何冊か読んできたから」

「なにそれ？」

説明する気もなかったし、どう説明していいかもわからなかった。電子機器に触れることが全然ない私にとって、香川県以外の世界全てはサイバーパンクと呼べる。でも、県外の人間にとって、私の鼻にかかるガーンズバックV型こそ、サイバーパンクの定義に近いかもしれない。

「別に。SF小説の一つってだけ。そういった小説にはブラックマーケットが出てくるものなの。ハードボイルドにバーがつきもののように」

地下鉄駅を出ると、はるか彼方には高層ビルがいまだに黒雲の下にそびえ立っていたが、目の前に見えるのは背の低い建物ばかりだ。

梨々香はバッグからマスクを抜き出して私に付けさせ、さらに黒いハンチング帽を二つ取り出してどちらがよいか一方を選ばせた。よく見てみると、うち一つは薄く黒い線が不規則に引かれてあり、ポロックが気の向くまま絵の具を撒き散らしたキャンバスのようだ。

私は真っ黒の方を選んだ。

「行き方を見てみるから」

言いながら梨々香はスマホを取り出して一通り操作すると、左手で握った。スマホを水平状態にし、腕を動かしながらさまざまな方向に向ける。うつむいて画面を凝視するさまは、大航海時代に羅針盤を操る船長そのものだ。すぐに方角を把握した彼女は、私を連れてそっちへ向かった。

通りに面した建物はペンキ塗り立てで、純白だったり、ライトグリーンやインディアンイエローだったりして、やや不自然なほどのきれいさで、かすかにシンナー臭を嗅ぎ取れた。反対に歩道はでこぼこで、海中に長い間水没していたかのようだ。

通行人がいないわけではないのに、恐ろしいほどひっそりしている。通り過ぎる人たちはみな、格好が立派であるかどうかにかかわらず、うつむいたまま一言も発さない。自分の存在を極力消そうとしているように。

しかし、建物の裏を回って小道に入ると、そのわざとらしく彩られた通りが突如として真の姿を見せた。壁の塗装が剝がれているのはもう当たり前で、窓もどうしようもないと言いたげにところどころ割れている。壁の一面がすでに倒壊し、瓦が散乱している平屋建ても、道に面した換気扇が高速回転しているせいで、そばを通るとまだ煙の臭いが鼻を突いた。途中まで建てられた家屋は鉄筋コンクリートが雨ざらしになっていて、完成の見通しは永遠に立たないのではないだろうか。

スマホが梨々香をひと気のない路地に導く。

足を踏み入れたばかりの道は狭くぬかるんでいて、二人並んで進むには幅が足りない。私は梨々香の後ろにつきながら、一歩ごとにできる限り体重をかけないようにした。うっかり地面を踏みしめると、泥が跳ねて靴下が汚れてしまいかねない。

路地の終着点は何棟ものビルに囲まれている空き地だった。地面には模様がとっくにすり減った石畳が敷かれ、陽光が当たらない場所はすっかり苔むしている。空き地の中央にはいくつかの屋台が並び、色あせたのれんにはラーメン、おでん、もつ焼きといったメニューが書かれている。値段がどれも安いのが少し怪しい。

周囲には誰もおらず、周りの建物にも明かりが見えない。

最初、これらの屋台はここに打ち捨てられているだけかと思ったが、空き地の中央には椅子とテーブルが雑然と置かれ、そのそばの地面には竹串や煙草の吸殻、酒瓶が散らばっていた。まだ営業時間ではないだけのようだ。夜になったらとてもにぎやかになるのだろう。

梨々香についてさらに奥に進んでいく中、グレーの野良猫――体が汚れている白猫なだけかもしれない――がいきなりどこかから飛び出してきて、私たちを驚かせた。猫は慣れた様子で飛び跳ね、悪臭漂わせるゴミ箱に突っ込んでいった。

考えてみると本当に皮肉だ。大阪のにぎやかさをまだそれほど体験していないうちに、一番醜い面を目にしたのだから。しかし先に訪れたのが華やかな市の中心部だったところで、そこに設置されている現代的な街なかの巨大LEDビジョンも、私の目には全て喪服のような真っ黒にしか見えないだろう。

空き地の突き当たりに小さなドアが、つる植物で覆われた壁に設置されている。奥には、三面がビラで埋め尽くされたモルタル壁と地下に通じる階段があるだけだ。

天井には点滅する白熱電球が吊るされている。

示し合わせたわけではないのに梨々香と同時に大きく息を吸うと、カビの臭いと泥臭さが鼻孔に充満した。梨々香が私の手をつかみ、私を引っ張りながら階段を一歩ずつ下りていく。

地下は長い廊下で、照明が光量の強い蛍光灯に変わっているので、薄暗くはない。すべてのドアを隔てた向こう側は店のはずで、看板を出しているところもあるが、部屋番号しか書かれていない店が多く、表に「営業中」もしくは「休業」と書かれた小さなプレートがドアノブにかけられている。ドアの向こうからときどき声——談笑する声や泣きわめく声——や、何かの機械が高速稼働する音が聞こえてくる。

ドアに近づきすぎることなく、二人で肩を寄せ合いながらゆっくりとさらに奥へと進んでいった。

そのとき、みすぼらしい身なりの中年男性がドアから出てきた。手にしわくちゃの一万円札を数枚握りしめている。そのドアには看板がかけられてあり、「伊藤クレジット」とあった。男が立ち去ってからもドアはすぐには閉まらなかったが、中を見る勇気はなかった。

特に頑丈そうな黒いドアがあり、それぞれ「タトゥー」と「診療所」と書かれたプレートが二つぶら下がっている。

「『スワロウテイル』そっくり」

「なにそれ?」

「別に、昔の映画」

「昔の映画? じゃあきっと見たことないな」

映画館はスクリーンが液晶ディスプレイではないから眼鏡越しでも映像は見られるので、自然と私たちが一番お世話になる娯楽施設になった。

平日午前中の昔の映画の上映時間でも、授業をさぼった学生たちで満席だ。休暇が訪れるたびに、市内のいくつかの映画館は朝八時から営業を開始する。学生向けの年間パスポートを申請すれば、昔の映画は一律タダ、新作映画も半額で鑑賞できる。

学校で一番人気がある部活は、当然映画研究部だ。

香川県では、条例の網をかいくぐれないよう、デジタル機器に接続できるプロジェクターの取引は厳重に管理され、個人名義での購入は不可能だ。しかし学校の部活では堂々と買える。映画研究部の部室にはブルーレイディスクプレイヤーとプロジェクターが設置されているほか、歴代の卒業生が寄贈した大量のDVDもあるので、毎日放課後に上映会を開ける。

映画研究会に入部希望の新入生は筆記試験をパスする必要があり、本当に映画に造詣が深い人材だけが受け入れられる。私も筆記試験に参加したが、戦争ものとホラーものの問いに一つも答えられず、軽音楽部に入部するしかなかった。

ただしそこでもプロジェクターでいろいろなミュージックビデオを見られたのだが……。

思考がますます遠のいていったところで、梨々香は木のドアの前で足を止めた。彼女はスマホに目を落とし、ドア枠の上にある住居番号を確認しながら、「ここのはず」と言った。

ノックしようと思っていたのに、梨々香がもうドアを開けて入っていってしまった。

思った通り、中に入ると巨大な視力検査表が目に飛び込んできた。白衣の老婦人が事務机に座り、猛烈な速さでキーボードを叩いている。

机の上には視力計が置かれている。

二十平方メートル足らずの室内の壁には四つの大きなスチールキャビネットが並べられ、ドアの裏にはゴウンゴウンと音を立てる冷蔵庫が立ち、さらに事務机と二つの椅子を加えたのがインテリア一式だ。

「模造眼鏡を作りたいんですけど」梨々香が話す。「ガーンズバックV型の」

「一つでいいの？」

「一つでいいです」

老婦人が私たちの方を振り返り、私の顔を数秒間見つめた。

「あんた、一人で香川から来たの？」

私はうなずいた。

「友達にいくつか作っていかない？　三つ以上で割り引きするよ。度数さえ言ってくれたらいいから、本人が来る必要ないよ」

「いいです。友達は誰も欲しがっていないので」

「度数がわかるなら言って、それともここで検査する？」

先月、最新バージョンの眼鏡を合わせたばかりなので、その度数を伝えた。

「その度数のレンズはいまないから、一日待ってちょうだい。明日も大阪にいるんでしょ？」

「います。明日のいつ頃取りに来ていいですか？」

「午前中で大丈夫よ。まず前金として一万円、明日眼鏡を受け取りに来たときに残りの二万円を支払って」そしてこう付け加えた。「今晩友達に連絡して、眼鏡が欲しい人がいないか聞いてみて。度数が高くなかったら、その場でレンズをはめ込むだけだから」

お金を払い、私は梨々香と一緒に店を出た。店に入ってから出るまで二分もなかった。新幹線で大阪までかかった三時間、そしてその前に決心をするのにかかった数ヵ月と比べると、まさに一瞬の出来事だ。

「思ってたより順調すぎた」

「あの眼鏡屋のおばあちゃん、一見優しそうだけど、ほんと人は見かけによらないってね」

「なんでそんなこと言うの？」

「あの店も眼球や角膜の闇取引をやってるんだって」梨々香はあっけらかんと言う。「考えてもみなよ。模造眼鏡だけ売ってたんじゃ、そもそも商売にならないでしょ。そこまでニーズもないだろうし」

「言われてみれば」

平静を装っていたものの、こんな妙な場所からすぐにでも離れたい一心で知らず識らず歩調を速めた。

梨々香の両親は弁護士だから、市中心部の高級マンションの最上階に住んでいてもおかしくない。ただ、彼女の家の巨大なリビングと意匠を凝らした内装を見ていると、彼女の両親はこんなに成功しているのに、条例の公布に対しては結局無力だったのだと思わずにいられなかった。

私は荷物を梨々香の部屋に置いた。

「今日、眼鏡を受け取れないのは残念だね」

そう言いながら、彼女はリビングから自分の部屋にわざわざ運んできたテレビとゲーム機、そして借りてきたばかりのホラー映画のＤＶＤを私に見せた。私は漫画でいっぱいの本棚へと目を向けた。ほとんど読んだことのない作品だ。この棚一面の蔵書だけで一晩潰せる。

「その先輩とは何時に会う約束？」

「六時」

「じゃあそろそろ行かないと。本当に私もついていっていいの？」

「島村先輩はこれからずっと大阪だから、実際に会った方がこれから何かと便利でしょう」私は言った。「それに、私だって道、不慣れだから」

島村先輩との待ち合わせ場所は天王寺駅近くのファミレスだ。彼女が大学付近に借りた部屋は三月下旬にならないと住めないので、いまは特別予備校の寮に暮らしている。

そこは香川県の卒業生のために特別に開校されている予備校だ。

駅を出て眼前に広がった光景は私が大阪市に抱いていたイメージと一致していた。人の流れが絶えず、高層ビルが林立している。空はとっくに暗くなり、積み木のように重なった色とりどりの看板が次々にライトアップする。しかしこれでもまだ、一時間ほど前にこの都市に与えられたひどいイメージを払拭できなかった。

途中に通り過ぎた家電量販店には大層な価格の最新型テレビが所狭しと陳列されていたが、私の目には相変わらず漆黒に映り、まるでここの賑やかさも華やかさもお前とは関係ないと告げられているようだった。

そのファミレスに着いたのは約束より十分早かったが、島村先輩はすでに店内にいた。どのテーブルも満席の店内で、彼女は四人がけのテーブルを確保していたので、結構早めに来ていたようだ。目の前に置かれたバカでかいノートパソコンには「淡海塾」の文字が貼られているので、予備校のものだろう。

彼女は文字がびっしり書かれた紙を手元に置き、最新機種のスマホを文鎮代わりにしている。私の予想が正しければ、先輩はタイピングの練習中だ。

私たちが来たのに気付いた先輩はノートパソコンを閉じ、わきに押しやり、立ち上がって迎えてくれた。いまの彼女の眼鏡は青いフレームのリムレス眼鏡だ。先輩の視力は抜群だったはずなので、このレンズにはおそらく度が入っておらず、単なる習慣でかけているだけかもしれない。

六年連れ添ったのだ。たとえ望んでかけたものではないにせよ、ある日いきなり外したところで、そんなに簡単に受け入れられるものでもない。

席について自己紹介すると、先輩は私たちのさっきの体験について聞いてきた。

「初めて闇市に行った感想は？」

「『トレインスポッティング』の冒頭で主人公がトイレに入るシーンとかぶってると思いました」

「『トレインスポッティング』も古い映画でしょ？」隣の梨々香が口を挟む。

「うん、軽音部に入った人間はみんな、先輩たちから無理やり見せられるの」

「音楽もの？」

「ううん、先輩たちがその映画からロックスピリットを感じているだけ」

「あれはもうロックじゃなくてパンクでしょ」島村先輩が言う。

「違いがあるんですか？」

「王道漫画と邪道漫画の違いっていう感じ？」

「何となく分かるような」

「こんな時代遅れの話は気にしないで。都会に来たばかりの田舎娘二人が香川弁で会話していると思って」

そのとき、島村先輩のそばに置いてあったスマホが「ピコピコ」と鳴ると、彼女は軽くため息をつき、スマホをさっと手に取り、画面をスワイプさせるとまた机に置いた。

「ＬＩＮＥって本当にうるさい」そう言いながら先輩はスマホを持ち上げた。「予備校のクラスメートの大半はこういったものに触れたばかりで新鮮に感じるから、どうでもいいことでも気軽に送ってくる。そしてこの『既読』が出る機能が本当にうっとうしい。画面を開いてもすぐに返事しなかったら、相手を無視してるみたいじゃない」

「そうですよ、本当に人類史上最悪の発明です」

今回は私が彼女らの会話についていけなくなった。

それから格別においしいわけでもない料理を堪能した。店内は明らかに人手不足で、空いた皿がテーブルにあるのに一向に店員が下げに来ない。

「私たちが来たとき、タイピングの練習をしていましたよね？」

「うん、予備校の宿題」島村先輩は憂鬱そうな顔で言う。「小学生のときからほとんどパソコンに触れたことなくて、身に付けなきゃいけないことが多すぎるから、入学前に全部マスターできるかどうかってところ。今日だってエクセルを使った関数の計算方法をやっと習ったばかりだし……」

「ずっとパソコン使ってる人でも、できるとは限りませんって」梨々香が苦笑いを浮かべる。

「でも私が通うのは理学部だから、これから絶対使う。こんなに大変だって分かってたら、文系選んだわ。でも文系には文系のしんどさがあるじゃない。毎週たくさんのレポートを提出するって聞くし、私のタイピング速度じゃきっとついていけない」

「そんなに緊張する必要ありませんよ」

「先輩のはもう緊張っていうか劣等感ですね」

「正直な話、私だってパソコンはほとんど使ったことありませんよ。普段は何するにしてもスマホを使いますし」梨々香が言う。「先輩は予備校に通わなくても特に問題ないと思いますよ。みんな、大学に入ってからいろいろ覚えていくものなんです」

「そうだったらいいんだけどねえ」先輩も苦笑した。「私はまだマシな方だよ。いまのルームメートなんか電子情報工学科に受かったんだけど、そこでコンピュータの活用方法を研究するらしいからね。私よりもっと火が付いてる」

ようやく店員が作業の合間を縫って空いた食器を下げ、デザートを持ってきた。

「ところで、二人のこれからの予定は？」

「今日眼鏡を受け取れると思っていたので、夜は家でゲームやったり映画見たりしようと思っていたんですが」梨々香が答える。「計画がパアです」

「一緒にカラオケでも行かない？」先輩が提案する。「美優から、遠藤さんは吹奏楽部に所属してるって聞いてるから、歌もうまいんじゃないの？」

「それとこれに確かな関係性あります？」

「吹奏楽部なら肺活量もあるし、音程だって良いでしょう」

「残念ながら打楽器パートなので、肺活量や音程とは無関係です」

「なら本当、奇遇だ。私、軽音部でドラムやってた」先輩が話す。「美優はベース。ベースも、言うなれば打楽器だよね」

「でも私のベースの腕はシド・ヴィシャスより少しマシってレベルですよ」

私の自虐に先輩は笑いが止まらず、梨々香の方は狐につままれたように私たちを見つめている。

「それって誰？」

「セックス・ピストルズのベーシスト」

「すごいバンドなの？」

「史上最も有名なパンクバンドと言っていいかな」

「一番有名なパンクバンドのベーシストより少しマシってことは、めちゃくちゃすごいってことじゃないの？」

「いや、それが違うんだって」私もたまらず吹き出した。「シド・ヴィシャスはセックス・ピストルズのベーシストなんだけど、そもそもベースを弾けなかったって言われてるの」

「それがいわゆる『パンクスピリット』なの？」

「うん、彼はパンクスピリットのシンボルだった」先輩が答える。「こう考えてみて。私のルームメートみたいに幼い頃からパソコンにほとんど触れてこなかった人間が、よりによって電子情報工学科を受験したのも、パンクスピリットなんだって」


そのあと、先輩は勝手知ったる足取りで私たちを近くのカラオケ店に案内した。時刻は間もなく八時。もし来るのが数分遅れていたら、金額は倍になった。これも彼女の計算通りなのかもしれない。

フロントで先輩は前掛け姿の店員に声をかけた。先輩と同い年に見える女の子が両手をテーブルにつけて、先輩の方へ身を乗り出し、耳元で小さく尋ねる。

「友達？」

「高校の後輩。ちょうど友達と遊ぶために大阪に来ているの。それで一緒に来たんだ」

「軽音部の後輩？」

「そお。演奏技術は大したことないし、歌も普通だけど、作詞は大の得意なの」

店員の後ろの壁にかけられた時計の秒針がゆっくりと動き、八時までもう二分を切った。私が二人の無駄話を遮るかどうか考えていると、先輩はもう慣れた様子で時間無制限コースを選び、店員からレシートをはさんだバインダーを受け取ると、私たちの方に向き直って個室に向かった。一連の動作はなめらかによどみなく行われた。

「ここの常連なんですか？」

「たまに一人で部屋で数曲歌うだけだから、常連じゃないわ。ここでバイトしてるの」

ショルダーバッグを個室のソファに置き、私と梨々香は言われるまでもなくドリンクバーへ飲み物を取りに行こうとするついでに先輩の飲みたいものを尋ねた。

廊下に他の部屋の客の歌声――またはわめき声――が響いている。

「香川県もカラオケは行けるの？」

「軽音部は全員で週一行くし、一人でも時々行く」

「じゃあどうやって曲を入力するの？　液晶モニターに何書いてあるか見えなかったら……」

「未成年専用の目次本があるの。辞書みたいに五十音順になってて、目次本に載ってる番号を入力すれば歌える。最終的にはみんな、何曲か番号を暗記できてるんだ」

「でも、テレビの歌詞も見えないよね？」

「個室によってはプロジェクターが使用できるから、それで見られる。でもそういった部屋は滅多にないから、当たるのが難しいんだ。だからみんな基本的に歌詞を暗記するか、ＣＤケースに入ってる歌詞カードを持ってくる。人気曲の歌詞をプリントアウトして製本したものを目次本と一緒に個室に置いてる店もある」

「そっちってまだCD聴いてるの？」

「CDも聴くけど、もっと流行ってるのはLPレコード」

「ネットができないにしたって、CDの方が楽じゃない？」

「CDを聴くのは単なる時代遅れだけど、レコードを聴くのはリバイバルであって懐古なんだよ——自虐的すぎるかな？」

「確かにね、ボールペンで手紙を書くのは単なる時代遅れだけど、筆で懐紙に書いたら風情がある。そんな感じ？」

「正直言うと、中古レコードの方が中古CDより安いからってだけなんだよね。特に軽音部の人間が気に入る昔の歌が」

「どういう歌？」

「あとで歌うから。私が歌えなくても、先輩が歌えるし」

部屋に戻ってみると先輩はまだ曲を入れておらず、鬱陶しいという表情でスマホをいじっており、私たちが戻ってきたのに気付くとスマホを脇によけた。

「寮に門限があるから、あんまり遅くまでいられないよ」

「じゃあ先輩から先に歌いたい曲を入れてください」

「だったらしりとりしない？　最初、遠藤さんに見本見せるね」

「わかりました」梨々香が言う。「ちょうど美優が言っていた『軽音部の人間お気に入りの昔の歌』を聞きたかったところなので」

「じゃあ美優から」

しりとりと言っても、中身は曲名を繋げる遊びのようなもの。ちょっと自虐的な気持ちを込めて、先輩にアッシュの『Girl From Mars』を入力してもらうと、先輩はそのお返しとしてデヴィッド・ボウイの『Life On Mars?』を入れた。それから私がタイトルに「life」が入っている曲から、ビートルズの『A Day in the Life』を選ぶと、先輩はポール・マッカートニーのソロデビュー後初シングル『Another Day』を歌った。そこで私が条例を風刺するにうってつけの『Another Brick in the Wall』を歌うと、先輩は少し考え込み、オアシスの『Wonderwall』を入れた。今度は私が困ってしまい、タイトルに「wonder」が入っている曲がとっさに思い浮かばなかった。

「スティービー・ワンダー歌っちゃ駄目ですか?」

「駄目に決まってるでしょ」

「じゃあ私の負けです」

「私、そろそろ帰るわ。二人とも楽しんでね」

島村先輩はそう言いながらマイクを置き、バッグから分厚い割引チケットの束を取り出すと、一枚抜き取って千円札二枚と一緒にテーブルに置き、「今日は私のおごり」と言い残して席を立った。

「続ける?」私はマイクを梨々香に渡して尋ねた。

「しりとりを?」彼女は億劫《おっくう》そうに肩をすくめた。「ルールは分かったけど、洋楽なんか歌えないよ」

「邦楽でもいいよ。じゃあ普通のしりとりにする？」

「いつもカラオケでしりとりやってるの？」

「いつもは部室でやってる」

「ここだと、曲名を入力するタブレットを押せば、その文字から始まる曲が一気に出てくるでしょ」

「曲名だけ言えても駄目。歌えなきゃ駄目なの」

「じゃあちょっと難しいな」

「実はこのゲーム、必勝法があるの」私は言う。「わざと『ロ』で終わるタイトルを選べば、相手は大体の確率でスピッツの『ロビンソン』を入力して負ける」

「負けとは限らないじゃん。『ン』から始まる単語は日本語にはないけど、『ン』から始まる曲名はあるわけだし」

彼女は言い終わるや、一曲入力して歌ってみせた。

梨々香の家の近所にまで戻ってきたときはもう十一時近くだった。

地下鉄駅を出て、真っ先に目に飛び込んできたあの高級マンション――窮屈そうにひしめき合う一戸建ての真ん中にありながらも、明るくライトアップされた二十階建ての建物――は、やはりとても目立つ。今回、私たちは違う道を通り、ひっそりした住宅街を抜けたが、ほとんどの家が真っ暗で、街灯がまぶしいと感じるほどだった。

「この店、気に入るかどうか分かんないけど」

中古レコードショップのそばを通りがかったとき、梨々香が言った。

残念なことに、「懐かしい未来」という名前のこの店は営業時間が夜九時までで、しかも明日は定休日だった。

「明後日来られるでしょ。何か掘り出し物が見つかればいいけど」

梨々香の家に帰ると、彼女の父親はリビングのソファで何かを読んでおり、テーブルには書類が山積みになっていた。母親の姿は見えず、まだ帰宅していないのか、それとももう寝てしまったのか。あいさつを済ませると、私はスーツケースから香川県土産を出した。

梨々香の父親は言葉少なに、私の世話をしっかりするよう娘に言い含め、明日はもっと早く帰ってこいとやんわりと忠告しただけだった。

お風呂から上がると、用意されていたパジャマに着替え、梨々香がベッドにシーツまで敷いてくれた。大きくなってからは、幼い頃のように一つのベッドに身を寄せ合って寝るのは不可能だ。

それから床にうつぶせになって少女漫画を一作分読み終わると、梨々香も私のそばで腹ばいになり、私が持ってきたあのル・グィンの小説をめくり始めた。しかしすぐに集中力が切れ、本をそばに放って「説明的な描写が多くて、読者を惹きつけるストーリーが欠けている」という評価を下した。

「その口ぶり、小説の新人賞の審査員みたい」

「そう？　ネットだと、こういった設定が特にややこしいラノベにこんなコメントする奴らばかりだよ」

それから私たちはトランプで遊んだ。ＢＧＭは梨々香がネットで流行り歌をスマホで流してくれた。ゲームに集中している私の耳にはまるで入ってこなかったが。

そうこうしているうちに朝四時を回り、普段規則正しい生活をしている私たちはとうとう睡魔に負けた。ガーンズバックⅤをおでこにのせて寝ぼけ眼をこすっている私を見て、梨々香は電気を消して寝ようと言った。

「そうだ、これあげる」

彼女はそう言いながら起き上がり、ベッドサイドテーブルからスマホを持ってきて私に寄越した。

「私が昔使ってたスマホ。ＳＩＭカードはないけど、ワイファイにはつながる。これからはこれを使って家でネットできるよ。もう充電してあるから、明日眼鏡を受け取ったら、使い方教えてあげる」

「こんなにしてもらって、どうお礼したらいいかな？」

「これで話に付き合ってくれたらいいよ。アプリをダウンロードしたら、無料でビデオ通話ができるから」梨々香の話し声がますます小さくなり、独り言を言っているようになる。「毎日、相手の顔を見られれば、一度も離れ離れになってないのと一緒だよ」

翌日、目を覚ましたときはすでに昼近くだった。

私と梨々香はもう一度勇気を出して、闇市へ模造眼鏡を取りに行った。

手にした瞬間、喜びの感情が湧き上がることもなかったが、失望感を覚えたというわけでもなく、心配事を片付けた程度にしか思わなかった。ケースを開け、先月新調したガーンズバックVを外し、外見とレンズの度数が瓜二つの模造眼鏡をかけ、診療所を見渡しても、見える風景に特に変化はない。

それからようやく梨々香が昨晩くれたスマホのことが頭をよぎった。

スマホを取り出し、ロック解除ボタンをタップすると、それは光を放った。

ついに液晶画面がレンズ越しに見える漆黒でも、眼鏡を外してから見えるおぼろげな画面でもなくなった。

アイコンと文字が、もともと全てこうであったように目の前ではっきり表示されている。

「見える?」

「見える」

私は梨々香を抱きしめ、感謝の言葉を述べた。

そして私たちは地下鉄で数駅先の梅田周辺に戻った。私もようやく巨大モニターをはっきり見ることができた。あるモニターでは化粧品のCMが流れている。無表情なヴァーチャルヒューマンが軽快な指さばきでファンデーションをすくい、瑕疵《かし》一つない顔を叩き、落ちたパウダーがキラキラ輝く様子は、ライブ終わりに舞い散る紙吹雪を思わせた。別のモニターでは実際にライブのプロモ映像が放送されている。紛れもなく遠くまで晴れ渡った昼間であるというのに、霧立ち込める『ブレードランナー』の雨の夜に自分が置かれているような気がした。

梨々香は私をファストフード店に連れて行った。

食事を済ますと、私たちは隣り合って座り、彼女が店のワイファイにつなげてくれた。スマホにはもともと多くのアプリがダウンロードされていたが、一年以上使っていないこともあり、全部更新しなければならず、アカウントも作り直す必要があった。私がもともと使っている携帯電話のキャリアメールが監視されている可能性を考慮し、彼女はまず新たなフリーメールを作成し、そしてそのメアドからLINEやツイッター、インスタグラムのアカウントを登録してくれた。

それからは長いお勉強タイムだ。

考えてみると、島村先輩も予備校のカリキュラムでこんな内容をきっと欠かさずこなしているのだろう。

私が基本的な操作を学び終えると、梨々香もスマホを取り出してアプリを一つずつ開き、私をフレンド登録した。

「そういえば、ティックトックは入れる?」

「なにそれ?」

「ショートムービーアプリ。隣のテーブルで見てるやつ」

隣のテーブルに目を向ける。そこには制服姿の二人の女の子が座っていた。私たちより年下っぽく、中学生かもしれない。彼女らも並んで座り、スマホで動画を見ながら声を上げて笑っている。動画の音声が外に聞こえるようになっているが、それよりもやかましい店内のいろいろな雑音に埋もれ、私の場所でも途切れ途切れの音楽のリズムがかすかに聞こえるだけだ。

「それはいいや。香川に戻ったら、一緒に動画見ながら馬鹿笑いする人がいないもん」

「それもそうか」

そのあと、梨々香はウェブページで情報を検索する方法も教えてくれた。

二時間にわたる指導と実践で目に若干痛みを覚えた。液晶画面に慣れるまでしばらく時間がかかりそうだ。

梨々香は私を他の場所にも観光に連れて行くつもりだ。

私たちが丸めた紙くずしかないトレーを持って席を立とうとしたところ、灰色のパーカー姿の二人の女の子がテーブルのそばにやってきて、チラシを差し出した。

チラシに印刷された目を引く一行のキャッチコピー——「眼鏡は、お化け」——が赤く塗られている。下には「香川県ネット・スマホ依存症対策条例」に反対する宣言と「讃岐青年同盟」の署名がある。

二人の女の子のパーカーにプリントされている黒い絵柄が香川県のシルエットだとようやく気付いた。

「香川県議会による人権侵害の蛮行に抗議するため、私たち『讃岐青年同盟』は署名活動を行っています。皆さんの支援をお願いします」

「相手にしないで」梨々香が私に耳打ちする。そして立ち上がって出て行こうとした。

その瞬間、一人の女の子が私を数秒見つめ、私の眼鏡に気付いたように「待ってください。私も香川県民です」と声を上げた。

「この子が香川県から来てると分かったのなら、署名させないでくれる？」梨々香は厳しい口調で言う。「学校とかに知られでもしたら、この子にすごい迷惑がかかるってことは分かっているはずでしょう？」

「でも……あんな条例を文句も言わず受け入れなきゃいけないっていうんですか？」

「しょうがないでしょ。大人たちでも変えられなかったことが、アンタらに何ができるの？」

「何も変えられなくとも、抵抗するしかありません。私はもう失って困るものはありませんから」

そう言うと、その子は苦笑を浮かべた。「模造眼鏡をかけて登校しただけで、学校から除籍されました。『同盟』が住むところと働き口を提供してくれて、無料の通信制学校を紹介して……」

「友達がアンタみたいになったら、アンタたちの手を借りるわ」

梨々香の迫力に相手どころか私まで怯えた。彼女に引きずられながらファストフード店を出るまで、私は口を開く暇すらなかった。

「帰っても、模造眼鏡で学校行ったら駄目だよ」街を歩きながら梨々香が私に忠告する。

「もともと家だけで使うつもりだったから」

この言葉はもちろん嘘だ。家だけで使うつもりなら、普通の眼鏡を買えば済む話だ。それでも県外でしか買えないが、価格は模造眼鏡よりはるかに安い。

「讃岐青年同盟とも関わっちゃ駄目。確かにアイツらはこれまで、条例のせいで除籍処分になった生徒たちを経済的に援助しているけど、活動内容はそんなに生易しいものじゃないの。内部から独立した過激派がやったこととはいえ、『同盟』の仕業として記録されている。あの件のせいで、私の両親もアイツらとは手を切って、資金を提供しなくなった……」

「いったい何をやったの？」

「別に。眼鏡工場に爆弾を届けただけ」

繁華街を漫然とぶらついてから、私たちはゲーセンに入った。こういうところには香川でも来たことがなかったわけではないが、私が遊べるのはクレーンゲームだけだ。梨々香にリズムゲーやレースゲーム、ガンシューティングゲームを案内してもらい、二人とも技の出し方すら分からない格ゲーもやった。最終的に私は、一番面白いのはやはりクレーンゲームだという驚くべき発見をした。店を出る頃、梨々香は巨大なクジラのぬいぐるみを抱えていた。私が取って、プレゼントしたものだ。

そして地下にあるVR体験施設にも行った。店内はとても薄暗く、内装も極めてシンプルで、なめらかなコンクリート打ちっ放しの壁がむき出しになっていて、避難施設に来たみたいだ。ヘルメットをかぶって柔らかな椅子に横たわり、私は十二分超えの一番長い動画を選択した。

動画の冒頭は貧民窟をモデルにしたような場所、または九龍城が元ネタかもしれない。「私」は狭くてボロボロの階段や廊下を疾走しており、屋上まで登るとジャンプして向かいの建物まで飛んだ。後ろから武器を手にした防護服姿の人々が追ってくる。しかし「私」は捕まってしまった。一瞬のブラックアウトのあと、手術室のような光景が広がる。医者の姿をした人物が近づいてきて、

「私」を見ると注射器を取り出した。先端からは緑色の液体がしたたっている。その鋭利な針が画面に近づいてくると、私は怖くて目を閉じた。再び目を開けたときには、すでにジャングルの中だった。視線をかすかに下に移すと、「私」も防護服姿になっていて、同じ武器を手にしていた。次の瞬間、サルのような怪物たちが周囲から現れ、「私」は武器で射撃するもそれらを食い止められず、あっという間に川辺まで追い詰められ、水中に落下した。「私」が急流の中もがくと、前方に見えてきたのは切り立った断崖で……。

私はここで一時停止ボタンを押した。

時間を確認するとまだ五分ぐらいあったが、もう最後まで見る気にはなれなかった。

動画が流れた時点で感じた若干のめまいは結局収まらなかった。あのあとのシーンはきっと、主人公が滝から落ち、湖に着水するということは容易に想像できる。それが動画最大のクライマックスシーンかはさておき、私にはおそらく楽しむ資格はない。

私はヘルメットを外した。梨々香もちょうど動画を見終わり、起き上がった。

「吐きそう」梨々香がヘルメットを取って口にした最初の言葉だ。

「私も」と私は言った。「梨々香も酔ったなんて思わなかった。てっきり私がいきなりプレモダンから未来に来たせいで、一時的に適応できてないだけだと」

「そんな未来、車酔いする人間にちっとも優しくないから、来ないほうがいい」

そばにいたスタッフが駆け寄ってきて、もし合わなければ先に視点を相対的に固定する動画を試してみてはどうかと勧めた。さらに、酔うのは視点が高速で移動するのに、リクライニングシートが極めて狭い移動しか再現しないから、脳に違和感が生じるせいだとも説明した。

彼に勧められ、私たちが試着室のような場所に入ると、ちょうど二人分立てる室内にはわずかに動けるスペースもあり、壁には二つのヘルメットと四本のサイリウムがかかっている。

どうやら、「視点を相対的に固定する動画」というのは、バーチャルアイドルのライブを指すようだ。

ヘルメットをかぶったが、サイリウムは別に必要なく、梨々香と一緒に再生ボタンを押した。ふわふわのスカートをはき、歌って踊るアイドル（その手のミュージックテープは部室で何度か見た）のようなものが出てくるかと思いきや、学校の制服に身を包んだ数人のバーチャルキャラがバンドを組み、JUDY AND MARYの『クラシック』を演奏したので意表を突かれた。

画面では手の部分が一度と言わずアップになる。それらバーチャルキャラの指が熟練して正確な手さばきで弦を弾《はじ》き、鍵盤を押し、本当に彼女らがこれら一つ一つのメロディーを奏でているようだった。一瞬、不思議な感覚に囚われ、人類がいつかこれらのいっそう精緻な造り物に取って代わられるのではないかとさえ思い始めた。

「あの子たちの宣伝ポスター、見たことあるような」ライブが終わり、梨々香がヘルメットを取ってから言った。「彼女らも何人かは軽音部のメンバーでしょ。美優たちのライブもあんな感じなの？」

「ううん、あれよりもっと刺激的。前の学園祭じゃあ、島村先輩がステージから下りて観客とケンカしたし」

「一回、生で見たいわ」

「チャンスはあるよ。でも島村先輩が卒業してから、ライブは前ほど激しくなくなったかもしれないけど」

その後はまた梨々香に引っ張られ、服を買いに行った。新しい眼鏡を買ったのだから、服も一式換えて揃えるべきだと言われたが、その理屈は明らかに成り立たない。模造眼鏡はしょせん、私が今までかけていたガーンズバックⅤと外見が全く一緒だ。だが彼女の厚意に甘えた私は遠慮しなかった。ひとしきり回っていろいろな組み合わせを試し、結局何も買わなかった。

香川のクラスメートに今回の大阪行きを知られたくなかったので、この辺りで服を買うつもりもなかった。

最後に中古DVDショップに行った。当初はここが最後の目的地ではなかった。この店に入ったのは、梨々香が用意したホラー映画を見たくなかったからだ。

「美優はたくさん映画を見てるくせに、ドラマやアニメはそんなに見たことないでしょう？　なら夜に何か見ない？」

「一晩で見終わる？」

「ドラマ全話ならちょっと厳しいけど、アニメなら短いのもあるよ。一クールで十二話ぐらいしかないなら、映画二本分の長さ程度だよ」

それで私たちはアニメコーナーに来た。この店は安さが売りで、ブルーレイディスクはほとんどなく、大半が一昔前のDVDボックスだ。ワンボックス買えば、アニメ全話を購入したことになる。

タイトルが面白そうなボックスを適当に抜き取って、ジャケットを見てからあらすじを読み、結局元の場所に戻した。いくつもの棚を通り過ぎても、興味を惹かれる作品は見当たらない。

梨々香はあのクジラのぬいぐるみを抱きしめながら私の隣にいる。

「なんで女子高生が主役のアニメがこんなにたくさんあるの？」

「視聴者に心理的ストレスを与えないためじゃないかな」梨々香が言う。「全国大会に進出しようが、アイドルになろうが、巨大兵器を操って世界を救おうが、女子高生の責任——あるいは特権だって思わせとけば、視聴者は安心して自分の現状を受け入れて、ある程度の距離を保ちながら物語を楽しめる。違う？」

「そういうことか。だから女子高生二人が恋をするみたいな話もあるわけか」

「そうそう、『女子高生と恋愛する』ことも女子高生の特権だと設定すれば、異性に縁のない視聴者も傷つかないってわけ」

「だけど、リアルな女子高生がこういう作品を見たら傷つくんじゃないの？　私はアイドルじゃない、全国大会に出場してない、世界を救っていない、当然女子高生と恋もしていない……って」

「でも美優だってそんなアニメ見ないじゃない」

梨々香と無駄話を続けながら、二つの棚をざっくり見て、アニメコーナーの終わりが近付いてきたと思っていたら、外向きに並べてあるDVDボックスに目がいった。それに惹きつけられた理由は少しバカバカしい。まず、表面に貼られた目立つ真っ赤なラベルに、売値がたった五〇〇円と明記されているから。もう一つの理由は、ジャケットのキャラクター全員が眼鏡をかけているからだ。

『電脳コイル』……変わったタイトル」

「そのアニメはちょっと覚えてる。テレビで何度も再放送してた」

「見たことある？」

梨々香は首を横に振った。「すごい分かりづらいSFものだと思ったから見てない」

ボックスを持ち上げ、裏側をめくり、ストーリーのあらすじに目を通した。

「確かにSFだ」と私は言った。「子どもが眼鏡をかけて、本来存在しないものを見るようになるっていう」

「でも私たちの現実世界じゃ、子どもが眼鏡をかけさせられ、本来存在するものを見させなくしている」

「現実はいつだってフィクションよりSF的ね」

「これ見るの？」

「全二十六話、一気見しても無理でしょ」

「今から急いで戻れば……」梨々香はちょっと黙り、頭の中で時間を計算しているようだ。「朝三時過ぎに見終わるはず。昨日は何時に寝た？」

「朝四時」

それで私は梨々香と視線を交わして笑い合い、その『電脳コイル』を持ってレジに行った。

梨々香の家に大急ぎで戻った頃、空がようやく暗くなり始めた。

私たちは一秒も無駄にせず着替え、テレビをつけ、ビニールを剝ぎ取り、ディスクをゲーム機に入れた。六年ぶりにテレビ画面をはっきり見るということもあって、私はかすかに感動を覚えた。十数年前の作品で、DVDということもあり、画質はお世辞にも鮮明とはいえなかったが、かえってそれが条例発表前に梨々香と一緒に見たアニメの数々を思い起こさせた。

ストーリーが進むにつれ、幼い頃の記憶がますます呼び覚まされた。

ほとんどの出来事は、前後の因果関係をもはや覚えておらず、残っているのはあやふやなかけらだけだ。たいていの時期は、二人でそれぞれディティールを思い出さなければ、事実の大まかな様相すらつなぎ合わせられなかった。私たちはアニメに集中せず過去に浸り、回の後半になって前半の話の内容を全く覚えていないことに気付き、早戻しをして見直すこともあった。

だが物語が佳境に入っていくと、私たちはもうくだらないおしゃべりをせず、考えることもやめ、ただ画面に釘付けになり、空腹感を覚えたら梨々香が用意したお菓子をつまんだ。

彼女の両親が帰ってきても、そそくさとリビングに行ってあいさつをするだけだった。

全二十六話を見終えたときにはすでに朝四時半を迎えていた。壮大な旅の終わりが告げられたかのように、心は自然と大きな満足感を覚えていたが、体はもう限界が来ていた。私たちの脳みそはとっくに空っぽで、ティッシュで涙をぬぐいながら、あくびをするぐらいしかできない。見た感想を言い合いたくても、整った言葉が何も組み立てられない。

梨々香は顔を上げると、涙でうるんだ両目で私を三十秒ほど見つめ、何か言いたげだったが、最後はかすれ声で一言、「寝よ」と絞り出した。

今日も昼まで眠り倒すかと思っていたが、朝九時頃に目が覚めた。わずかに身を起こし、ベッドの梨々香に目を向けた。

壁の方を向いていて顔は見えないが、規則的な呼吸音からまだぐっすり眠っていると判断できる。私は起き上がって、テーブルの上に置いたフル充電済みのスマホをつかみ、また布団にもぐった。

しかし数秒後に後悔した。スマホには時間を潰せるものが何もなかった。考えた末、退屈しのぎにあの検索用のウェブサイトを開き、長年の疑問――あのあらゆる液晶モニターを遮断できる眼鏡がなぜ「ガーンズバック」と名付けられたのか――を解決しようと思った。

ウェブサイトにその単語を入力すると、眼鏡の関連情報の他に、大量に出てきた結果は発明家兼SF雑誌編集者のヒューゴー・ガーンズバックに関する情報だ。

画像のページに切り替えた。

その中の一枚は、彼がラジオそっくりの箱を目にかけていた。箱から二本のアンテナが伸び、チャンネルを調節するつまみもいくつかあるそれを彼は「テレビ眼鏡」と呼んだ。もう一枚の画像では、頭に巨大な鉄兜《かぶと》（鉄製ではないかもしれない）をかぶっている。表面は酸素供給チューブとつながっていて、目の部分に二つの穴が開き、そこにレンズがはめられていて、鼻の場所が複雑な構造をした通気孔になっている。この発明は「アイソレーター」と名付けられ、外界のあらゆる雑音をほぼ遮断し、仕事に専念できるのだという。

なるほど、条例が私たちに押し付けているあの眼鏡は、このでたらめな二つの発明品の組み合わせ――「雑音」を遮断できる眼鏡――にすぎなかったのか。

検索結果を再び閲覧し、そのうちの一つにアクセスすると、とんでもない長文で眼鏡が「ガーンズバック」と名付けられた理由を説明していた。見解はほぼ同じで、ヒューゴー・ガーンズバックの美的センスに難のある発明品をいっそう多く列挙し、SF小説の分野に与えた影響に触れているにすぎない。

しかしその文章の署名に、讃岐青年同盟とある。

ロゴのハイパーリンクをたどり、「同盟」のツイッターに飛んだ。

そのツイッターアカウントの位置情報は大阪になっていて、開設時期は条例が発表されたしばらくあとだ。五千人余りのフォロワーがいるが、フォローしているアカウントは二百だけだ。プロフィールに固定しているツイートには相当大げさで不気味な文言が並んでいる――液晶モニター遮断型眼鏡ガーンズバックは、香川県の青少年全員を監視しているかもしれません。

昨日ファストフード店で出会ったあの「同盟」の女の子は、模造眼鏡をかけて登校して除籍されたと言っていた。それ以上細かいことを語らなかったので、どうやってバレたか分からない。眼鏡が本当に監視下に置かれていたら、家でそれを外し、模造眼鏡を使うことすらリスクがあるのかも……。

悩んだ末に私は、「監視」に関する情報をもっと知ることができたらと、讃岐青年同盟にDMを送った。相手からすぐに返信があり、こっちにはさまざまな分野のネタがあり、直接会えるから落ち合う場所を教えてくれと言われた。

まるでスパイ映画みたい――そんな風に考えていると、自分もまさにいまテロ組織を相手にしているのかもしれないと突然意識した。

しかしそれでも私は近所のあのレコードショップの店名を送った。相手もすぐに場所を調べ上げ、確認のために地図サイトのリンクまで送ってきた。

静かで平穏な陰謀を企てると、私は布団をのけて、服を着替えた。物音が少し大きかったせいか、ベッドの梨々香が体をひねり、昨晩泣き腫らした目を開け、私の方を見た。

「レコードショップを見に行ってくる」

「気を付けてね。ドアは閉まると自動で鍵がかかるから気にしないで」

「分かった。そのまま寝てて」

私の言葉は呪文と化し、梨々香はそれを聞くとすぐ頭を枕に戻して眠りについた。

「懐かしい未来」の取扱商品の大部分は、私がさほど聴かないクラシック、次点がジャズで、ロックのレコードは二つのダンボールをいっぱいにしているだけだった。店主はサラリーマンの格好をした若い男性で、事務机に座ってリズム感をあふれさせながらマウスをクリックしている。

このときの私はただここを落ち合う場所として無意識にチョイスしただけだ。

店内には緩やかなメロディーのくせにハラハラさせられるオーケストラが流れている。曲が終わる前に、外からエンジンのうなり声が聞こえてきた。

すると、黒い革ジャンを着た女性が、バイク用のヘルメットを片手に抱えながら入店してきた。『電脳コイル』の某キャラクターそっくりだ。二十歳前後で、ダークブロンドの髪の毛を後頭部でお団子にしている。背中に深緑色の画板を背負い、どこかへ写生に行くみたいだ。

「あなたがLiv？」

私はうなずいた。

「賢いのね。ツイッターで本名を出してないし、自分の写真をアイコンにもしていない」

そう言いながら彼女は名刺を差し出した。

受け取ると、名刺には珍しくもなんともない名前と、副委員長という味わい深い肩書きしか書かれていなかった。

「資料は全部持ってきたから、どこか落ち着いたところで読んで。コーヒーぐらいおごるよ」

そこで私たちは近所のカフェチェーン店に場所を移し、窓際ではない席に腰を下ろした。

「朝食は食べた？」

「まだです」

「ここのパンケーキ、すごくおいしいよ」彼女は注文用のタブレットを見ながら説明する。「量がちょっと多くて、一人だと食べきれないの。お店の人に半分に切ってもらって、一緒に食べない？」

「そういうの本当にいいんですか？　初めて会った人とパンケーキを分けて食べるなんて……」

「私が食べたいだけだから。頑張れば食べられないってこともないいし。本当に一緒に食べなくていいの？」

そこまで言われると、私も了承するしかなかった。

注文を終えると「副委員長」は画板から資料を取り出し、テーブルに置いて私の目の前に寄越した。私も何も言わずパンケーキが来る前に目を通した。

それらは週刊誌に掲載された記事のコピーだった。

最初の記事に書かれているのは、ガーンズバックの製造会社「大山眼鏡」が香川県議会の多くの議員に政治献金し、条例の可決を後押ししたという内容だ。この記事の見解によると、当時の「大山眼鏡」はハイテクノロジー事業への投資が失敗し、経営困難に陥っていたため、新たな市場の開拓を迫られており、そこで数人の目民党議員と共に条例を制定し、可決後に「大山眼鏡」が関連業務を一手に担うという約束を取り付けていた。

二本目の記事はガーンズバックの製造コストと定価が書かれている。記事では、この種の眼鏡を製造する上で、コストは多くても一本二万円は超えないと計算している。だが販売価格は十二万円に達する。この十二万円の内訳は、費用の半分を香川県が負担するが、もう半分は青少年の家庭が支払わなければならない。「大山眼鏡」は暴利をむさぼるとともに、香川県の財政から搾り取っている。

三本目の記事は、高松大学の脳科学教授のデータ捏造に関するスキャンダルだ。条例の必要性を一般人に広めるため、当時の目民党議員数人はその教授の研究内容をずっと採用してきた。それらの研究では、長期間のテレビ視聴とスマホ利用は青少年の集中力と記憶力を減退させると指摘したほか、仰天するデータまで出した。しかしこの報道によれば、関連性を明らかにしたそれらのデータはどれも教授と助手による捏造だった。

四本目は「大山眼鏡」が現在開発中の製品、サヤ型コンタクトレンズについてだ。この記事によれば、性犯罪者にこのコンタクトレンズを付けさせると、彼らの視界に映る人間の表情を凶暴な顔つきに歪ませることにより、性欲を失わせ、再犯を起こさなくさせる。それとともにこのコンタクトレンズは犯罪者の行動を監視し、さらには証拠となる録画映像を直接収集することもできる……。

パンケーキとコーヒーが運ばれてきて、私は「副委員長」と食事をしながら、これらの記事の内容を話し合った。

「感想は？」

「一本目と二本目の記事が真実なら、確かにとても腹立たしいです。私たちの青春がもともとは眼鏡メーカーの業績のためだったなんて」

「でもそれも辻褄が合っている、違う？」

「ええ、とてもサイバーパンクです」私は言った。「もちろん、週刊誌の話を全部鵜呑みにはできませんけど」

「『桶川事件』って知ってる？」

私は首を横に振った。

「調べてみるといいわ。いまはネットができるんだし、そういったものは簡単に見つけられるから」彼女は言う。「この国では三流週刊誌こそ一番信頼に値するのかもしれない。そういった雑誌はどれも香川県で発行されていないから、多少の真実を伝えることができる」

「一番不安な気分にさせられるのは四本目ですね」

「でしょう、同感。あんなに小さなコンタクトレンズで監視が行えるどころか、それ越しに見た光景を会社のデータベースと同期できるなんて、その技術をガーンズバックでやろうとしたら朝飯前でしょうね。もうやってるかもしれない」

「会社が私たちの眼鏡を監視していると証明できる根拠は？」

「模造眼鏡をかけて登校した人がほぼ例外なく捕まえられたのが証拠じゃない？　いまかけているのも模造眼鏡でしょう？」

私はうなずいた。

「ガーンズバックをいつかけて、いつ外したのか、会社で全て記録されているのかもしれない。だから香川県に戻ったあとはくれぐれも気をつけて。深夜になってからかけるか、毎回長時間かけすぎないのが一番よ。そうすれば、ある日いきなり学校の人間から呼び出されて、ガーンズバックの使用記録を突きつけられたとしても、お風呂に入っていただけですとか寝ていましたって言い訳できるから」

「じゃあわざわざ模造眼鏡を作った意味がないじゃないですか」

「模造眼鏡はそれでも普通の眼鏡よりかなり安全よ。以前、自宅で普通の眼鏡をかけていたところを訪問者に見られて、最終的に学校から除籍された人もいるし。とにかく、帰ってからは用心することね。もし本当に何かあったら私たちに連絡してくれていいから。この資料は持っていっていいけど、香川県に持って帰らないのが身のためよ。あなたが本当に私たちの革命に力を貸してくれるのなら別だけど」

「じゃあいいです」私は数枚のコピーを彼女に返した。「革命は崇高すぎて、私みたいな人間は圧制下にある方が向いています」

その「副委員長」はパンケーキを食べ終えると席を立ち、残された私は一人店内に座り、そもそも飲み慣れないブラックコーヒーを一口ずつすすった。

スマホを取り出し、梨々香がもう起きているのかもと思いながら店のワイファイに接続した。数秒後、スマホが「ピコ」「ピコ」と立て続けに鳴った。梨々香がＬＩＮＥとツイッターのＤＭで私に波状攻撃をかけている。

彼女はレコード店に行き、店主から私が不審な人物に付いていったと聞いたのだ。賢い梨々香は自然と「あの女」の正体にピンと来て、その瞬間、怒りに任せてメッセージ全ての文末にいくつものビックリマークをつけていた。

私は慌てて自分の場所を彼女に伝え、カフェのドアの前で待っていると告げた。

店の外に出ても梨々香は一向に姿を現さない。入り口の弱いワイファイの電波を借り、私は彼女のツイッターアカウントのホーム画面を開いた。


カフェのドアの前で顔を合わせてから、梨々香は一言、「海行こ、ケンカにはもってこいだ」と言ったきりだ。

私は彼女について電車に乗った。道中、梨々香は全くの無言で、私の方すら見なかった。駅を出てそれほどもしないうちに、かわいそうになるほど小さい海浜公園に着いた。公園と言っても、サビだらけの滑り台とベンチがいくつかあるだけだ。

少し遠くに大型船が停泊している港が見える。それ以外は広漠とした海しかない。

私たちはベンチに腰掛けた。磯の香りが混じった風が頬をなでる。若干肌寒いが我慢できないほどではない。

「時間は大丈夫？」

「もともと自由席を買うつもりだったから、何時に帰っても大丈夫」

「じゃあいいわ」梨々香は大きく息を吸った。「あの連中はアンタが呼び出したの？」

「ガーンズバックVに監視がついていないか知りたかっただけ」

「無理やりサインさせられてないよね？　サインしてあの連中を支援したことが学校にバレたら、除籍させられるよ」

「『同盟』の人間もそこまで歪んだ性格じゃなかったよ。ただ資料を見せてくれただけ。黙って会いに行ったのは確かに私が悪かった」私は言う。「でも梨々香も私に隠していることあるよね？」

「私が？」

私は少しためらったが、結局は口にした。今日香川に戻るのだから、いま機会を逃せば次がいつになるか分からない。

そんなときが来てからではもう遅いかもしれない。

「梨々香のツイッターアカウントって先月になって作成したものでしょ？」

「それが何？」

「それって私が模造眼鏡を作りに行きたいって相談したときだよね。それに、梨々香のフォロワーはみんな『相互フォローbot』でしょ。これがどういうことかはとっくに調べてある。別の言い方をすると、梨々香のアカウントのフォローとフォロワーで生きている人間は――そう、私だけ」

「そういったことの飲み込みは早いね。でも美優にこっちにいる私の友達と関わりを持ってほしくないから、わざわざ新しいアカウントを作成しただけかもよ」

「でも梨々香、この二日間一緒にいたけど、地図を調べたり時間を確認したりする以外で、一回も自分からスマホを見ることとなかったでしょう。アンタたち『現代社会』の人間にしてみたら、ちょっと異常じゃない？」

「確かにかなり異常だね」彼女はため息をつきながら首を振った。「テレビでこういったミステリードラマを見るたびに、こいつら名探偵は一日中根掘り葉掘り聞いて、どこにいようが他人の傷跡をさらけ出すから、こんなうざい奴らと友達になりたい奴なんかいるわけないだろなって思ってた」

「ちょっと心配なだけだよ」

「ちょっとだけなの？」

「すごい心配」

「どれもこれもつまらないことだよ。そんなことで悩んでいたら、私まで本当に嫌になるぐらいつまらなくなる」梨々香は灰藍色の海を見つめながらゆっくり話す。「こっちの友達とLINEグループをつくって、授業中だろうが家に帰ってからだろうが何人かでそこで会話していた。でもいつからか、私がそこで何を言っても誰も返事をしてくれなくなった――いったい何が原因なのか自分でも分からない、全部成り行きで起こったみたいで。それからそのグループで誰も話をしなくなった。きっと彼女らは新しいグループをつくって、そこでは私をのけ者にしただけなんだろうね。ツイッターも同じ、最初はみんな、誰が言い出したわけでもなく互いにいいねしてた。どれだけつまんないツイートでも、友達のだったらあのハートマークを押せてた。でもあるときから、私のツイートに誰も反応してくれなくなった。お芝居をしていた舞台上の人たちが、最初は台本通りにそれぞれセリフをしゃべって、呼吸を合わせて一丸になって、とっても楽しんで演技しているように見えたんだけど、実はみんな心中不安でいっぱいだったっていう感じかな――自分のセリフのあと、相手が一言も返してくれず、そっぽを向いて他の役者に話しかけたり、全員が新しい舞台に駆け上がって、自分の出番がない演目をし始めるんじゃないかって思っていたみたいに……」

それは私が触れたことのない、液晶画面の裏側の世界だ。

私もいつか直面しなければならない世界でもある。

「そっちに転校したら、こういったこととしばらく離れられるかな？」

「それだってしばしのお別れにすぎないよ」私は言った。「ネットとスマホがない世界だって天国じゃない。ただ形が違うだけで、同じように誰かがいじめられている。でも梨々香と同級生になれたら、私はとってもうれしい――それ以上にうれしいことなんかないかも」

「守ってくれる？」

「もちろん。小さい頃、梨々香が私をいつもかばってくれたみたいに」

「でも、私の親が許してくれるわけないのは分かるでしょ」

確かに、当時あれほど頑なに条例に反対していた梨々香の両親が、今になって自分の娘を谷底に突き落とすことなどするはずない。

「私たちみたいな年齢はこうなんだよ。なんにもできない、どこにも行けない」

「あんなにたくさん本を読んで、映画を見て、英語の歌だって歌えるんだから、美優は青春を謳歌しているんじゃないの？　私を慰めるためにそんな弱音を吐くのはやめて」

「全部単なる暇つぶしだよ」私は言う。「条例が発表されてから、香川県で平穏で差し障りのない青春を無為に過ごそうとしたら、できるのはそれだけだった。バスや電車の待ち時間でいつも何か聞いたり読んだり、もしくは誰かと少し言葉を交わすのが、そうしないとあまりにも退屈だからなのと一緒」

「私も平穏で差し障りのない青春を無為に過ごしたかっただけなんだけど、選択をミスったみたい」

「方法は間違っていなかったはず。単にいい人に巡り会えなかっただけだよ」

「でもいつも美優みたいないい子に会えるわけじゃないから」

「安心して。香川に帰ったら私も、もらったスマホを使って、作るのについてきてもらったあの模造眼鏡をかけて、毎日一緒に無為な青春を過ごすから。どうせ私もアイドルになれないし、全国大会にも出場できないし、世界を救う力なんかそもそもないから、女子高生と付き合う方がまだ現実的だよ」

「遠距離恋愛でも？」

「遠距離恋愛でも」

色のない緑

稲村文吾訳

1

十四章までの脚色作業を終えた私は、スマートグラスとイヤフォンをはずし帰り支度を始めた。スマートグラスとイヤフォン、キーボードはどれも会社のメインコンピュータに接続していないと使えないので、テーブルの上のもので持ち帰る必要があるのは目薬ひとつだけだった。

今日はまあまあ順調に仕事が進み、明日には次の本に移れるはずだ。次もドイツ語の犯罪小説《クリミナルロマン》だとしたら、一週間で六冊の脚色を済ませるのも現実的になってくるし、私にとっては最速の記録になる。でも同僚のなかには毎週二十冊の作業を終わらせる人もいる。〈ガヴァガイ〉が疑問ありとマークしてきた文章だけに手を入れるなら、私もいまより仕事が速くなるのかもしれない。しかし私は、あまりにぎこちなかったり文脈に合わない表現は絶対に手直ししたくなるし、自分の語感すらもつねに疑って、音声合成システムに脚色後の文章を読みあげさせている。初めは自分の声とあまり違わない声を選んだけれど、すこし使っているとなかなか恥ずかしくなってきて、デフォルトの中年男性の声に戻すことになった。

人の手で脚色した小説は一冊につき一ポンド高く値段が付くし、保守的な読者には脚色を経《へ》ていない小説になじめないという声がある。ただすこしまえのダラム大学の調査では、機械翻訳した文章が人間の脚色を経ているかはっきりと判別できたのは、三十歳以下の読者で二十パーセントに満たなかったという。それに中等学校《セカンダリースクール》の生徒のなかには、脚色されていない文章はたくさんの修飾だとか遠回しな表現が入っていないから、〝このほうが読みやすい〟という意見もあった。

私の両親は保守的なイギリス人で、近所の人から〈純正英語《クイーンズ・イングリッシュ》戦線〉の活動員だと誤解されたこともあった。もちろんテロリストなんかではなく、聖職者としてだれよりも法に従っているけれど。あの二人は、四〇年代までは紙製の《タイムズ》を取っていて、電子書籍を読んだことはないし、スマートグラスを使うことすら拒絶している（母はいつも〝あれはめまいがしてね〟と言う）。さらに大事なこととして、聖職者の大半と同じように、子供を古典文法学校《グラマースクール》へと通わせた。ダラム大学の調査結果を知ったら、もしかすると本当に〈純正英語戦線〉の活動に身を投じてしまうかもしれない。

オフィスを出るころには、すでに帰った同僚もいた。まだ仕事を続けているのは、毎日お昼どきを過ぎてから出勤してきて、九時、十時ごろに仕事を終えたらナイトライフを楽しんでいる人たちだ。

今日の運は悪くない。会社の建物を出たところには、一人乗りの自動運転タクシーが停まっていた。ここ二日は二人乗りにしか乗れなくて、ずいぶんと高い料金を払わされた。乗りはじめて十年にもならなかったヴィッキーが廃車になってから新しい車は買わず、私はいつもタクシーで通勤している。

車内に腰を落ちつけると、座席をリクライニングにしてすこし仮眠を取ろうとしたけれど、さっき脚色していた本の血なまぐさい情景を思いだしてどうしても頭が落ちつかなかった。望んでもいないのに、無意識に文字の集まりを映像として想像してしまう——昔からの癖だ。今度もドイツ語の犯罪小説。あの分野の小説はほかの地域ではほとんど絶滅しているというのに、ドイツ語圏の人たちだけは飽きる様子もなくあのような物語を作りつづけている。

私がグラマースクールに通っていたころ、犯罪小説の人気はまだ色あせるまえで、全世界の書店や出版社を支配していた。率直に言って私は、白人男性が女性を惨殺する変わりばえのしない話がすこしも好きになれなかったのに、クラスの人たちはよく私に読めと勧めてきた——ひとつひとつになにか違いがあるようには思えなかったけれど。あの分野の小説の全盛期には、文学を志す若者の多くが、利益を重んじる出版社に強《し》いられて犯罪小説を何冊か書き糊口《ここう》をしのいでいた。毎年、何冊ものベストセラーが映画化され、そしてただちに忘れられていった。作家たちは惨殺の手段を考えだすために、十六世紀の魔女狩りの記録に目を通したり、もしくは医学雑誌を読んで被害者に注射するのに向いた新しいウイルスを探しもとめたりしていた。心理学者に手紙で教えを請《こ》うのも、幼少期にどんなひどい体験をすれば人は連続殺人鬼に変わるのかを知りたいだけ。経験を積んだ検視官がネット上で人を集めて金を取り、鼠も殺したことのない小説家たちに対して、足の指を切られたり、硫酸を飲まされたりした人間がどんな反応を見せるかを説得力を持って講義することもあった。

でもその時代は終わることになった。いまのイギリスで、まだああいった本を読んでいるのは私の両親の世代だけだ。私の上司は、映像生成技術が進歩したことが犯罪小説のブームに終止符を打ったのではないかと考えている。現在いちばん売れている小説は、『第七の輪《セブンス・リング》』や『修道士年代記《ブラザーズ・クロニクル》』といった新鮮な視覚体験を売りにしたファンタジーだ。

ただ確かなのは、私はドイツ語の犯罪小説を読みたいとは思わないし、本のなかの情景にときおり気分を悪くすることもあるけれど、それを脚色する仕事は気楽なほうだということ。文学翻訳ソフトは法医学の専門用語を処理するときも間違いを犯したことはないし、文章のなかの大量の描写だって、そもそも情景生成ソフトを使って作られたのは間違いない。厄介なのはフランス語やイタリア語で書かれた恋愛小説だ。私はしょっちゅう、延々と続く甘い言葉の脚色に大量の時間を費やして、冷めた気質のイギリス人が読んでもそれほど吐き気を催《もよお》さないものにできるよう苦労している。

眠れなかったので車に設置されたイヤフォンを着け、二〇年代の流行音楽にしばし耳を傾けた。三十歳になってからというもの、自分が生まれるまえのこうした音楽のほうが好みに合うような気になりだしている。

家へ帰ると、整理の追いついていない蔵書をおそるおそる避けて、まずはシャワーを浴びることにした。毎日、家を出て出勤するときと、がらんとした家へ帰ってくるとき、どちらもある程度の気力が必要だった。同僚が言うにはロボット犬を飼えばいい、ひとり暮らしの女性は大勢そうしているからとのことで、当人もその一人だった。ただロボット犬は紙製品を噛みちぎってしまうらしいから、聞かなかったことにしておく。シャワーを終えるとちょうど八時を過ぎたところで、冷蔵庫を開けて食べるものを探すまえに、オークションサイトに追加された商品がないかを確認しておこうと私は思った。

いつからだったか、前世紀の印刷物を収集するのは私の生活にわずかに残された趣味になっていた。好んで集めているのはおのおのの原因で電子化されていない本だ。ここ数年は、世界各地の図書館がつぎつぎと閉館しているせいで、珍しい本がかなり市場に流れてきている。ベルリンの壁が崩壊するまえ、ドイツ民主共和国《東ドイツ》ではたんにプロパガンダのためだけの小説がそうとうな量書かれ、いまではそうした本はドイツ語文学の汚点であり抹消するべきだと考えられていて、ほとんどが電子化されていない。同じような事態は東欧でも広く起きている。内容自体にたいして興味はないけれど、その本がまだ――あるいは、永遠に――電子書籍として存在しないのだと思うと、オークションに手を出す衝動を抑えられなくなる。

書架から丸めてあったフレキシブルＰＣを手に取り、テーブルの上で広げた。四年使いつづけているＣＰＥ９５８はいろいろな機能が時代遅れになっていて、全体をテーブルへ載せているときでも新しい機種のように自動で平らになってくれず、グリップの間のわずかに持ちあがった部分を押しこまないと、シート状のディスプレイは固定されてくれない。

ＰＣが立ちあがると、さっそくボイスメールの通知が顔を出した。エマからだ。

きっとまた、ロンドンに戻ってきてなにかの学術会議に出席するからついでに私と会おうというのだろう、そう考えながらメールを開くと、まったくの予想外の言葉を聞かされることになった。

「ジュディ、もう聞いた？　モニカが自殺したんだって」

相手の声は落ちついている。言葉の意味を理解するまで何秒かかかった。〝モニカ〟と〝自殺〟という二つの単語がつづけて出てくることがあると考えたことがない。私にとってそれは、文法的には成立しても意味の通らない文章のようなものだった。

でも、エマがこんな冗談を言うことはない。事実はすぐに受けいれないといけなかった。

リアルタイム通話をしないとと思ったけれど、向こうの都合はどうだろうか。迷っているところへ、エマから通話のリクエストがあった。もしかすると向こうは既読通知の機能をオンにしていて、私がメッセージを聞きおえたらシステムが通知を送っていたのかもしれなかった。

「モニカが自殺した」通話が始まり、エマはもう一度繰りかえした。その言葉が消えると、どこか行きの飛行機への搭乗をうながす放送がうっすらと耳に届く。「あの子のお母さんから連絡があって」

「いったいいつ……」

「おととい」エマは、事実を告げるのにふさわしい口調で事実を告げた。「昨日、学生が家を訪ねて死体を見つけたらしい」

「でも、どうして？」

「お母さんの話だと、遺書は見つかってないって。警察が調査中」

「最後にモニカと連絡をとったのはいつ？」

「二年まえだね」エマは答える。「〈パシテア〉のヴァージョン６・０を発表したときにメールでお祝いしてくれて、ついでに数学関係の質問も送ってきたんだ。あたしはその方面は詳しくなかったから、同僚のアドレスを教えてあげたけど」

「私はもう五、六年も連絡してなかった」

私の答えを聞いて、エマはしばらく黙りこんだ。

「とりあえずイギリスに戻る予定で、お葬式が終わったらロサンゼルスに帰ろうと思ってる。モニカのお母さんはジュディにもお葬式に来てほしいと思って、ただ連絡先がわからなかったからあたしが知らせることになったわけ。お葬式は明後日だけど、予定はどう？」

「うん、休みは取れる」

「あと、バーミンガム大学の計算言語学研究所の主任、だからモニカの上司にも連絡をとったんだ。そしたら、モニカはすこしまえに七百ページ超えの論文を完成させてて、ただ発表はしないで、同僚にも見せてなかったらしい。読んでみるつもりはあるかって訊かれた。あたしは明日そっちへ行くつもりで、朝にバーミンガムに着く便のチケットを取ってあるんだ。面会の予定は明日の午後で……」

「だったら私、明日の夜にバーミンガムへ会いに行くよ」

「ジュディ、こんなことを言うのは変だってわかってるけど、でもほら、あたし、こういうことは苦手だから……自分がなにかやらかすんじゃないかって心配で。ほら、あたしはいろんなことでやらかしてきたから」ひどく心細そうな声だった。「できたらあたしがバーミンガム大学へ行くとき、付いいてきてくれない？　あのときみたいに……」

十四年まえ、エマがインペリアル・カレッジの面接へ行くときも同じような頼みを受けた。それで私とモニカが付き添いで行くことになったのだ。

いまでは私しかいなくなった。

「付いていくのはいいけれど、どう名乗ればいいの？」

「あたしの助手だって言えば、疑われはしないって」答えが返ってくる。「実を言うと、いまあたしのやっている研究も、もしかするとジュディの助けが必要になるかもしれないんだ。まあそれはあとの話として。明日の午後二時にバーミンガム大学の近くで落ちあうのはどう？」

「空港に行かなくてもいいの？」

「それはいいよ。午前中は何通かメールを書かないといけないし。同僚に急遽《きゅうきょ》プラハの会議へ出席を頼むことになって、伝えておくことがいくつかあるから、空港でカフェに入って片づけるつもり」

「だったら午後に大学のあたりで。そのときまた連絡するよ」

「また明日ね」

通話が終わると、私はじっと椅子に沈みこんで、心ではまだモニカの死を受けいれられずにいた。あの子についてのすべては、とうに遠い記憶となっている。悲報を聞いて真っ先に湧いてきた感情は、たぶん悲しみではなく、懐かしさだった。かつてモニカと過ごした日々は懐かしく思えて、だけどあんな時間はもう永遠に戻ってはこない。何度か深呼吸をして、私は上司へ金曜の休暇を申請するメールを書いた。さいわい、いま手元に急ぎで出版する必要のある本だとかはない。ディスプレイに文字を打ちこんでいると、唐突に腕へ涙が落ちた。息を整え、メールを書きおえたあと、思うぞんぶん声を上げて泣いた。

2

校内から選ばれ、青少年学術財団のプロジェクトに参加したとき、私は十六歳の誕生日を過ぎたばかりだった。それまでの数年間にグラマースクールは招待を受けていなかったし、あのあとも与えられなかったはずで、私が参加したあの年だけ、財団はすこしばかりの〝それまでにない声〟がプロジェクトに必要と考えて、私の母校に三人の枠を配分したのだった。そのとき私は、向こうの言う〝それまでにない声〟というのが私たちへの嘲笑の声でないことばかりを祈っていた。

班分けの段階ですでに、私は自分がこのプロジェクトに似つかわしくないことを意識していた。大多数の班は、名前を見ただけで自分の知識の範囲を超えていることがわかった——数理論理学班、統計学班、機械学習班、遺伝子工学班、それにゲーム開発エンジンを研究するチームまであった。こういった班が、初等数学と初歩のプログラミングしか勉強していない参加者を歓迎するはずがないのは明らかだ。はじめ私は歴史学研究班に声をかけてみて、向こうも私の語学力がどこかで研究に役立つと考えてくれたけれど、みんなの目標が複雑系理論で歴史をシミュレートしたり、未来の動向を予測することだと聞いて、私は参加するべきか迷いはじめた。〈ファウンデーション〉シリーズを読んだことがあればかならず抱くであろう野心であっても、どう考えても二年間で達成できるような課題には見えなかった。

同じ学校から来た二人は、神学研究班の立ちあげを主催者側に申請して、承認されていた。グラマースクールに通っているのはほとんどが私のような聖職者の家庭の子供で、将来にもほとんどが聖職者となるのを目標にしている。出願ページを開き、そこへ加わろうと考えていたそのとき、神学のほかにもう一つ、言語学班が新しくできているのにふと気づいた。申請者はモニカ・ブリテンという女の子。そうして、私は深く考えずに自分の研究の目標を決めた——言語を学ぶのは好きだし、言語が背負っているものを知ることにも興味があるから、ここが自分にいちばん合っているかもしれないと。

プロジェクトでは、学業の余暇を使って研究を進めることになっていた。ただ参加者は全員、大学への出願のときになればここでの成果が学校の成績よりはるかに重視されることをよくわかっていた。毎週末には財団のビルの会議室を使うことができ、必要があれば申請を出して、ロンドン市内のいくつかの大学で実験設備を借りることができたし、ある程度の研究費の支給も受けられる。ほかにも財団は、さまざまな分野の専門家を紹介して、参加者たちが研究で遭遇した問題を解決する手助けもしてくれた。

財団のビルは三〇年代のいちばんの流行《はや》りだったモノトーンの様式で、模続主義《シーケンシズム》の建築家、サヤコ・ワタナベの〝白の時代〟の代表作だった。なんでも、毎年外壁塗装を維持する費用だけで、私たちの参加したプロジェクトを運営する経費をはるかに上回っているという話だった。初めて討論に参加するその日、私は七階のメビウス風の回廊で道に迷ってしまった。〝言語学班〟と貼りだされた小さな会議室の木のドアを見つけたときには、予定の時間をすでに五分過ぎていた。

深く一度息を吸って、ドアを叩き、反応がないのでノブを押すと、鍵がかかっているのに気づく。そこに、慌てた足音が廊下の向こうから聞こえてきた。

「ごめんなさい、遅くなって」

振りむくと、同じくらいの歳の女の子が息を切らしながら走ってきて、私から半メートルのところで足を止めた。栗色の髪と緑色の瞳の子。着ているのはVネックのセーターで、その下には白いブラウス、あとはチェックのスカートと、黒のニーソックスにローファーを身につけている。四〇年代の末には生徒に統一の制服を強制する学校はほとんど消えかけていた。セーターの胸元にあるヒナギクの紋章を見れば、相手がイーディス・スクールの生徒だと判断するのは難しくなかった。

「こっちもいま来たところ」そう答える。「この階、まるで迷路みたいだね」

「私もこの建物に惑わされたわ」相手は磁気カードでドアを開けた。「エレベーターで七階に来て、傾斜に沿って上がっていったら八階のオフィスエリアに着いて、そこからは階段を下りないとここにたどり着けなかったんだから。はじめに八階へエレベーターで行ってから、傾斜を下りてきたほうがかえって楽だった」

小型の会議室へ足を踏みいれると、なかには大きくない丸テーブルがあり、まわりに椅子は五脚置いてあった。大人数の班は六階の大会議室が割りあてられているらしい。

「このビルはなんでこんな設計なんだろうね」

「もしかして、参加者の頭がじゅうぶんに回るか試そうとしたんじゃない?」向こうは、ドアからいちばん離れた椅子に腰を下ろした。「どうやら私は不適格だったようだけど」

「私だって遅れたし」

背後でドアはひとりでに閉まる。私たちはテーブルに向かいあって座った。

「どうか研究がうまくいきますように」相手は苦笑いしながらそう言う。「私はモニカ・ブリテン、この班の設立者」

「ジュディス・リス」

学校の上級生に自己紹介すると、決まってその名前はどうつづるのかと聞かれて、その次に祖先はウェールズ人なのかと聞かれた。ただモニカの質問は違った。

「〝ジュディ〟と呼んでもいい?」

私はうなずく。

「ジュディ、新しくできたこの班に参加してくれて感謝しているわ。なにか取りくみたい課題はある?」

「ヨーロッパの言葉をいくつか勉強したことがあるだけで、言語学はぜんぜん知らないんだけど」私は弁解した。「グラマースクールに通ってるの」

「いくつも言葉を勉強しているだけですごいって、私はフランス語がすこしわかるだけだし」

「どうして言語学に興味を持ったの?」なにげなく口にしたあとで、ずいぶんと失礼な質問をしてしまったことに気づいた。まるで、ちょっとフランス語がわかるだけのお前には言語学に興味を持つ資格はないと言っているみたいだ。ただモニカは微笑みを浮かべて質問に答えてくれた。イーディス・スクールに通うお嬢さまならではの寛大さゆえだったのかもしれない。

「まえの学期で、計算言語学の選択授業を受けたときにとても面白いと思って、大学でもその方面に進みたくなったの」

どうやら、この班の正式名称は〝計算言語学班〟ということになるらしい。そうとわかっていたら、同じ学校の二人と一緒におとなしくトマス・アクィナスについて研究していたのに。

「ごめんなさい、私にわかるのは初等数学だけで、しかもあんまり得意じゃなくて。ぜんぜん力になれないかも」

「でも、いろいろな言葉がわかるんじゃないの？　きっと、私たち二人で取りくむのにぴったりの研究があると思うわ」

「この二人だけなの？」

「いまのところは二人だけ」そう答えがある。「もしかするとほかの班を抜けてきて、ここへ来てくれる人がいるかも」

「ということは、数学の手段をどう使えばいいかまったくわからないグラマースクールの生徒と……」

「それに、外国語なんてほとんどわからない班長。これは前途多難だ」口を引きむすんで首を振る。

「どう、別の班に変えようと思う？」

「ここより合った班があるわけでもないし」神学にはぜんぜん興味がない。それに私がここを抜けたらモニカ一人が残ることになって、この班が取りやめになるかもしれない。「歴史学班の人とも話をしてみたけれど、あの人たちはラプラスの悪魔みたいに、人類の歴史をすべてシミュレートすることを考えてたの」

「狂気の沙汰の考えね。ひとつ私たちも、コンピュータで人類の言語の進化史をシミュレートして、ついでに予測もしてみる？」

「なおさら難しくなるだけでしょう。だって言語の進化となればいっそう外部の要素から影響を受けるんだし。政治、経済、戦争、人口移動……」

「だったら、歴史学班が向こうで〝ラプラスの悪魔〟を作りあげてからでないと、研究は始められないということか」

「そうだね。でも、どう考えても完成はしないから。すくなくとも二年のうちにできるはずはない」

「機械翻訳のことをやってみるのはどう？」モニカが言った。「そのほうの研究だったら、私たち両方の長所を生かせるかもしれない。たとえば市場でよく使われている翻訳ソフトをいくつか持ってきて、ミスが起きやすい文章をある程度試したら、あなたが翻訳の結果が正しいかを判断して、私がアルゴリズムの方面からどうしてその結果が出たかを分析するの」

「うまく行きそうな気になってきたかも」

正直に言うと、私は機械翻訳にまったく好感を持っていなくて、恨み骨髄に徹すると言ってもいいくらいだった。その分野での技術が進歩するほどに私は、自分があれだけの時間を費やしていろいろな言葉を学んだのが無駄な努力でしかなかったような気分がつのっていた。それでもモニカの提案は受けいれる気になった。私のする必要があるのは機械翻訳の結果のあら探しをするだけだったから。

あら探しなら、ぜひともやってみたかった。

なのにそのとき、モニカは私がなによりも聞きたくなかった一言を付けくわえた。

「私たちの研究はもしかしたら機械翻訳の進歩を速めて、すぐにでも人間の翻訳の仕事を完全に乗っ取ってしまうかもね」

3

「じゃあ、ここ何年かモニカは、給料が定まってない非常勤講師だったたって?」エマが問いかける。肩の震えは止まらず、しかもずっと相手と視線を合わせないようにしていて、憤怒を懸命に見せまいとしているところなんだとわかる。

「ブリテン先生は学部生向けにいくつか講座を開いていて、聴講料で生活はしていけましたよ。それにご存知でしょうが、あの人はかなりの名家の生まれだ。経済的に悩むことがあったとは思いませんが」

「でも、あまりにひどい仕打ちじゃない。モニカはいまの時代でいちばん優秀な計算言語学者なのに……」

「われわれも以前はそう考えていました。そもそも採用した理由は、彼女の博士論文が抽象解釈に新たな数学的手法を提供したからです」

「なら正式なポストに就《つ》けさせなかったのはどうして？」

「その研究を続けなかったからですよ。いまに至るまで、くだんの数学的手法の応用について得られた進歩はほぼゼロだ。こちらからも話はしてみたが、その方向で研究を続けるつもりはないようだった」デスクのあちら側に座った主任は肩をすくめる。「というより、ブリテン先生はバーミンガムへ来てから新しい論文を発表していなかったのですよ、ただの一本もね。学術会議にもまったく参加しなかった。学部生への講義も決まりきった内容を読みあげるだけで、しょっちゅう学生から苦情が出ていたんです。講義がなければ学校に来さえしない。なにより不思議なのは、実験設備の使用申請が一度もなかったんです、スーパーコンピュータすらもね。となると、専門的な研究を進めていないと考えるのが普通だ」

「いいや」エマは額に手を当て、インフルエンザにでもかかったかのように重たげに息をつく。そばに座っている私には、みるまにせわしくなっていく乱れた呼吸が明瞭に聞いてとれた。「それはきっと誤解。モニカは基盤寄りの研究をしていたはず——得意分野はそこだったし。数学の研究は、一本のペンと充分な紙があればできる場合が多いから」

「ソフロニツキー教授、それは古典派の時代の数学だ。現在では自動証明の力を借りないで仕事のできる数学者はめったにいない。ましてうちの研究所では……」

そこまで聞いてとうとう限界に達したらしい。

エマが立ちあがる。「あなたが具体的にどんな分野の研究をしてるかは知らないし、知るつもりもない。ただ一つだけはっきりしてるのは、あなたにモニカの研究はきっと理解できないってこと。あの子の博士論文は圏論を土台に構成されてた。圏論が発明されたときには、コンピュータはまだ何十トンもあったの」

「とはいっても数学の研究がいつまでもその時代のレベルにとどまるべきだということにはならないでしょう。それにここは数学科ではない」

「学術的な問題を話しに来たわけじゃないんだけど、カーゾン先生」エマは可能なかぎり礼儀を保ちながら両手をデスクへ乗せた。「あたしが知りたいのはただ、モニカ・ブリテンがここでどう暮らしていたか……」

「もうわかったでしょう」

「そうだね、もうわかった。ここのだれも、モニカの研究は理解できなかった」

「あちらもわれわれの理解を求めていなかったんですよ。いったいなにを研究しているかすら知らされなかった」エマに怒りの目を向けられ、主任は心外だというような顔で見かえした。「今回の論文を読めば答えがわかるのかもしれませんが。ただまだ読めていませんのでね。おわかりでしょう、職員にああしたことが起こると、どうしてもいろいろと片付けないといけないことが持ちあがる。たかが非常勤講師でも……」

主任はエマを完全に怒らせた。

エマは首を振り、戸口に向かって歩いていく。私も追いかけた。背後からため息が聞こえてくる。

エマはドアノブを握って、ただすぐには開けなかった。振りむいて口を開く。

「そうだ、カーゾン先生、例の論文をあたしのアドレスに送ってもらえる？　アドレスはカリフォルニア工科大のサイトで見つかるので」

「王室勅許言語学会で却下された論文のことなら……」

「却下？」エマは手を放し、主任へ身体の正面を向けた。「どういうこと」

「午前中に学会から連絡があったんですよ。たった数日まえに、彼女の論文を不採用にしたと」

「なら、それが自殺の理由だと？」

「かもしれません、ただ」主任は言葉を切る。「それなりの学者になればその程度の打撃で思いつめることはありませんが」

「モニカはそんな〝それなりの学者〟なんかじゃないの、カーゾン先生」エマが答える。「あの子は天才」

そう言いおえると、エマはドアを開けて部屋を出た。

あとを追って二十面体の建物を出ていき、芝生を突っ切ると、エマはプラタナスの木の下のベンチへ座りこんだ。私も横へ腰を下ろす。

芝生には一人の姿もなく、自動草刈り機が一台ゆっくりと動いているだけだった。

「あたし、またやらかした？」ベンチの背もたれに頭をあずけて、枯葉に覆われた木の枝を見上げながら訊いてきた。

「これでこそエマらしいと思う」私は言う。

現代で第一に名前の知られた計算言語学者のエマは、自然言語でのコミュニケーションはそこまで得意でないらしい。ただきっきモニカの上司が折々で見せた反応からすると、学術界ではまったく珍しくないことのようだった。十何年かまえに、感情コンピューティングはとくに発展の遅い分野だと二人から愚痴を聞かされたのもわかる話だった。

「学会にメールして、いったいどういうことか聞いてみる」

そう口にして、エマは旅行鞄からコルク栓ほどの大きさに圧縮された最新のフレキシブルPCを取りだした。端の面へ指を当てて指紋認証が済むと、PCは自動的に展開して固定される。私のほうもあのCPE958はお払い箱にしたほうがいいのかもしれない。ボイスメールの録音を始めてまもなく、さっきの自動草刈り機が足元へと進んできて、ひどい騒音も連れてきた。エマが足を上げてそいつを蹴り転がしたのは、無意識の行為のようにも見えた。草刈り機はひっくり返された亀のように転がっているしかなくて、騒音はすこしもおさまらない。仕方なく、私は立ちあがって草刈り機をすこし離れたところへ運んでいくことになった。

エマのところへ戻ってくると、メールの録音は終わっていた。

それからエマは、二人乗りのタクシーを呼んだ。乗りこんだあと向こうの近況を聞いてみる。〈パシテア〉は近いうちに重要なアップデートを控えていて、当を得ない描写であっても文脈算定を通し、膨大な年代データベースを参照して映像生成が実現できるという。今世紀の初めに日本や中華圏で流行を始めたキャラクター小説は、これまで〈パシテア〉のいちばん苦手とするテキストだった——その対極にあったのが冗長な描写で埋めつくされた十九世紀のイギリス小説で、バージョン3・0までのシステムはほとんどこの範囲の作品にしか役立たなかった——来年の四月に発表予定の新しいバージョンでは、情景描写の手薄なテキストはもはや難題ではなくなり、システムはなんの支障もなく視覚効果や仮想空間を生成するという。

タクシーは都市間高速軌道へと乗りいれ、エマがメールを一通受けとった。PCを出して目を通すとそれきり黙ってしまう。車が軌道を降りて、ウェストミンスターの狭い道で混雑に巻きこまれたころ、ようやくふたたび口を開いた。

「私は〈ヘシオド〉の研究を続けるから。BHLグループのプロジェクトとしてでなく、自分の興味に従って」

「グループ側はアップデートに不賛成なの?」

「向こうはベータ版で充分使いものになると思ってる」そう答えがあった。「うまく説得できなかった。まあ、この研究はそこまで経費がかからないから、時間が空いたときの暇つぶしだと思えば。〈パシテア〉には対《つい》になってくれる文章記述システムが必要なんだ。いろいろな画像や動画だったり、仮想空間だったりから文章記述を自動生成するには、いまのシステムではるかに不充分」

「うちの会社で売ってるゲーム原作の小説も、ベータ版で作ったんだった。私が脚色したのもあるけど」

「でもいまの〈パシテア〉ならいろいろな文章スタイルを突っこまれても計算ができて、まったく違う視覚効果を生成できるよ。いまのところこのプロセスは可逆的じゃない。たとえば〈パシテア〉が生成した仮想空間から、〈ヘシオド〉の処理で文章記述を生成させて、その文章から新しく仮想空間を生成すると、まったく違った結果が出てきてしまう――なにが言いたいかはわかるよね？」

「わかる。五十年まえの翻訳ソフトを使ったら、英語をフランス語にしてまた逆に翻訳すると、意味のわからない文章しか出てこないみたいな。そういうことでしょう？」

「そういうこと。新しく生成された仮想空間はだいぶ作りが粗《あら》くなる」エマは車に用意されていたスマートグラスを手でもてあそんでいた。車に配置された端末は安物で、記録されている仮想空間は百にもならないし、解像度もかなり低い。「あたしはそのプロセスを可逆的にしたい。そうしたら今後〈パシテア〉をアップデートするのにもだいぶ都合がいいよ。でもグループの上層部はそう考えてない。〈ヘシオド〉のアップデートに商業的な価値はないと思ってるんだ」

「うちの上司だったら多少興味を持つかも。出版社に支援を頼んでみたら？」

「遠慮する」スマートグラスをもとの場所へ戻し、首を振った。「出版社はお金がないから」

車はエマの泊まるホテルのまえで停車し、ただエマはすぐにチェックインの手続きを始めることはなかった。私たちは近くでイタリア料理店を見つけた。思えば、あのころ財団の食堂で、モニカは毎回同じパスタを頼んでいたんだった。ニンニクに唐辛子とオリーブオイル、この材料の組みあわせはずいぶんとモニカのひらめきを刺激したらしい。食事の席で突然思い浮かんだ解決策はかなりの数あった。

偶然だけれど、エマは三つの食材をすべて苦手にしていた。

モニカの死について、まだどうにも現実味を感じることができない。明日お葬式に参加して、死に顔を見てようやく事実を受けいれることができるのかもしれなかった。モニカの好きだったパスタを食べるだけでも、なんだかあの子がどこかでまだ生きているような錯覚を感じてしまって、いつか一緒にランチへ行くことさえ期待してしまう——昔と同じように。

ホテルまで送っていったら帰るつもりだったけれど、エマに泊まっていくのを勧められた。学者として数十件の特許を保有しているエマなら、当然プレミアムスイートに泊まる余裕がある。それとおそらく、部屋を予約したのは助手で、本人は写真も見ていないだろうと私には確信できた。エレベーターで最上階へ向かうあいだ、エマは一つのベッドでどうすれば二人が寝られるか心配していたけれど、実際に部屋へ入ってみるとベッドにはすくなくとも四人は悠々と寝られるのがわかったから。

私は出張の必要がほとんどないけれど、たまにフランス支社へ出張で行くときには、自動化設備を付けていない昔ながらのホテルを選んで泊まることにしている。自動化設備は便利ではあっても、どうしてもさまざまな記録が残るし、私には自分が接待システムに監視されているように思えてしまう。これについては以前のニュースで、自動化設備を売りにしたホテルのなかには宿泊客の身体情報を記録して、それどころか一挙一動を盗み撮りしてシステムに分析させているところもあるという話があった。

このスイートルームにも自動化設備は設置されていたけれど、無効にすることができた。私はオフのスイッチを押す。

「湯船から立ちあがったらロボットアームが伸びてきてタオルを渡してくるなんて、気味が悪いと思わない？」エマに向けて言う。「まるでお風呂から上がったのをシステムが察知したみたいで」

「原理を考えれば単純なんだけどね。ただジュディの言うとおり、システムがそうやって反応するにはこっちの動作を捕捉する必要がある。あたしも自動化設備はそんなに好きじゃないな。反応しすぎるときがあるから。人にボイスメールを送ってるときにも、言う単語によっては指令が飛んでいっちゃうとか。だからクリスティーナには、自動化設備を無効にできる部屋を取るように頼んでおいたんだ」

エマはスリッパに履きかえ、上着を脱いで、ソファに腰を下ろし、旅行鞄から圧縮されているフレキシブルＰＣを取りだして、ただ広げはせずにそのまま目のまえのローテーブルへ置いた。左に並んで座ろうとしていたら、エマはそこへ倒れ、上半身をまるまるソファへ横たえた。

「それ関係の研究に関わったことはないの？」

「あるよ。チェーンのホテルのために、宿泊客と会話できる人工知能を設計したことがある。そのシステム、試用を始めてしばらくしたら罵詈雑言を言いはじめて、しかもまえに泊まった客のことをつぎの宿泊客に話して聞かせるし、そのうちセックスの声の真似まで始めたから、ホテルの経営者は発話の機能をオフにして、音声認識の部分だけ残したんだった」

「一人でホテルに泊まったら自動化システムが突然話しかけてくるんじゃ、かなり仰天しそうだね」

「仰天するよ。そのプロジェクトのときは、最初わりと性能のいい音声合成器を使ってかなり本物に近い声を再現してみたら、試用のときに全員怖がっちゃって。まるで部屋に知らないだれかがいるみたいだって。二十年まえの合成器に変えることになって、出てくる声は抑揚のかけらもなくなったけれど、かえってそのほうが安心して接することができるんだ」

「じゃあ結論は、話はさせないほうがいい、どうしても話すならあんまり本物らしくないほうがいい、ってこと？」

「そう、そういうこと。最新の音声合成技術はめったに実用へ出てこないんだ。怖がらせちゃうから。同じ理由で、ずば抜けて本物らしいアンドロイドをだれかが開発したとしても、きっと売り先はないと思う」そう話して、エマは座りなおした。「先にお風呂行ってくる」

言いながら立ちあがってバスルームに歩いていき、その戸口で足を止めた。こちらを振りむいて、「PCが鳴っても放っておいて、ただのメールの通知だから」と言いのこす。そのあと、向こうへ入っていってドアを閉めた。一分ほどして、バスルームから水音が聞こえはじめる。

私はバッグから小型の書籍リーダーを取りだして、スイスのドイツ語作家の新作を読みはじめた。何年かまえ、この作家の処女作を脚色して深く印象に残った。ただイギリスでのその本の売れ行きはあまり順調でなく、それからはどの出版社も彼の小説を翻訳する気をなくしている。先週発売されたばかりのこの本、『ヌーシャテル湖畔の羊飼い』は、ヨハン・ハインリヒ・ペスタロッチの教育活動を題材にしている。私はペスタロッチが孤児院を建設するところまで読んでいた。この本がイギリスで出版される可能性はほぼゼロだと察することができる。

水の音はいまもとぎれとぎれにバスルームのほうから聞こえてきていて、そこに属七和音《セブンス》の響きが耳に届いた——エマのＰＣの鳴らした音だ。私は放っておき、本を読むのに戻って、三百行くらい読みすすめたところで、白いバスローブを着たエマがバスルームから出てきた。

その髪から水滴がしたたりつづけているのを見て、なにも言われてはいないけれど私はドライヤーを取ってきて手渡した。

エマがドライヤーを使っているところに、ふとさっき聞こえた属七の和音のことを思いだして知らせる。「さっき、エマのＰＣが鳴ってた気がする」

「たぶんバーミンガム大学からモニカの論文を送ってくれたんだよ」そう言って、ＰＣに手を伸ばす。

「じゃあ、私も入ってくる」

バスルームの入り口まで来ると、やたらと大きい浴槽が目に入った——いや、湯船と呼んだほうがいいかもしれない。エマの脱いだ服はぜんぶドアを入ってすぐのかごに入っている。鏡のそばにバスローブがかかっていて、使うまえのタオルもあった。

「冗談じゃない！」

憤りのこもったエマのひとりごとが聞こえてきて、振りむくと、平坦に固定されていたフレキシブルＰＣを持ちあげて乱暴に床へと叩きつけている。衝撃を受けて、ＰＣはたちまち軟化して収縮を始めた。

コルク栓くらいまで縮んだＰＣまで歩いていって拾いあげ、エマのところへ行って、相手の気分が落ちついたらＰＣを渡そうと思った。顔を上げて私を見る目にはまだ憤懣がこもっていて、口の端が絶えずひくついている。

「バーミンガム大学の人はなんて言っていたの？」

「大学じゃない」首を振る。「言語学会から来たメール。どうしてモニカの論文を却下したかの説明だった。どうかしてる。あいつらは〈墓石《トウームストーン》〉でモニカの論文を検証しただけで、証明は成立しないものとみなしたって……」

「〈墓石〉？」

「トリニティ・カレッジで開発された人工知能。数学上の証明が成立するかを検証するのに使う。いまでは学術雑誌のかなりがあのシステムを使ってる」エマは気の沈んだ様子だった。「もう予想はしてたんだ。七百ページ超えの論文がこんなに早く却下されたんだから、きっと人間が検証したんじゃないって」

「どうしてコンピュータに検証をやらせるの？　無責任すぎるじゃない」

「あっちを責めてばっかりもいられないんだけど。モニカの論文はすごく長いし、新しい数学的手法をあっちこっちで使ってるから。博士論文の時点でもう難解で理解に苦労したんだよ。今回は実際にどんな方法を使ったかわからないけど、ただ、モニカの使った数学的手法を把握するのにはそうとうな時間がかかるのは想像できる。あたしだったら少なくとも一、二年は必要。言語学会で離散圏の考えかたに精通しているのは何人もいないだろうから、その知識を勉強するのにさらに時間が必要かもしれなくて、それでやっと検証が始められるし、検証のプロセスも楽な作業じゃないのは間違いない。解析数論の分野の論文だと人の手では検証に十年以上かかる場合があるらしくて、だからトリニティ・カレッジの人はこのシステムを開発したわけ」

「モニカの論文は、いったいどこに問題があったの？」

「それがなにより許せないところ」こめかみを揉みながら答える。「学会の人は理由を説明しなかった。そもそも、〈墓石〉も理由は教えてくれない。あれは論文が成立しているかどうかを判定するだけなんだ」

「理由を教えない？　判定のプロセスは確認できないの？」

「残念だけど、できない。〈墓石〉には説明可能性がないんだよ。どうしても解読するとなると、たぶんとてつもない時間がかかる――モニカの論文を人の手で検証するよりも長い時間が」

そう話して、エマはうなだれるとため息をついた。

腰を下ろした私は、その手にフレキシブルPCを置く。

「〈墓石〉はブラック、ボックス、なんだよ。向こうの人間はただモニカの論文をそこへ入力するだけで、〈墓石〉が結論を出す。そしてあの人たちはその結論を信じて、問題の論文を却下した。論文のどこが間違っていたのかはだれも知らない。いや、もしかすると論文は正しくて、ただ複雑すぎて多項式時間では検証できないのかも、そういう場合だと〈墓石〉は論文が成立しないと判定する可能性がある……」

エマの手から力が抜け、PCはソファへと滑りおちて、背もたれとクッションのすき間へと転がっていった。振りかえって私の目を正面から見つめ、一言付けくわえる。

「……そのブラックボックスが、モニカを殺したのかもしれない」

ブラックボックスに悩まされて、私とモニカの機械翻訳についての研究は、最初の学期のうちに壁にぶつかっていた。

4

初めはすべて順調だった。前世紀の商業翻訳ソフトをいくつか分析することになった。扱ったソフトの原理は基本的にとても単純で、私にも理解することができた。ようするにまずもとになる文章をひとつひとつの語句に分解し、それから辞書をもとに語句を目標言語へと翻訳して、目標言語の文法規則に従って語句をふたたび組みあわせると翻訳の結果が手に入る。この方法は簡単な文章にはいちおう役目を果たすけれど、これで慣用句だとかを翻訳するとなると、おかしなことをしでかすのは避けられなかった。目標言語には似た表現がないかもしれないからだ。

そこで、翻訳ソフトの開発者に対策を思いついた人たちがいた。たとえば固有名詞や慣用句、決まり文句などによって言語データベース《コーパス》を作り、ソフトは翻訳をおこなうときコーパス内に符合する内容がないかを検索する。この方法はたしかに、翻訳の正確さと自然さをある程度高められる。ただ、語義の曖昧さは難題として残った。なかでも、ある単語が起点言語と目標言語のあいだで等価でないときは、大量の問題が噴出してくる。

とくによく例に挙がってくるのは、英語の〝sheep《シープ》〟とフランス語の〝mouton《ムートン》〟だ。英語では

〝sheep〟は羊のことを指すけれど、フランス語の〝mouton〟が指すのは羊だけではなく羊肉——英語の〝mutton《マトン》〟——の場合もあって、二つの単語は等価じゃない。それぞれの翻訳ソフトが語義の曖昧さをうまく処理できるか検証するため、私は〝mouton〟の場合と似たような単語を入れたフランス語の文章を作って、ソフトに英語の訳文を生成させた。原始的な原理を採用したソフトはだいたい〝mouton〟を〝sheep〟としか訳さず、語義が適切かどうかは考えることがなかった。そこで、開発者によっては統計学的な方法で曖昧さを処理していた。わりと広まった方法でいうと、まず二つの言語の平行コーパスを制作してから統計的に処理し、〝mouton〟が草原や牧羊犬、羊毛といった言葉と一緒に現れていたら、基本的に〝sheep〟と訳す。食事や料理に関する動詞とともに現れたら〝mutton〟と訳すわけだ。

続けてモニカは、今世紀初めの機械翻訳ソフトをいくつか分析していった。ソフトによっては大々的に統計学の手法を取りいれて、潜在変数や対数線形モデルを使って（ここの用語はモニカが教えてくれたもので、私にも自分で言っていることが正確かはわからない）翻訳を実現していた。そこの作業に私はほとんど参加していない。モニカは私に線形代数の基本的な知識を教えてくれようとして、こちらも努力はしたけれど、最終的にはあきらめる結果になった。あるときはロンドン大学の講師を会議室に呼んで、モニカは高次空間での線形分離不可能な問題について話を聞いていた。私にできたのは、そばで待っていて紅茶を淹《い》れることだけだ。

初めの学期のうちに、私たちは二〇一三年までの主だった翻訳ソフトをすべて検証しおわっていた。モニカもすこしフランス語がわかったから、重点的に検証したのは英仏間の翻訳だ。ソフトたちが文章を処理するとき役に立ったり立たなかったりする理由を、モニカは毎度すらすらと説明してくれた。でも、ほんとうに厄介なのはもっと後に開発されたソフトで、それらのほとんどが利用していたのがディープラーニングの技術だった。これまでと同じように私たちは、英語とフランス語相互の翻訳を検証して、翻訳の結果を記録し分析した。ただモニカは、私たちの手が届くのは結果の分析だけで、プロセスのすべては隠れ層《ヒドゥン・レイヤー》で完了していることを知った。翻訳の具体的なしくみを説明するとなると、モニカの知識の範囲を超えてしまっているのは明らかだった。

「いまの私には、ニューラルネットワーク構造のうちどれがほかよりもすぐれていて、翻訳の正確さを引きあげられるかはわかる。アテンション機構を導入すれば勾配消失の問題も減らせる。ただ、翻訳の作業が隠れ層でどう行われているかの説明はできないの。ここにある翻訳ソフトは、私にとってはブラックボックスが並んでいるようなもの」

「ごめんなさい、よく理解できないんだけれど」

「大丈夫、私もわからないから」向かいに座っているモニカは首を振った。「それにこれはまだ、二、三十年まえに流行ったディープラーニングだから。そのあとには、スイス連邦工科大《ETH》チューリッヒ校のグループがマリアナ・ラーニングのアルゴリズムを開発して、人工知能が必要に応じてリアルタイムで自分のニューラルネットワークを改良できるようになったの。それまでは可視化が実行可能だったニューラルネットワークモデルも、いまではそこまで隠れ層に入ってしまって、具体的な計算のほとんどは隠れ層のなかの隠れ層で進んでいるというわけ。その機構を採用しているのが、最新の機械翻訳ソフトなの。正確さはおそろしく上がっていて、勾配消失の問題も完璧に解決されているというし、トレードオフといったら完全に説明可能性が失われたことぐらい。私にその分析はできないし、だれにもそんなことはできない」

「それはつまり……」

「課題を変えたほうがいいかもしれない」モニカはいう。「ごめん、ジュディ、私が課題の難易度を見くびっていたせいで、一緒になってこんなに長い時間を無駄にさせてしまって」

「私もいろんなことが勉強できたし」たとえば簡単な文法理論に初歩の意味論の知識、もちろんほかにも、この世に線形代数という学問分野があることとか、matrixという単語に〝母体〟以外の意味があることとか。「その知識は、課題が変わっても役立てられるはずだよ」

そこから私たちは、一時間くらいをかけて今後なにを研究すればいいかを話しあった。どう考えるかというと、モニカの得意分野はコンピュータテクノロジー、そして私の得意分野は歴史言語学で、私たちはその二つの結節点を探すことになるだろう。そこで私は、コンピュータテクノロジーを利用して古代の言語を復元できるかもしれないと提案してみた。それを聞いたモニカは肯定も否定もせず、私のほうも言ったあとで的外れのような気になってきた。たしかに挑戦する価値のある課題で、それに私たちそれぞれの長所も生かせるけど、応用価値はまったくないように見える。でももしかしたらどこかの映画かゲームが、ルウィ語やセロニア語をちょっと話すキャラクターを必要とするかもしれない、なんて……。

そのとき、会議室のドアが乱暴に開いて、私たちと同い歳に見える女の子が入ってきた。ほんのすこし暗い金髪のショートヘアで、輪郭のはっきりした顔の子だった。灰色のパーカーとスキニーのジーンズを身につけている。パーカーはど真ん中にアルファベットの〝A〟が赤く書いてあって、この子も、服をデザインした人もホーソーンを読んだことはないみたいだった。何歩か歩いてきて、このときになって相手の瞳の色がはっきりと見えた——灰色のなかにごくわずかな青、イングランドのいたるところで見られる空のようだった。

「ここは言語学班でいいの？」そう言いながら振りかえる。ドアに貼ってある紙を確認しようとしたみたいだけれど、ドアはもうひとりでに閉まっていた。「場所を間違えてはないよね？」

「間違えていないわ」モニカが立ちあがった。「私たちになにか用？」

「ここに入れてもらえない？　機械学習班の連中とはもうやってけない」

「どんなことをされたの」

モニカが座るように促《うなが》しても、女の子は立ったままだった。

「問題はなにをしたかじゃなくて、なにをやろうとしてるか。ほんとに信じられない、あの人たちときたら、あらゆるグラフ理論の問題を自動で証明する人工知能を作ろうとしてるんだ。まるで笑い話みたい、十九世紀末になっても永久機関を作ろうって人がいたのと同じようなことだよ」かなりの早口だった。「あの人たち、ヒルベルト・プログラムって聞いたことがないほうに五千ポンド賭けるね」

「賭けを受ける気にはならないわね、私も同じ考えだから」モニカは微笑んだ。「なんて呼んだらいい？」

「エマ・ソフロニツキー」そう答える。「エマって呼んでいいよ」

「目立つ姓ね」

これと同じ年、トリニティ・カレッジ数学科のソフロニツキー教授はある数論の重要問題を解決したことでナイトに叙勲されていた。当時マスコミはその報道で埋めつくされる勢いで、私のようなグラマースクールの生徒も彼のことは知っていた。

「機械学習班でも訊かれたよ、ニコラス・ソフロニツキーは父親なのかって」モニカの横の椅子へと歩いていく。二人はそろって腰を下ろした。「でもあいにく、うちの父は普通の医者だから」

「でもイギリスではめったに見ない姓なのは確かでしょう」

「それはそう。うちとニコラス伯父さんの家族のほかに、ソフロニツキーって姓の人には会ったことがない」

「サー・ニコラスはあなたの伯父さん？」

「そうだよ」なんでもないかのように答えた。「ただ断じて誤解しないで、あたしはあの人の姪だけど、あの人とは考えの違うところばっかりだから。あたしはブルバキ学派の信者じゃないし、純粋数学の研究をやるつもりもない。それで、あたしは参加していいの？」

「私はとくに文句ないけれど」モニカは私を向いた。「ジュディ、どう思う？」

「私も文句はない」そう答える。「でもソフロニツキーさん、いま私たちは難題にぶつかってて、課題を変えて再出発しないといけないかもしれないの」

「ちょうどいいんじゃない？」何分かまえにこの会議室へ闖入《ちんにゅう》してきたばかりのエマは堂々たる態度で言った。「あたしが新しい課題を考えてあげる」

その言葉を聞かされたモニカは、苦笑しながら首を振っていた。

5

モニカのお葬式は郊外にある墓地で行われた。この墓地は何年かまえ、ロンドンの墓地不足から作られた場所で、立案者は丁寧なことにすぐ近くへ小さな教会を建てていた。この教会に奉職する聖職者の毎日の仕事といったら、葬式で決まりきった祈りの言葉を読みあげるのが大半だろう。もし両親の期待どおり神学校に進んでいたら、私も似たような仕事をしていたかもしれなかった。

牧師が祈りの言葉を言いおえたあと、エマは同業者と友人を代表して簡単なスピーチをした。

「モニカとあたしは同じように、とても純粋な好奇心につき動かされて科学の道に進みました。でも、モニカはさらにぬかるみだらけで孤独で、絶望的な道を選びました。生きているあいだ、モニカの研究を完璧に理解したのはだれひとりいないかもしれません。でもあたしは、モニカが遺してくれたそんなに多くない論文には、きっと人類の知恵の最果てにある思考がそこかしこに埋まっているんだと信じてます。それは、科学に身を捧げる人間としてあるべき姿でもありました――理解されなくても、もしくは不公平な扱いを受けたとしても、ひとり孤独に真理を追究すること。その真理も自分と同じように世の中の誤解と軽視にぶつかったとしても。どうして自分の選んだ道を歩ききらなかったんだと、責める資格はだれにもないんです。そんなことじゃなく、あたしたちは賞賛するべきです、こんなに厳しい環境でも、ここまで歩きつづけてきたんだって……」

エマは嗚咽《おえつ》しながら、話を終えた。

モニカと比較して、エマははるかに幸運だった。カリフォルニア工科大学の博士課程にいたときにBHLグループの援助を得て、エマは〈パシテア〉の開発に着手していた。テキストから視覚効果と仮想空間の両方を生成できるソフトは、〈パシテア〉が初めてではない。当時はある日本企業の開発した〈シンキロー〉が独占的な地位を占めていて（現在でもこのシステムは、マンガやアニメの生成についてはシェアを保っている）、〈パシテア〉の最初のころのバージョンも、成功とはいえなかった。ただバージョン3・0が現れて以来、〈パシテア〉はすこしずつ世界的な市場を征服していく。成功の原因についてはかなりの数のメディアが分析してきた。そういった分析のすべてが最低でも共有しているのは、エマの功績が不可欠だったということだ。〈パシテア〉のためにエマが設計した繊維束ニューラルネットワークは、マリアナ・ラーニングの有名なお手本となっている。

ひょっとするとモニカと顔を合わせるとき、エマの心にはいくらか罪悪感があったのかもしれない。モニカの不遇は自分の責任ではないとしても。バーミンガム大学からはだれも葬儀には出席しなかったし、王室勅許言語学会も同じだった。この場で学術界を代表できるのはエマ一人だけだった。

ほかには何人か、モニカの高等課程での友人も来ていて、そのほとんどが政府部門に就職し、エマの父親の同業者も一人いた。モニカの死の調査を担当している中年の刑事も墓地へ姿を現して、私たちからすこし距離を置いた墓石のあたりで煙草を吸っている。

　お葬式が終わったあと、刑事は私とエマを呼びとめた。

「イーディス・スクール時代のご友人ですかね」そう訊かれる。私たちがうなずくと、ポケットから何枚か写真を取りだしてこちらへ見せてきた。「ここのものに見覚えはあるかな」

　一枚目の写真は、旧式の三日月形の断面をしたプラグを写していた。十年まえまではポータブルストレージをＰＣに接続するとき、だいたいこういうプラグを使うことになっていた。二枚目の写真に写っているのはベルの形をした透明な容器で、外側に二つ、小さな穴が開いている。写真の隅には一枚目にあった三日月形のプラグが見える。透明な容器と差込口との寸法は合致していた。

「これ、見たことある。ＳＹＮＥ《サイン》だ」エマは考えこむことなく答えた。こちらに顔を向けてくる。「ジュディ、覚えてるよね、モニカと一緒に三人で、マグ・メルに液体ハードディスクを買いにいったとき」

「あの緑色の？」がんばって思いだそうとする。「たしかに、こんな形だったような」

　あれは韓国の企業が開発した液体ハードディスクで、それまでの重たいものよりも小ぶりで気のきいたつくりで、しかも記録できる容量が大きかった。エマの言う〈ＳＹＮＥ〉というのはシリーズ全体の名前だ。その会社が出していた液体ハードディスクはすべて、宝石から名前を取っていた。私の記憶が確かなら、モニカと一緒に行って買った緑色のは、たぶん〈玉髄《カルセドニー》〉シリーズの〈クリソプレーズ〉だ。あのときはちょうど課題にいくらか進展があったときで、大量のデータを保存する必要があったから、それでモニカはポータブルストレージをみんなで買いに行こうと言いだしたんだった。モニカはそのまえから〈玉髄〉の別の型、赤色の〈カーネリアン〉を欲しがっていたから。SYNEシリーズはかなりの人気があってネットショップでは売り切れで、だめもとでマグ・メルに行ってみようと思ったわけだ。ただその店でも品切れになっていて、しかたなく緑の〈クリソプレーズ〉を買うことになった。

エマの話だと、液体ストレージは最新技術というわけではなく、今世紀の初めにはすでにアメリカのグループが原理を開発していたという。それでも、ほんとうに大規模な実用化が始まったのは三〇年代末だった。その時期、例の韓国企業がある記録粒子を発見して、流体がさまざまに運動するなかでも幾何構造の一定性を保つことができるようになり、その構造はパルスを用いて編集することもできた。この原理をもとにその会社が開発したのが第一世代のSYNE、コーラ缶ぐらいの大きさの液体ハードディスクだった。

四〇年代を通してSYNEは進化を続け、だんだんと流行しはじめた。外装のレベルも〈玉髄〉シリーズで頂点に達していた。そのころは、学校にいるときもSYNEを首にかけてネックレスにしている女の子をしょっちゅう見かけた。

だいたいそのあたりのころに、SYNEに使われている記録粒子が自然にも微量に存在していることが発見された。そこでライデン大学に通っていた学生が妙なことを思いつき、あらゆる液体から記録粒子を識別できる装置を作りあげて、そのうえネット上で販売を始めた。考えるまでもなく、SYNEの溶液以外の液体から取りだせるのはランダムな、なんの意味もない情報でしかない。本来はまったく応用価値がないはずのこの発明が、エコロジストの芸術家たちの目に留まった。その装置を使ってさまざまな液体のなかの記録粒子を読みとり、その情報を図像や音声、あるいはテキストへとまとめるわけだ。私があるとき行った展覧会では、世界各地の汚染された川から水のサンプルを採取して、そこから情報を読みとり、情報を視覚的にまとめるという作品があった。重金属の一部が記録粒子の分布に干渉するせいで、タイプの違う汚染ははっきりと違う図像を生みだす。覚えているかぎりだと、アマゾン流域の水銀で汚染された水から生成した図像は不規則な橙《だいだい》色の縞模様で、中国の内陸、ニッケルで汚染された水からは群青色《ぐんじょういろ》の背景とピンク色のノイズが生みだされていた。音楽家の手による実験はもっと興味深かった。イタリアのある偶然性《アレアトリー》の作曲家は、二十ミリリットルのコカ・コーラをその装置に入れて、案外不快でもないノイズ（金蛉子《きんれいし》の鳴き声に似ていた）を誕生させた。そのうちコカ・コーラの会社はその音声を買いとってＣＭに取りいれていた。あるロックスターのやったことはさらにもうすこし大胆で、その人は自分の尿や精液から音声を読みとり、さらにミレニアム・スタジアムでライブを開いたとき、数百のスピーカーで観客にそれを聞かせていた。

〈玉髄〉シリーズが大成功を収めたあと、その会社は今度は〈誕生石《バースストーン》〉のシリーズを発表した。一年のあいだをかけて十二種類のＳＹＮＥを売りだし、それぞれ十二の月の誕生石にならったデザインになる予定だった。ただ、八月の〈ペリドット〉が発売されてまもなく、中国のある企業が超限ストレージ技術を開発することになった。いくらもしないうちに、新技術を利用した第一世代の〈アレフ〉が発売され、〈誕生石〉はＳＹＮＥの最後のシリーズとなった。

いまでは、三日月形のプラグを差しこんで、ＳＹＮＥに保存された情報を読みとれるＰＣなんてどこにもないだろう。

「そのころこのハードディスクになにを保存していたか、心あたりはないかな？」刑事が質問する。

「研究のデータかな……」エマが答えた。「そのころあたしたちは青少年学術財団のプロジェクトに参加してて、一緒になって人工言語についての研究をしてたんです。モニカは実験のデータをぜんぶそこに保存してたと思います」

あの時期、エマの提案で私たちは、ランダムに人工言語を生成するソフトの開発を始めた。それは難しくはない仕事で、音韻と造語法、文法を決めてしまえば大まかには完了だった。そのあとに残るのは何度も検証をしてこまごまと手を入れていく作業でしかない。そもそも、当時でも五ポンド払えばネットから同じ用途のソフトをダウンロードでき、しかも大半は音声生成機能も搭載していて、ゲーム開発者の多くはそういったソフトを使ってキャラクターに声を当てていた。

初めに開発したのは膠着語を生成できるソフトだった。文法規則の構築が簡単な部類だったからだ。作業に費やした時間は二週間にもならない。続いては屈折語で、このときも一カ月で終了。ただ孤立語を生成するソフトとなるとすこしばかり面倒なことになって、それで結局私たちは、孤立語や抱合語についてはひとまずあきらめることになった。

でも、人工言語生成ソフトはエマの計画の第一歩でしかない。真の目標は、人工言語のランダムな生成によって、一つの生態系モデルを作りあげることだった。なので私たちは〝サピア大陸〟と〝ボアズ諸島〟というそれぞれ独立した系を作成して、言語たちに位置関係を設定した。それからは、言語それぞれが決められたルールに従いながら相互に影響するようにし、あと一部の言語は一定の段階でグリムの法則やヴェルナーの法則、グラスマンの法則といった規則に従って進化を始めるようにして、そのうえ一部の言語からはいくつかの方言が枝分かれするようにもした。適当な時期が来ると、大陸と諸島のあいだでも行き来が起こるようにした。

四度目の観測を始めるときからは、モニカが政治や経済の要素をシミュレートするパラメータをいくつも設定して、言語どうしの相互影響はさらに複雑になった。いくつかの言語は政治経済の面で勝《まさ》っていたせいで放射状に周辺のあらゆる言語に影響していき、またいくつかの言語はしだいに姿を消して、最終的にはほかの言語に一、二個の単語や語根を残すだけになった。

私たちの実行した四十回のテストでは、半数を超える場合で孤立語や抱合語の性質を持った新言語が誕生してくれた。

この研究でモニカやエマがなにを学んだのか私はよく知らないけれど、私のほうは人工言語の変化の観察を起点に、クレオール言語の発生過程についての論文を二本書いた。最終的に、私たちはそれぞれの研究成果を財団に提出して、そのほかに生成結果の人工言語のなかでもとくに複雑ないくつかをゲーム会社に売って、手にしたお金でそろってスコットランドに行った。

プロジェクトが終わったあと、モニカはすべての実験データをSYNEのなかに保存していて、エマがバックアップを持っているか私は知らない。

「どうしてこれが気になるんですか。モニカはなにか、調査中の事件と関わりでもあるんですか」

「いや、気になっただけでね。私は今回の自殺の調査を担当していて、そろそろ結論を出す時期なんだ」刑事は写真をポケットにしまいながら、一言つけ加えた。「モニカ・ブリテンはSYNEの溶液を飲んで自殺したんだよ」

6

「SYNEの溶液は毒があるっていうから、割らないように気をつけて」

新しく買ってきた液体ハードディスクでエマが手遊びをして、いつまでもやめようとしないのを見て、モニカが小言を言った。そこにタイマーが鳴る。私とモニカでフライヤーのところへ行き、三人分のフィッシュ・アンド・チップスを手にいれる。私たちが戻ると、エマは緑の小物をモニカへと返した。

「安心してよ、SYNEの外装は透明のアモルファス金属を使ってて、そう簡単には壊れないから」エマが言う。「ここのねじも特別な工具がないと外せないし」

「まえはネットの写真を見ただけで、ぜったいに赤のを買うんだって思っていたけれど。実物を持ってみると緑もいいような気になってきた」そう言いながらモニカは顔を上げ品物を目のまえに持ってきて、緑の液体を通して照明の光を目に射しいれた。横に座っている私には、星々のように容器のなかを埋めつくしている光の粒を横から見ることができて、角度を変えてみると波の光が湖面へ広がるかのようでもあった。SYNEを軽く動かせば、なかの液体もゆっくりと移動する。「二人は買わないの？」

「いまのところ使いみちはないね。バックアップが必要ならだいたいネットにアップロードするから」

「私もまえはそうしていたけれど」モニカが言う。「ただある日、サービスを提供してた会社が突然倒産して、あやうく期末の課題を提出できないところだったの」

「なんだかあたしも、ポータブルストレージでバックアップするのを考えたほうがよさそう。そのSYNEを使っていい？」エマの言葉を聞いて、モニカはいつもの苦笑を浮かべた。

「ジュディは、一つ買わないの？」

「使わないと思う。PCのハードディスクで充分だから」私は答えた。「課題は全部テキストだけで、使う必要がある資料も同じだから、メールでバックアップができるの。ラテン語の先生なんか、手書きの文章を提出しろって言うし」

「グラマースクールはふだん、どんな課題が出るの？」モニカが訊く。「基本は外国語の翻訳？」

「ときどきは翻訳の課題もあるよ。それより読書レポートが多いかな。いろいろな言語の本の読書レポートで、書くのも外国語でないといけないときもある。今週はドイツ語の小説で苦戦してて、感想は最初英語で書いてから、ゆっくりドイツ語に翻訳しようと思ってるところ。あの授業を取ったのはすこし後悔してる」

「難しい本なの？」

「難しい。小説なのにぜんぜん物語らしくなくて、どこもかしこも長い文章とわかりにくい比喩だらけで、もしかしたら作者は哲学書のつもりで書いたのかもと思う。私は、それに出てきたある比喩について考えるつもり――〝木製の鉄で作られた、四角い円〟」

「その比喩、作者はなにを表現しようとしたの」

「矛盾に埋めつくされた時代を描こうとした」深く息を吸いこむ。「その時代は、相容れない目標や立場が大量に存在していて、そうやって矛盾しあうものが同時代のひとりひとりを引きさいていたの。あの時代を詳細に腑分けしたいと思っても、見えるのはそんな矛盾だけで、〝木製の鉄で作られた、四角い円〟と似たような、意味のない結論が出てくると思う。でもそうやって矛盾したものがひとつひとつ集まって作られたその時代は、ちゃんと意味を持っていて、燦然と輝いていたってぐらいに言ってもいい」

「なるほどね」モニカはうなずいた。「聞いた最初は矛盾した文章に思えても、作者はそれで時代の矛盾を表現したかったってことか」

「あたしも最近、似たような話を読んだな」エマが割りこんでくる。「二人が貸してくれた、あの生成言語学のテキストで」

「MITの作ったあのテキスト？　どの文章かわかると思う」モニカは何秒か考えていた。「あれじゃないかな、〝色のない緑の考えが猛烈に眠る《Colorless green ideas sleep furiously》〟？」

「そう、それそれ」

「チョムスキーの言っていた文章？」私もなんだか覚えがあった。「たしかその文章は、文法のレベルでは成立している文章が、語義のレベルでは成立しない場合があるって説明しようとしたんでしょ」

「そうなの?」エマの顔は困惑に覆われていて、あの本を詳しくは読んでいないようだった。「なんとなく思いだしただけなんだけど」

「そういう目的だったのはたしか」そこへモニカが説明する。「百年近い歴史がある文章なのよ、そもそもは、チョムスキーが一九五七年出版の『文法の構造』で挙げた例だったの。この本は生成言語学の基礎を作った本でもあって、おおまかにチョムスキーの第一期の思想を表している。これが例として挙げられたのは、文法と語義を区別するためなの。〝色のない緑の考えは猛烈に眠る〟という文章は意味論のレベルでは成立することがないから。〝色のない〟はふつうぜったいに〝緑〟とはつながらなくて、〝考え〟が〝眠る〟ことはないし、まして〝猛烈に眠る〟のは無理。でもこれは、英語の文法には反していない。対して、この文章をもし〝猛烈に眠るに考え緑の色の《Furiously sleep ideas green》ない《colorless》〟と変えたら、意味がないのは同じでも、文法から外れてしまう……」

「この〝色のない緑の考えは猛烈に眠る〟は、ほんとうになんの意味もないわけ?」

「完全に無意味なわけではないと証明しようとした言語学者は何人もいて、それぞれ文脈を設定して、どんな状況だったら〝色のない緑の考え〟が〝猛烈に眠る〟のか説明をつけているわ。言語学者たちお気に入りのゲームにまでなったということ」

「面白そうな気がしてきた」エマは言う。「あたしたちもやってみる?」

「この文章に文脈を考えること? 最初に本でこの文章を見たときに、私は挑戦してみたの。でも思いつかなかった」

「私もやったことがあるよ」私は言った。「うまくいかなかったけど」

それを聞いてエマはうつむいて考えこみはじめた。この文章にふさわしい文脈を探しているらしかった。私とモニカは邪魔をするつもりはなく、黙ってフライドポテトを嚙みしめている。一分ほど経って、エマはようやく口を開いた。

「やってみるから聞いて。一人のカメラマンにある日突然アイディアが浮かんで、映画のなかに、白黒のレンズで撮った緑の丘を挿入することを思いつきました。あとは、同じ方法で緑色の湖を撮影することも考えついて、緑色を無色に撮影しちゃうことで、なにかエコロジーに関する理念を伝えようとしたわけです。その考えは監督に伝えましたが、監督のほうはその映像が映画全体のスタイルに似合わないと考えて、その撮影方法に賛成しませんでした。なので、カメラマンは〝色のない緑〟についての考えを引っこめておくしかありません。ただ、映画の後半を撮影しているあいだ、その考えは頭のなかで眠らされてはいましたが、それでもカメラマンはその映像を撮りたいと猛烈に欲求をつのらせていました……どう、これなら文脈が通るかな?」

「ちょっと強引なところもある」モニカは正直に答えた。「でもなかなかうまくいっているわね」

「けっこう面白いゲームだね。来週、昼休みにクラスの友達に教えて遊んでみようかな」エマはコーラを飲む。「文法にのっとった文章だったら、なんでも文脈を設定すれば意味を与えられるのかな」

「その結論なら、どうにか形式手法で証明できるかも……私たちが大学に進んだら」

あとでモニカは必要な資料を調査して、ヤギェウォ大学の一人の学者が三〇年代末にその結論を証明していて、言語学の分野では〝ミコロフの整列可能定理〟と呼ばれているのを発見した。それからいつかの土曜日の午後に、モニカとエマは二人で必要な文献の読みこみを始めてみたけれど、自分たちの知識の範囲を超えた内容が山ほど出てきて最終的にはあきらめることになった。

ひょっとするとまさにあのとき、モニカは形式言語学に興味を持ちはじめ、エマは生成言語学に惚れこんだのかもしれない。二人はファストフードの店でのなにげない会話から、未来の研究の方向をつかんだということだ。

7

街はときに人よりも早く老いる。マグ・メルはうってつけの証明だった。十四年ぶりにここへ来てみると、なにもかもが変わっていた。簡潔なつくりの模続主義の建物は荒れはてて、壁は下品な落書きに埋めつくされている。わずかに何枚か汚されずに残っているショーウィンドウのガラスも、見るに堪《た》えないひび割れに覆われている。外壁に金属の質感を再現したガーンズバック様式の建物も、長年研磨されていないせいで、表面をさびのような汚れが覆い、まるでほんとうに壁を鉄で鋳《い》出《だ》したかのようだった。いまでは人の消えたここの小ぶりな建物では、かつて平日でもけた外れな数の商品が売れ、週末となると訪れた客の人波に埋めつくされていたというのに。

モニカと一緒にSYNEを買いにいったころが、マグ・メルの全盛期だった。開業して五年のあいだで、イングランドのあらゆる新興商業地帯ははるか後方へ引きはなされていた。車を高速軌道に乗せれば、ロンドン市内からマグ・メルへの道のりはたった十五分。平日の午後には三時半以降、十分おきにバスが出て、放課後の時間を持てあました女子高生たちを運んでいた。明らかに、そんな女の子たちの電子ウォレットにはごくごくわずかなおこづかいしか入っていなくて、マグ・メルまで来てもアイスクリームとフィッシュ・アンド・チップスぐらいしか買えなかったと思う。それでも放課後に時間をつぶすにはここが最良の選択だった。古い映画に出てきた、ティファニーのショーウィンドウのまえで朝食をとるのを好んだヒロインのように、女の子たちは流行りのブランド品が並んだショーケースのまえに立って、色鮮やかなジェラートを舐めながら、いつかここに展示された新作のファッションを買うことを夢見るだけで満足していた——ひょっとするといまではそれだけのお金を手にしているかもしれないけれど、あいにくとここのショーウィンドウのほとんどからガラスは失われている。

おぼろげな記憶のなかに、SYNEを開発した例の韓国企業の専売店へ足を踏みいれたときの光景が残っていた。一階は新製品の展示フロアで、天井から垂れさがった細いケーブルで用途のわからないさまざまな電子製品が空中に吊り下げられ、二階ではそれを買うことができる。黒い壁のあちこちに投影されている映像は、新鋭の監督が撮影したショートフィルムだったり、一糸乱れぬ踊りを見せる女の子たちだったりする。店にあるイヤフォンを着けて映像のまえへ歩いていくと、画面と連動した音声を聞くことができて……。

現在、エマと二人でタクシーに乗りマグ・メルをふたたび訪れると、自動運転システムはあの専売店の位置を特定できずに、私たちをかつての中心広場へと運んでいった。ロンドン市内とマグ・

メルのあいだの高速軌道も何年かまえに閉鎖されて、車に乗ってくるとたっぷり一時間半もかかった。廃墟が並ぶあいだを歩いて、あのときみんなで訪れた赤い建物を探していく。

歩きながら私たちは、地面の汚水や瓶や缶、なにかの包装をおそるおそる避けて進まないといけなかった。大規模な野外ライブが終演したあとのように、まだ取りこわされていないセットと、いたるところにゴミだけが残っている。だいたいどの店の入り口にも、何人か物売りが出ていた。暖かさのろくにない服装で、ほとんど全員が身体を震わせている。それぞれまえに一つ二つ段ボール箱を置いていて、なかには怪しげな売り物が詰まっていた。夜になったらきっと、打ちすてられた建物へと入ってゆっくり眠るわけか。たぶん、客を店舗の暗がりへと呼びこめる気がしないから路上に店を開いているんだろうと、私は思った。

ほかに気づいたことでは、かつて化粧品の店だった新分離派の建物のまえには物売りの姿がなく、アイスラー診療所——と目立つ看板が立っていた。うす黄色のまだらになった壁を見れば昔は白色の建物だったのはすぐにわかることで、ここへ落ちぶれてきた医者は、きっとそれを理由に山ほどある空き家からこの場所を選んだんだろうと考える。

歩いているあいだ私とエマは口を開かなかった。一つは物売りたちの注意を引きたくなかったからだし、もう一つは話すことなんてなにもないからだった。同行者がエマでなく外国からやってきた友人だったなら、私はここが衰退した原因を説明していたかもしれない。ただエマにそんなことを話す必要はわずかたりともなかった。ここがどうして短期間で衰退したのかは、イングランドのだれもが承知していることだから。二〇五二年四月に始まったインフルエンザの大流行ではいろいろなことが変化した。それまでは、ネット通販で日常の必要はすべて満たされていたとはいえ、社交の必要から、若い世代は時間ができれば商業地域をぶらつくことを選んでいた。これはもしかすると、よりよい家庭用の映像設備が現れていたのに映画館の事業が五〇年代初めまで人気を保っていた理由でもあったかもしれない。ただ、あのインフルエンザの大流行のせいでだれもが可能なかぎり外出を控えるようになり、まして商業地域へ人が詰めかけるなんてことはありえなかった。そしてみんなが、その生活へすぐに慣れてしまった。伝染病が蔓延した半年のあいだに、どれだけ保守的な人でも公共のヴァーチャル空間の安全さと利便性を理解するようになった。一歩も外出しなくとも、あらゆる社交の必要が満たされるわけだ。そうして、次の年からはイングランドでもとくに大規模な商業地域が続々と廃業していった。マグ・メルはまだ長く持ちこたえたほうで、運営者が破産を宣言したのは二〇五五年、大多数の店舗はそれよりもまえに営業をやめていた。

私たちは、あのとき一緒にフィッシュ・アンド・チップスを食べたセルフサービスのファストフード店のまえを通りがかる。あのころの店は、たぶんイギリスじゅうでいちばん騒がしい飲食店だった。近くの店で働く人たちはここに座って仕事の忙しさや給料が安すぎるのに文句を言って、マグ・メルをただ見物するだけでなにも買うことはできない女子高生たちも、ここでいろいろなつまらない話題を大声で話していた。私たちと同じように、ここに座ってチョムスキーの話をした人がほかにいたかはわからない。ただある報道で聞いた話だと、去年のブッカー賞の受賞者は以前、ここでまる一日を過ごすのが好きで、ほかの人の会話に耳をすまして小説に取りいれたという。現在、もちろん店の入り口は閉まっていて、そのまえにはささやかなホットドッグの屋台があった。

どうやら、マグ・メルは密航者と難民がおもに利用する闇市へと変じているらしい。身分の証明を得られない人たちは、電子通貨を使わないといけないネット通販では買い物ができないし、新しい商品を買えるだけのお金を持っていない。ここでは、紙幣で買い物ができる中古品の物売りたちがすべての必要を満たしてくれる。車でここへやってきて、そろそろマグ・メルの区域に入っていくあたりで、道ばたに多くのプレハブとテントがあったのを私は見ていた。道を歩いているときも、崩れた恰好の若い人たちが連れだって歩き、私の聞いたことがない言葉でおしゃべりをしているのをときどき見かけた。

私たちは西へもう百メートルほど進んで、ようやくあの赤い建物と対面した。

モニカのお葬式が終わったとき、エマがロサンゼルスへ戻る便の離陸まではあと五時間残っていた。警察の人からモニカの自殺の方法を聞かされたあと、エマは急にマグ・メルへ行ってみたいと言いだしたのだ。その提案を私は否定しなかった。とはいえ、ここへ来たとしても、廃墟のなかに当時の記憶を呼びおこすものはきっとなにもないだろうと私にはよくわかっていた。

専売店のかつての入り口にも物売りが座っている。まだ十三、四歳にしか見えない女の子だった。ぼろぼろになったビーチパラソルの下に座って、毛布のなかに身体を縮こまらせている。ゆるく巻いた黒髪と黒い瞳、褐色の肌を見ても、どこの生まれなのかは判断できなかった。私たちが近づいていくのに気づいて、商品を見ていってほしいと声をかけられた。訛《なま》りを聞いて私は、きっとシンハラ語かタミル語が母語だろうと推測する。

まえに置かれているのは紙箱で、背後には大きな古いスーツケースを置いている。

「ここで売ってるのはなに」エマが歩いていって尋ねた。

「廃棄品《ジャンク》です」顔を上げると、ぎこちない英語で答える。「ここの店はむかし電子機器を売ってたらしいから、ここで売ることになって」

私も近寄っていくと、箱のなかには十年や二十年むかしのさまざまな電子機器がぎっしりと詰まっている。重たい旧式のノートPC、性能の落ちた太陽光充電器、三〇年代に一世を風靡したVRマスク、ほかにも私には名前のわからないものがあった。どれもかなりがたがきているように見えて、いまでも使うことができるとはとても思えない。

「これの修理はできるの？」私が訊く。

「できない。でもお兄ちゃんはできます」答えが返ってくる。「でも忙しくて、週に二日しか来ない」

女の子が背にしている赤い建物をエマは指さして一言訊いた。「この店でむかし売ってたものはある？」

相手はすこし考えてからうなずいた。毛布のなかから腕を出して、紙箱のなかをまさぐる。扱いはかなり無頓着で、プラスチックの外装がぶつかる音がずっと聞こえてきた。しかし、売り物が使いものになるかは気にとめていないようだ。一分もかからずに、女の子は紙箱のなかからペン型レコーダーとGPS追跡装置、透明な液体の入った小さなペンダントを取りだしてみせた。

エマはペンダントを手にとり、ためつすがめつしている。

「これはSYNEかな？」私に訊いてくる。「透明なタイプのSYNEがあるなんて聞いたことないけど……」

しかし、物売りの女の子のほうが先にその質問に答えた。

「これは〈玉髄〉シリーズのやつ」そう口にする。「色が抜けてなかったら、高く売れるんだけど」

「色が抜けた？」

「知らないの、SYNEはずっと太陽の光に当たってると色が抜けるから。お兄ちゃんは、このSYNEの色が抜けてなかったら高く売れたって。赤いやつだったら、二百ポンド。緑色は昔そんなに人気がなくて、作った数が少ないから、何千ポンドも出してくれる。色が抜けたら五十ペンスにしかならない」

「このSYNEはもともと何色だったの？」

「自分も知らないです。商品名は差しこむところの横に書いてある。単語がわからないから」

エマはSYNEを目に近づけて、プラグの側面の単語を読みあげた。「〈クリソプレーズ〉――もともとは緑色だったはず。あいにくもう色が抜けてるけど。でも五十ペンスで売ってくれるかな」

エマの言葉を聞いた女の子はため息をついた。まるで一千ポンドがこぼれ落ちていったみたいに。

「Colorless green……」

エマが手にした透明なSYNEを目にして、私は可能なかぎり小さな声でつぶやいた。できれば聞かれないようにと。

8

プロジェクトが終わり、ほどなくしてモニカはロンドンを離れてシェフィールド大学で学びだした。入学するときには、学部の課程を学びおえたらすぐに自然言語処理実験室で博士課程に進めるよう承諾を得ていた。モニカは一年のあいだに計算言語学の学部の課程を終え、それからまるまる四年をかけて博士論文を完成させると、研究所の人たちは一年間を費やして審査を進め、博士の学位を授与することに決めたという。学位を手にするよりまえにモニカはバーミンガム大学からの招聘を受けていた。

私はケンブリッジ大学のニューナム・カレッジに進むことができた。グラマースクールの卒業生の大半と同じように、私は一年間で学部の課程を終え（半分は試験を受けるか論文の提出しかしていない）、二年目にはエドワード・トマスの有名な詩、「ザ・チェリー・ツリーズ」を題材に論文を書いた。十九世紀末から第一次大戦の勃発までに英語で日本文化を紹介した文献をほぼすべて調べあげて、そこから私は一つの結論を導いた。この詩における〝cherry〟が指しているのはサクランボの木ではなく、桜の花だと――日本文化においてはしばしば死を象徴するもので、その考えがトマスの時代にはイギリスまで伝わっていて、当人もおそらく触れていたはずだ。試問にたずさわった教授たちは全員私の考えに賛同していなかったけれど、論文は学術的なルールにはなにも違反していなかったので受理されることになった。

学部を出たあと私はヨーロッパ大陸へ行っていた。初めの半年はフランスを旅行して過ごし、それからハイデルベルク大学で博士課程に進んだ。そこでは、十八、十九世紀のヨーロッパの小説から第二言語の習得についての描写を集めてきて、その材料をもとに当時の言語学についてのとらえかたを分析した。そのころ一度、エマが休みを利用して会いにきてくれて、ハイデルベルクに一カ月滞在し、私は第二言語の習得についての大量の知識を教えてもらった。エマの助けがなかったら、自分が博士論文を仕上げるのは難しかったと思う。

私たちのなかで学部にいた時間がいちばん長かったのはエマで、まる六年いたことになる。もとはといえば、トリニティ・カレッジの数学科を志望したエマが面接官に、学部を出たあとは計算言語学の研究にたずさわりたいと話したところ、運悪くその教授が純粋数学以外の分野を軽視する側にいたせいで、エマが言いあらそいを始めたのだった。そのあと、エマがインペリアル・カレッジの面接に向かうときには私とモニカが付きそった。数学科の学部の課程を学びおえるまでに二年かかり、さらにコンピュータ科学の学位を取るのに一年をかけた。そしてその時期に、エマは〈パシテア〉を開発するというアイディアを思いつくことになる。当時、日本企業が開発した〈シンキロー〉は規定の形式の脚本しか処理できず、小説からの映像生成には向いていなかった。コンピュータが文学作品を的確に処理できるようにするため、そこからエマは私の母校、ニューナム・カレッジで三年間英語文学について学んで、ただ結局学位論文を提出することはなかった。

エマが大西洋のかなたで博士課程に進むと決めたとき、私とモニカはすでに博士の学位を手にしていた。

アメリカへと旅立つそのまえ、私たち三人はセント・ジェームズにある閑古鳥の鳴くバーに集まって壮行会を開いた。モニカはバーミンガム大学の招聘状を受けとって、まだ赴任はしていないころだ。私はドイツから戻ってきて、ある出版社に入り脚色員となった。収入があるのは私だけだったから、ごく自然に会計は私持ちになった。

エマはロシアの血を引いてはいるけれど、それは明らかにイギリス人の遺伝子によって薄まっていて、お酒にはあまり強くない。水割りでスコッチを二杯とフォーギブンを一杯（アメリカに行くとバーボンしか飲めないからとわざわざ頼んでいた）飲んだだけで頭のくらくらにやられていた。マスターは親切にクッションを持ってきてくれて、エマはぼんやりとそれを受けとると、頭をあずけて眠りこんでしまった。

そして、私とモニカはドライジンを一杯ずつ頼んだ。

「仕事はひとまずうまくいっているんでしょう？」モニカが訊いてくる。

「まあまあね。機械翻訳の結果に脚色をしてあげるだけの仕事で、とくに技術は必要でないけれど」

「文学の翻訳をあとから編集するのってかなり手間がかからない？　文章は複雑なほうだし、文脈だとか文化的な背景を考える必要があって、場合によっては外国語の表現をイギリスの読者に受けいれられる形に変えないと。ちょっと考えてみても楽な仕事ではないと思う。まえに、うちの実験室でも訳文の編集員を雇っていたけれど、それは慣用句だとか決まり文句しか扱わないで、修正した結果を翻訳データベースに入れて次回使えるようにするだけだったわ。そういう仕事だったらずっと簡単で、たいして外国語がわからなくても務まるけれど」

「まえには、翻訳ソフトの開発を専門にしてる会社からも訳文編集員としてオファーがあって、もらえる給料はいまの三倍だったの。でも私は文学にある程度関わる仕事がしたくて。昔からの意味での翻訳家にはたぶんなれないけど」

「いまは、外国語の本の翻訳に人を雇っている出版社はないの?」

「ほとんどない。詩歌の翻訳の仕事がすこしあるくらいで、ほとんどは無償奉仕」私はジンを半分流しこんだ。「ソフトウェア会社にあまり行く気が起きないのはほかの考えもあって。翻訳データベースを作りあげたら会社を追いだされるんじゃないかってなんだか心配なの。学部で知りあった上級生の人は学校を出たあとソフトウェア会社に入って、いくつかの言語の平行コーパスの作成に参加していたけど、プロジェクトが完成したあとに失業したらしくて。文学の翻訳の脚色をするなら、そこまで短期間で追いだされることはないかもしれない。でもわからないな。いまうちの会社が力を入れているのは外国の流行小説の出版で、文章も俗っぽいほうだし、正直に言って翻訳の難度はそこまで高くない。翻訳ソフトがもう何度かアップデートされたら、もしかすると私は失業するかも」

「あんまり悲観しないでよ。文学の翻訳は利潤の大きくない分野だから、機械翻訳に人の手を加える現在の方式でだいたいの必要はまかなえていて、将来も、この領域の性能向上に企業がこぞって大きな労力を費やすことはないから」

「私は引退の歳までやっていける？」

「できる、かもしれない。技術がどれだけ進歩しても、人にしかできないことというのはあるのかも」モニカは言う。「覚えているかしら、一緒にプロジェクトに参加したとき、初めにやったのが機械翻訳の研究だったのは。あのとき私たちはいつも、多義的な意味のある単語を使って翻訳ソフトをテストしていたでしょう。いまになっても、語義の曖昧性の解消は機械翻訳ソフトをテストするならとても重要な標準でありつづけている。私の取りくんでいる抽象解釈はその方面ともすこし関係があるから、この分野の論文にもいくらか触れたことがあるのだけれど。ニューラルネットワークの技術を採用した人工知能でも、人間のように直観と語感を頼りに語義の曖昧性を解消することはできないと言う人がいるの。だとすると、人間なら苦もなく解釈できる文章なのに、機械には永遠に解釈できなくて翻訳するにも間違いが起きるという場合もありえる」

「その考えは証明されているの？」

「いまはまだ。エディンバラ大学の形式意味論チームが四〇年代に提示した仮説だから、〝エディンバラ予想〟って呼ばれているわ。具体的に説明していくともっと複雑になるけれど。学会では意見が分かれているの。私の指導教官はこの予想には否定的で、たんにマリアナ・ラーニングに欠陥があるというだけで、将来新しいアルゴリズムが生まれたらきっとこの問題は克服できると言っていた」

「モニカはどう思うの」

「詳しく研究したわけではないから、いまのところ結論は出せないわ。学者によっては形式手法を使っているかぎり、この問題を完全に避けるのは無理という意見もある。ペアノの公理系を含んだ形式体系で無矛盾性と完全性を兼ねそなえるのが不可能なように。これは方法そのものの欠陥で、そして人工知能はこの方法を使わないかぎり世界を理解できないんだと。でもこれも、ただの推測でしかない」

「その結論を証明するのはかなり大変なんでしょう？」

「大変ね。いくつもの分野の最新の知識を使わないと。さらにどうしようもないのは、この問題に本当に興味がある学者がたいしていないこと。基礎的な問題で、なんの応用価値もないから。精力をつぎこんで、ある微分方程式に厳密な解がないのを証明するようなもの。みんなが必要なのは実用にできる近似解だけ。厳密解が存在するかを気にするのは何人もいないのだから」

「そっちの業界も、いろいろとどうにもならないことがあるみたいね」

「理論研究をしていて、理解されようと思うとほんとうに大変だから」モニカはグラスのお酒を飲みほした。「わかりやすい収獲のある実験結果が出るのはいいほうで、演繹的な方法を使うような科学はどれも、ほんとうにまったく理解されないの。一本の論文を読むのに何カ月も費やそうとする人はいないし、基礎知識のすべてを把握するのに何年も費やそうとする人なんているわけがない」

「私にモニカの論文が理解できたらよかったんだけど」

苦笑いしながら「そうね」と言って、モニカはマスターにソーダ割りのフォーギブンを頼み、私も一緒になって一杯頼んだ。お酒が出てくるまで、私たちはマスターがマドラーを手慣れた様子で扱い、四角の氷を回転させるのをただ見ていた。ちびりと口にしてみた私は、うっかりむせてしまった。私がずっと咳をしているあいだ、モニカは背中をさすってくれていた。幸い店にいる客は私たち三人だけで、他人に醜態を見られることはない。これだけ大騒ぎをしていたというのに、エマを夢から醒まさせることはなかった。

紙ナプキンを持ってきてくれたマスターにお礼を言って、私たちは話を続ける。

「本当を言えば、いまの仕事はぜんぜん好きじゃないんだ」一口お酒をすする。今度はことさら慎重に。「モニカ、私がいちばん耐えられないのがなにかわかる？」

「ソフトの翻訳した文章があまりにしっちゃかめっちゃかだとか、外国語の表現の癖がそのまま残っていて、仕事が大幅に増えたとき？」

「いいや」首を振る。「その反対、私がなにより気にいらないのはソフトがそこそこに良い訳をしてきたとき。まるで外国語の読解能力がすばらしくて、だけど母語の作文能力は平凡な人が翻訳したみたいな。そういう人にはグラマースクールでたくさん出会ってきたの。同じ本でも、そういう人たちがこのレベルで翻訳するなら少なくとも一カ月は必要で、だけどソフトは二分もかからないで完成させる。それどころか、とくによく使う外国語を手のうちにおさめるまでに、一人あたり五年から十年を費やすわけだから……」

「でも、言語が背負っている文化は人間にしか理解できないわ。マリアナ・ラーニングの技術を使った翻訳ソフトは、ほんとうに起点言語を理解しているわけではなくて、平行コーパスと翻訳データベースを頼りに、そこから一工夫して訳文を算出しているだけだから。ようするにただのおうむ返しで、人間と同じように読んで、考えて、書いているわけではない」

「だけど、役に立つことでは私以上。その一点は認めないといけないでしょう」

「ジュディ、ごめんなさい」モニカは手にしていたグラスを置く。「私とエマはずっとその方面の研究をしていて……」

「たしかに二人のしてる研究は大嫌いだけど、だからって二人のことは嫌いにならないから。結局はぜんぶ私自身の問題。私が時代についていけないから。ときどき思うの、自分の人生はチョムスキーのあの言葉に似てるって」

「例の〝Colorless green ideas sleep furiously〟のこと？」

「そう」私はうなずいて、グラス半分を流しこんだ。「その文章。文法には従っててもなんの意味もない、私となにが違うんだろう——私は自然界の規則とでもいうものに従って生まれてきて、この人生も自然と人間社会の規則を外れたことはない。なのに私は、自分の人生のどこにも、〝意味〟と言えそうなものが見つからないの。私の人生はまさしくあの、〝Colorless green ideas sleep furiously〟って文章みたい」

「でもエマが証明してくれたんじゃなかった？　この文は、文脈によっては意味が生まれると」

「現実に、そんな文脈なんて存在するの？」

「いまこのときがそうかもしれないし」モニカは言った。「まだそのときは来ていないだけかもしれない」

9

来るときに乗ってきたタクシーを二人で探しているときに、エマはバーミンガム大学から送られてきたメールを受けとった。移動中ずっと、エマはフレキシブルPCで例の七百ページの論文に目を通していた。横からちらりと覗いても、数式がページを埋めつくしているのしか見えない。空港に着いてもエマはラウンジでしばらく読みつづけ、搭乗の一時間まえになってようやく最後のページをめくり終えた。

PCをしまっても、顔を上げようとしない。

「たぶん、モニカがどうして自殺したかわかった」エマは言う。「あまりにも皮肉だと思ったんじゃないかな」

私は息をひそめて次の言葉を待ったけれど、エマはしばらく黙りこんでしまった。

「皮肉？」

「モニカがこの論文で証明しようとしていたのは人工知能が万能なんかじゃないこと、すくなくとも理論上は能力の限界が、欠陥とさえいえる点があることだったんだよ。その一点を証明するためにモニカは、新しい離散圏の理論を構築して、これまでの形式意味論よりもはるかに抽象的な数学的手段を使うことにした。今回の理論を完全に把握するには、あたしで一、二年は必要かも。でも言語学会の人たちは〈墓石〉にこの論文を検証させただけで、完全に否定することを決めた。どうしょうもなく皮肉な話だよ。長年の苦心が否定されたそのうえに、自分を否定したのがあろうことか同業者じゃなく、完璧ではないだろう人工知能だったんだから。この文章は人工知能の欠陥を論証しようっていうのに……」

それを聞いて私は急に、なにか不吉な予感を覚えた。

「モニカの論文にはなにが書いてあるの？」

「証明の目標は、有限次数のカッチェン＝スグロス完備空間では、ミコロフ整列可能だけど、コブリン可測集合ではないような語義ベクトル集合が存在すること」エマが話す。「ミコロフ整列可能っていうのをざっくり言うなら、ある文章が意味をもっているってことで、それと重要なのは、一つの文脈を扱うかぎり、一つの意味しか存在しないで語義の曖昧性をもたないこと。コブリン測度は、曖昧性の解消を数学的に表現する方法の一つで、そのほかにも等価になるような表現法はいくつもあるけれど、コブリン測度を適用できるのはカッチェン＝スグロス完備空間だけで……」

ここまで話して急に口をつぐむ。もっと簡単でわかりやすい説明を思いついたようだった。

「もしモニカの論文が成立しているなら、それは弱いエディンバラ予想の証明になるんだよ。カッチェン＝スグロス完備空間は特殊な部類の語義ベクトル空間でしかないけど、そこでこの結論が証明されたら、あらゆる語義ベクトル空間へと拡張する方法が発見される望みが出てくる。言いかえると、モニカはエディンバラ予想を証明するための第一歩を踏みだしてた。もちろん、この証明が成立していることが前提だけど……」

「モニカがエディンバラ予想の話をするのは聞いたことがある。八年まえ、セント・ジェームズのあのバーで。そのときエマは横で眠ってたけど」

「そのころから同じ問題を研究してたの？　あたしは聞いたことない」

「いや、そのときはまだ研究は始まってなかった。モニカはあのとき、ただ私を慰めようとしてその予想の話をしてきたの。私はあの子に、技術がもうすこし進歩したら私は仕事を失うのかって訊いた。モニカは、機械は翻訳を間違えても、人間なら直観を使ってどんな意味かわかるような文章はあるって言って慰めてくれたの、すくなくともそんな仮説があるって……」

目から溢れてこようとする涙をおしとどめたかったけれど、うまくいかなかった。

モニカはひょっとすると、私のためにエディンバラ予想の研究を始めて、その予想に精力のすべてを費やしたすえに、破局へと追いやられたのかもしれない。

「モニカがこの問題に注目したのは、焦りのようなものがあったのかも」エマが言った。「たとえば二十世紀、生産ラインの作業員が自動化設備に仕事を取られたように、いまは翻訳の仕事がすこしずつソフトに取って代わられていて、もしかするといつか、あたしやモニカの仕事も機械に取られて、人工知能が人類に代わって科学研究を進めるかもしれない。だからモニカはそこまで切実にエディンバラ予想を証明しようとした。まるでエディンバラ予想が成立すれば、人間は永遠に機械に仕事を取られないみたいに。なのに現実では、その焦りは想像よりはるかに早く実現してしまった。言語学会の人たちはモニカの論文を〈墓石〉を使って検証したんだよ、ほんとうならモニカの同業者がするはずの仕事だったのに。モニカは、あたしが見てきたなかでいちばん純粋な研究者だった。だれよりも純粋な知識欲を持っていて、可能なかぎりこの世界を理解して、説明しようとしていた。なのに、技術の発展する方向とモニカの理想の科学とはまったくの反対を向いてたってこと。あたしを入れた大勢の学者がやっている研究は、世界のブラックボックス化を促進してるだけなのかも」

「ブラックボックス化？」

「科学技術が進歩するほどに、技術の背景にある原理はどんどん理解が難しくなっていくんだ。工業化以前の技術なら、簡単な説明だけでだれにでも理解させることができた。でも時代が移るにしたがって、研究者以外の人が技術の背景にある原理を理解するのは、ひたすら難しくなっていったよね。あたしたちがハイテク製品に触れるときは、背景の原理なんて探らないでただ使うだけ。現在の製品は、原理を探ったとしても、そんなに簡単に説明ができるようなものじゃないし」

そう言うと、エマは鞄から圧縮されたフレキシブルＰＣを取りだした。

「たとえばこのフレキシブルＰＣみたいに。使われている原理を知らない、こちらにとってはブラックボックスなのに、実際に使うのには影響しない。ただ、すくなくともだれかは原理を知っているから、全人類にとってはまだ説明可能性が残ってるよね。でも、マリアナ・ラーニングを使って誕生したブラックボックスはそうじゃない。たとえばタクシーの自動運転機能、〈墓石〉、それとあたしの開発した〈パシテア〉と〈ヘシオド〉も。隠れ層でどうやってデータの計算がおこなわれているかは、だれ一人知らないし、説明もできない、すべての人間にとってそれはブラックボックスなんだよ」

「そういうブラックボックスが、毎日増えつづけてる」

「そうだよ」エマは肯定しながら、でも首を振っていた。「でもそんなことはなんでもない。見方を広げてみるなら、出発点のニューラルネットワークモデルも、訓練データも人の手で作ったものではあるよね。すくなくともあたしたちは、マリアナ・ラーニングって技術がどういうものかは理解している。でもこれからはどうなるんだろう？　もしある日、人工知能が人間に代わって技術開発の仕事を進めて、あたしたちがすべきは人工知能の開発した技術から、人間の役に立つものを拾いあげる作業だけになったら。その日が来たら、あらゆる新技術についてあたしたちが知ってるのは結論だけで、具体的な原理はわからないし、隠れ層の奥に埋まっている開発過程もわからない。言葉を換えれば、そういう技術のひとつひとつが、人間すべてにとってのブラックボックスになるんだよ」

「その日が来るまで、あとどれくらいあるの」

「わからないよ。十年かも、それとも二十年かも。わかるのはその日がいずれやってくることだけ。それに、ほんのすこしの研究者を別にして、だれも変化には気づかない。だってあたしたちは、日常生活にブラックボックスがあることに慣れてるから。そもそも説明可能性よりも、役に立つことのほうが価値があるからね。たとえば微積分が、理論的な基礎が明確になるよりもまえに、二百年以上数学者に使われてたみたいに。実際に役に立つんだから。そのときが来たら、ブラックボックスみたいな技術のことをどうにかして説明しようとする人は出てくるよ。説明は、ブラックボックスが生まれる速さに永遠に追いつかないかもしれないけど」

「モニカも、同じような未来を予想したの？」

「こういうことについては、モニカはあたしより間違いなく敏感だった」エマは言う。「それに、モニカはきっとこんな未来を受けいれたいと思わなかった」

エマはPCを鞄に戻して、そこから今度はあの、色の抜けたSYNEを取りだし、私に手渡そうとしたけれどためらって、手を引っこめた。

SYNEを私に保管させたら、いつか私がモニカと同じ死にかたを選ぶんじゃないかと心配になって、気が変わったのかもしれない。

「モニカは、どうしてあんな方法で人生を終わらせたんだと思う？」エマが私へ訊く。たぶん、エマはこの質問への答えしだいで、そのSYNEを渡すかを決めるんだろう。

もしあのときバーで私とモニカとの会話を聞いていたなら、質問の答えは予想できたんじゃないだろうか。あいにくとエマは聞いていなかった。エマは〝Colorless green ideas sleep furiously〟が生成言語学のテキストに載っていた例文だったのと同時に、人生への隠喩にもなりうることを知らない――法則を外れず、規律を守り、それなのに結局は意味のない人生の隠喩として。

モニカの持っていたSYNEも、保存環境が良くなくて色が抜けていたかもしれない。もともとは緑色だったのに透明に色が消えてしまったSYNEを見たモニカは、あの文章を思いだして、それから私がバーでこぼした悲観の言葉を思いだし、そして自分のことに思いいたった。だけど、その答えはあまりに悲しすぎる。エマまでがそんな消極的な気分に染まるのを望まない私は、この問いに違った答えを考えないといけない。間違ってはいても、慰めの役に立つような答えを。

だから、私は答えた。

「モニカは、ただ自分の思い出を飲みほしたの——自分にとって、なによりも美しい思い出を」

あとがき

陸秋槎

二〇二一年の春に、日本SF作家クラブへの入会お誘いメールを中国SF研究者の立原透耶氏と当時の会長である池澤春菜氏からいただいた。いつもお世話になっている大先輩と南つばめという大好きなキャラクターの声優さんに誘われてしまっては、さすがに断れない。しかし、私はいくつかのSF短篇を書いたことはあってもSFの単著がなかった。そこで会員にふさわしい実績が欲しい気持ちで、早川書房編集部の溝口力丸氏に短篇集の企画書を送ることになった。こうして実際に本になるまでに、あれから二年が経った。

ここに収められているのは二〇一九年から二〇二二年の間に書いた八つの作品だ。初のSF短篇集とはいっても、収録作すべてがガチガチのSFというわけではない。

もともと全体のバランスを取るため、グレッグ・イーガン風の短篇を冒頭に置くつもりだった。けれど完成した**「サンクチュアリ」**は残念ながら思っていたものとは遠ざかり、自虐ネタに溢れる私小説になってしまった。理系の知識より文系とポピュラーカルチャーの知識を大量投入することこそ、私の特徴かもしれない。

吟遊詩人を主人公としたファンタジーには、エレン・カシュナー『吟遊詩人トーマス』（井辻朱美訳／早川書房）、ガイ・ゲイブリエル・ケイ『アルボンヌの歌』（未邦訳）とパトリシア・A・マキリップ「音楽の問題」（『ホアズブレスの龍追い人』所収／大友香奈子訳／東京創元社）が特に印象深い。しかし、この**「物語の歌い手」**という短篇に決定的な影響を与えたのは、十代の頃に読んだボルヘスとカルヴィーノ。小説作りのパラダイムは概ね十九世紀には定められたが、中世ヨーロッパの説話・ピカレスク小説・ビルドゥングスロマンなどの「小説以前小説」の書き方を参考にした本作は、逆に私の作品の中で最もモダニズム的なものでもある。

二〇二〇年に〈香港文学〉からの依頼が来た。ジャンル小説しか書けない私が想像中の「文学」を書いてみようとして、**「三つの演奏会用練習曲」**は生まれた。三つの掌篇で構成されていて、共通のテーマは「詩」。ル・グィンの影響で、寓話・言語・偽史・人類学などの要素も使った。雑誌には無事に掲載されたが、果たして「文学」とは何なのか、いまでもよくわからない。

二〇二一年の年末、ある友人がmiHoYoというスマホゲーム会社の内定を取った。そのお祝いに**「開かれた世界《オープンワールド》から有限宇宙へ」**を執筆した。タイトルの元ネタはアレクサンドル・コイレによる科学史研究の名作『閉じた世界から無限宇宙へ』で、内容も（ゲーム内の世界観だが）宇宙論をテーマとした。お仕事小説だが、味付けはSF的。ミステリには「日常の謎」というジャンルがあるように、こうした短篇も「日常のSF」と呼ばれていいと思う。

「インディアン・ロープ・トリックとヴァジュラナーガ」は〈SFマガジン〉異常論文特集へ応募した作品。監修の樋口恭介氏はこのわずか八枚の短篇を読んで、「ヤバい」と言って採用した。主にル・グィン「アカシヤの種子に残された文章の書き手」（『コンパス・ローズ』所収／越智道雄訳／サンリオSF文庫）とコニー・ウィリス「魂はみずからの社会を選ぶ――侵略と撃退：エミリー・ディキンスンの詩二篇の執筆年代再考：ウェルズ的視点」（『混沌《カオス》ホテル』所収／大森望訳／早川書房）の影響で書いたもの。虚実混交の話で、「ヴァジュラナーガ」およびそれに関する文献は全部捏造されたものである。

「ハインリヒ・バナールの文学的肖像」は『時のきざはし　現代中華SF傑作選』（立原透耶編／新紀元社）のために書き下ろした短篇。この存在していないオーストリアSF作家の架空伝記は、ロベルト・ボラーニョ『アメリカ大陸のナチ文学』へのオマージュで、主人公への悪口の部分はスタニスワフ・レム『完全な真空』の影響も受けた。残念ながら、私はドイツ語を読めないので、主に日本語の資料を参照した。

表題作**「ガーンズバック変換」**も〈香港文学〉からの依頼。発想源は「香川県ネット・ゲーム依存症対策条例」とアニメ『電脳コイル』。日本の女子高生をちゃんと描けるかどうか自信がなく、青春映画の雰囲気を想像しながら執筆した。また、この短篇にはSFのネタが多い。冒頭はル・グィン、結末はコニー・ウィリス、タイトルはウィリアム・ギブスン（と円城塔）だ。すべて初心者向けの名作でもある。私もSF初心者だから。

大トリを務める**「色のない緑」**はSF作家・陸秋槎の原点であり、三十代になって最初に書いた作品でもある。二〇一八年の年末、〈SFマガジン〉百合特集が話題となっている最中にたまたま早川書房を訪ねて、企画者の溝口力丸氏と出会った。そのとき「百合SFのアンソロジーを企画しています」と告げられた私が、なかば無理やり参戦を主張した。当時の私は、日本語に翻訳された作品が百合ミステリの『元年春之祭』のみ。SFを書けるかどうか自分にさえもわからなかった。いま考えれば、その場で私の願いを受け入れた溝口氏は本当に気迫に満ちている編集者だと思う。そうして二〇一九年六月に『アステリズムに花束を　百合SFアンソロジー』が無事に刊行され、ちょうど『三体』シリーズも日本に紹介された。百合SFと中国SFが盛り上がっていた夏に、私もおかげを被《こうむ》って一時脚光を浴びた。

「色のない緑」というタイトルはチョムスキーによる有名な例文から来ていて、テッド・チャン「ゼロで割る」「あなたの人生の物語」「ソフトウェア・オブジェクトのライフサイクル」へのオマージュもあり、専門用語の使い方には法月綸太郎『ノックス・マシン』の影響を受けた。この作品が百合であるかどうか、SFであるかどうか、その判断は読者に任せたいと思うが、少なくとも友人の自殺理由を探すミステリではあるはずだ。

門外漢として偉そうなことを言うのは避けるべきだが、それでも本書を執筆した感想を述べたい。いわゆるSFの醍醐味とは、パスティーシュではないかと思う。既存の技術と理論、神話と民俗、そして歴史と社会制度に対するパスティーシュこそSFだ。もちろん先行作品にたいするパスティーシュも面白い。本書に収録されている作品群は、こういう個人的なSF観で書いたものだ。

最後に、この短篇集の刊行に際してお世話になった方々に謝辞を捧げます。まずは本書の編集を担当してくださり、そしてSF作家デビューの機会を与えてくれた溝口力丸氏に感謝します。また、翻訳者の稲村文吾氏・大久保洋子氏・阿井幸作氏、イラストレーターの掃除朋具氏と装幀担当の早川書房デザイン室、親切にご指導くださった業界の大先輩の大森望氏・立原透耶氏・池澤春菜氏、専門知識を教えてくださった林千早氏と沈沖氏にも感謝します。ありがとうございました。

解説

〈ＳＦマガジン〉編集長
溝口力丸

陸秋槎という風雅なペンネームの中国人作家と初めて会ったのは、二〇一八年秋のことでした。まだ日本では陸氏の第一長篇『元年春之祭』が刊行されたばかりで、前漢時代の中国を舞台にした同書が本格ミステリ読者の間で大きな話題となり、「華文ミステリ」というブームが広がりつつある時期だったと記憶しています。

そんな人気の中国人ミステリ作家と、ＳＦ専門の文芸誌編集者である私。一見関わりの薄そうな立場からお仕事をご一緒することになったきっかけは完全に偶然で、早川書房の入口で迷っていた陸氏に私が声をかけたのが最初でした。『元年春之祭』のプロモーションのため上京していた陸氏（石川県在住）を編集部へ案内したあと、ご挨拶がてら自分が〈ＳＦマガジン〉という雑誌を編集していることを伝えた際に、何気なく「次号は百合特集をやるんですよ」と話したところ、陸氏も大の百合好きと判明。さまざまな百合の話で盛り上がったあと、陸氏から「もしも特集が成功して、百合ＳＦアンソロジーを出すことがあればぜひ自分にも短篇を書かせてほしい」というお言葉までいただいてしまい、一も二もなく快諾した……という経緯があります。

こういった雑談からの約束というものは往々にして流れてしまいがちなのですが、その後〈SFマガジン〉二〇一九年二月号の百合特集は発売前から三刷となって非常に大きな話題を呼び、件の百合SFアンソロジーも本格始動することになりました。そこで恐る恐る、ツイッターのDMから陸氏に「あのときの短篇、本当にお願いできませんか……?」と聞こうとしたところ、「あと二週間ほどで初稿が完成します」というお返事。なんでもう書いてるんですか。こうして生まれたのが、『アステリズムに花束を　百合SFアンソロジー』に収録された「色のない緑」です。

このご縁から陸氏の新刊も続けて私が担当することになり、早川書房から刊行させていただいた『雪が白いとき、かつその時にかぎり』（二〇一九）『文学少女対数学少女』（二〇二〇）と、星海社からの書き下ろし『盟約の少女騎士《スキャルドメール》』（二〇二二）に続く、日本で五冊目となる単著が本書『ガーンズバック変換』です。短篇集刊行のきっかけや各収録作については、陸氏本人があとがきで明瞭に語ってくださっているのでこの場では省略します。

ミステリにせよSF・ファンタジーにせよ、作家・陸秋槎の特徴として、膨大な先行作品のインプットから生まれる博識な引用と、ジャンルの文脈や勘所を押さえたうえでそれを乗り越えていく筆力が挙げられると思います。日常会話レベルなら日本語も難なく操れる陸氏とひとたび会話してみれば、どこにボールを投げても返ってくるような知識量に誰もが驚くはず。古典から最新作まで、小説もサブカルチャーも「わかっている」度が尋常ではないのです。それがよく伝わる例として、二〇一九年に〈ミステリマガジン〉誌の華文ミステリ特集に掲載されたエッセイ「陸秋槎を作った小説・映画・ゲーム・アニメ」にて本人が挙げている作品を列挙してみましょう。なお、本記事は全文がウェブでも公開されています(https://www.hayakawabooks.com/n/n1dfa774a3424)。

■小説

ドストエフスキー『カラマーゾフの兄弟』、中井英夫『虚無への供物』、ヘルマン・ヘッセ『春の嵐』、イタロ・カルヴィーノ『見えない都市』、ボルヘス『エル・アレフ』、テッド・チャン「あなたの人生の物語」、西尾維新『クビキリサイクル』、米澤穂信『さよなら妖精』、三津田信三『厭魅の如き憑くもの』、麻耶雄嵩『隻眼の少女』、太宰治『女生徒』『葉桜と魔笛』、栗本薫『優しい密室』、北村薫『秋の花』、加納朋子『ガラスの麒麟』、辻村深月『オーダーメイド殺人クラブ』

■映画

『第三の男』(一九四九)、『ピクニック at ハンギング・ロック』(一九七五)、『クー嶺街少年殺人事件』(一九九一)、『汚れなき情事』(二〇〇九)、『エンジェル ウォーズ』(二〇一一)

■ゲーム

『Memories Off』、『EVER17』、『CROSS†CHANNEL』、『キラ☆キラ』、『White Album2』、『DARK SOULS』シリーズ

■アニメ

『ノワール』、『マリア様がみてる』、『ストロベリー・パニック』、『ココロ図書館』、『ぱにぽにだっしゅ!』、『氷菓』、『ラブライブ!』

いかがでしょうか。ある時期の文芸－ネット文化に身を置いていた世代にとって、これはもう、出身高校が同じくらいの距離感ではないかと思います。

前述の「色のない緑」も、テッド・チャンやグレッグ・イーガンが流行した二〇〇〇年代以降の日本SFの系譜を感じるものでありながら、百合という関係性がSF設定と不可避的に結びついていること、感染症の流行によって変貌する街並みの様子を二〇一九年時点で活写していた点など、現代SFのマスターピース級の傑作で、その年の年刊傑作選（『ベストSF二〇二〇』、竹書房文庫）にも再録されました。氏曰く初めて書いたSFだそうなのですが、それがこれほど魅力的な作品に仕上がるというのは、やはり膨大なインプットと、それを自らの糧にしていく切磋琢磨があっての成果なのだろうと、本書に収録された他の作品群を拝読していても強く感じます。

ジャンルというのは単なる符牒に過ぎず、小説家の活動を底上げするものでこそあれ、その輪のなかに縛り付けるものであってならない……というのはSF雑誌を編集している身として日頃から自戒していることです。それでも日本にミステリやSFの豊かなジャンルの土壌があったために、陸秋槎氏のような優れた作家が現代日本で立て続けに魅力的な小説を発表してくれていることには先人たちへの感謝を禁じ得ませんし、国境や時代の壁さえも軽々と越えることのできる、ジャンル小説の豊かな篝火が絶えず続いてくれることを願います。本書がいつかまた、誰かの新たな創作へ繋がってくれるなら、担当編集者としてもこれ以上の喜びはありません。

【初出一覧】

「サンクチュアリ」書き下ろし

「物語の歌い手」書き下ろし

「三つの演奏会用練習曲」〈香港文学〉二〇二一年四月号（初邦訳）

「開かれた世界《オープンワールド》から有限宇宙へ」〈ＳＦマガジン〉二〇二三年二号

「インディアン・ロープ・トリックとヴァジュラナーガ」〈ＳＦマガジン〉二〇二一年六月号

「ハインリヒ・バナールの文学的肖像」『時のきざはし　現代中華ＳＦ傑作選』新紀元社（二〇二〇年六月）

「ガーンズバック変換」〈香港文学〉二〇二二年三月号（初邦訳）

「色のない緑」『アステリズムに花束を　百合ＳＦアンソロジー』ハヤカワ文庫ＪＡ（二〇一九年六月）

ガーンズバック変換《へんかん》

2023年2月20日　初版印刷
2023年2月25日　初版発行

著　者　陸《りく》　秋《しゆう》槎《さ》
訳　者　阿井幸作《あいこうさく》　稲村文吾《いなむらぶんご》
　　　　大久保洋子《おおくぼひろこ》

発行者　早　川　　浩

発行所　株式会社　早川書房
東京都千代田区神田多町2－2
電話　03 - 3252 - 3111
振替　00160-3-47799
https://www.hayakawa-online.co.jp

印刷所　精文堂印刷株式会社
製本所　株式会社フォーネット社

定価はカバーに表示してあります
ISBN978-4-15-210212-6 C0097
Printed and bound in Japan
乱丁・落丁本は小社制作部宛お送り下さい。
送料小社負担にてお取りかえいたします。